DE ONDERSTROOM

Van Nicci Gerard verschenen eveneens:

Het voorbijgaan
In het maanlicht
Het weerzien

Soham: het verhaal achter een gruweldaad (non-fictie)

Nicci Gerard

DE ONDERSTROOM

ZILVER POCKETS

Zilver Pockets® worden uitgegeven door Muntinga Pockets,
onderdeel van Uitgeverij Maarten Muntinga bv, Amsterdam

www.zilverpockets.nl

Een uitgave in samenwerking met
Uitgeverij De Boekerij bv, Amsterdam

www.boekerij.nl

Oorspronkelijke titel: *Things We Knew Were True (Michael Joseph)*

Vertaling: Sabine Mutsaers
Omslagontwerp: Marlies Visser
Foto omslag: Imagestore
Foto auteur: Mark Pringle
Druk: Bercker, Kevelaer
Uitgave in Zilver Pockets november 2009

ISBN 978 90 417 6246 7 NUR 311

Voor Sean

DEEL EEN

Midden in de nacht hoorde ze hem haar naam roepen. 'Edie,' zei hij. 'Edie.' Een langgerekte kreet, alsof hij van grote hoogte naar beneden viel en haar tegelijkertijd riep. Zijn stem echode in haar hoofd als een begroeting of afscheid, alsof hij om hulp vroeg of alleen maar schreeuwde, schreeuwde dat ze naar hem toe moest komen. Ze had het al zo lang niet meer gehoord. Alleen in haar dromen. Ze wist natuurlijk dat hij het niet was – hoe zou hij het kunnen zijn? – en toch was het gevoel dat hij dichtbij was zo sterk dat ze uit bed stapte en bij het raam ging staan luisteren. Binnen sliep het hele huis, iedereen omhuld door zijn eigen warmte. Buiten was de duisternis helder en stil. Er stonden wit fonkelende sterren aan de hemel en de laagstaande maan scheen door een wirwar van takken. Ze drukte haar voorhoofd tegen het glas en wachtte, maar de stem kwam niet terug. Hij zou nooit meer terugkomen.

I

De brief kwam op dezelfde ochtend dat Vic de wagen van de melkboer ramde, waardoor er drieënveertig flessen volle melk en acht dozen middelgrote eieren over hun oprit vlogen. Hij nam afscheid van zijn dochters, bukte om Louise een kus op haar kruin te geven, waarbij zijn rafelige gestreepte stropdas voor haar gezicht hing, pakte zijn lege aktetas en vertrok. Ze hoorden de deur dichtslaan, zijn voetstappen op het grind knerpen, de motor van de auto haperen, nog een keer haperen en toen sputterend tot leven komen. Jude zat gebogen over het huiswerk dat ze de vorige avond vergeten was, haar vlekkerige krabbels met een kromme arm afgeschermd van Louise, en Edie at traag en dromerig haar havermoutpap. Louise stapelde de borden van gisteravond op in de gootsteen en boende vruchteloos de tafel. Ze raakte een theekopje dat iemand achter de deur had gezet en trapte op een tomaat die op raadselachtige wijze uit de koelkast was gevallen toen ze de deur had opengedaan. Rode pitjes spoten over de tegels en het papperige vel hechtte zich aan de neus van haar pantoffel.

'Oeps!' zei Jude opgewekt, en terwijl ze het zei klonk er een oorverdovende klap, met akelig geknars en gepiep en het geluid van brekend glas dat wegebde in een reeks melodieus tinkelende geluidjes, alsof honderden windklokkenspellen in een onverwachte bries terechtkwamen.

'Wat krijgen we nou?'

'Dat klonk als een aanrijding,' zei Edie voorzichtig. 'Of niet soms?'

Ze renden alledrie de keuken uit en gingen in de deuropening staan. De neus van Vics auto drukte tegen de zijkant van de melkwagen. De gedeukte motorkap en het dak waren besmeurd met melk en er droop langzaam een eierdooier over de gebarsten voorruit. Grote en kleine glasscherven lagen in witte plassen rondom de auto, tussen vele omgekieperde kratten. Uit geplette eierdozen lekte kleverig geel. Vics gezicht staarde door het raam.

Louise deed haar mond open, maar er kwam geen geluid uit.

'Jeetje,' zei Jude. Ze zoog aan haar balpen. 'Jeetje,' herhaalde ze, iets harder. Er klonk ontzag in haar stem.

'Wat krijgen we nou, verdomme...?' riep de melkboer, die achter zijn wagen vandaan kwam. Zijn gezicht was vlekkerig rood, net als zijn hals. Hij schopte de onderste helft van een melkfles weg en bonsde woest op Vics raampje. 'Hé!' schreeuwde hij. 'Jij daar!'

Vic deed het portier open. Hij stapte uit de auto en keek met afhangende schouders langzaam om zich heen, als een schildpad. Sommige flessen waren nog heel, en enkele stonden rechtop op de oprit. Hij pakte er een op, maar wist niet wat hij ermee moest. 'Het spijt me,' zei hij. 'Het spijt me vreselijk. O, jee. Ik weet niet wat ik...' Hij keerde een krat om en zette de fles erin. Zijn schoenen kraakten op het glas.

En toen kwam de postbode op zijn fiets de oprit op gereden, met één hand aan het stuur en de andere in zijn tas, op zoek naar de brieven voor de familie Jennings. Hij zwenkte scherp opzij om het glas te ontwijken en een paar brieven vielen op de grond, waar ze uitwaaierden tussen de ravage. Zijn fiets reed slingerend door tot aan het hek en viel in het lange gras, dat nat was van de regen van die nacht.

Louise zuchtte even, trok haar ochtendjas strakker om zich heen en liep naar Vic toe.

'Wat is er in vredesnaam gebeurd?' Ze klonk oprecht nieuwsgierig.

'Ik moet aan iets anders hebben gedacht.' Vic keek om zich heen. 'Het spijt me echt.'

'De auto...' zei Louise zwakjes. 'Al die rommel...'

'Ik weet het.'

'Nou, ik moet mijn huiswerk afmaken,' zei Jude. 'De schoolbus komt al over twintig minuten.'

Louise stond nu de melkboer te sussen, met een slanke hand op zijn arm. Haar ochtendjas viel een stukje open en zijn blik ging snel van haar gezicht naar de zwelling van haar romige borsten. Edie liep de oprit op, voorzichtig vanwege het glas, naar de postbode toe. Ze nam de brieven van hem aan.

'Bedankt,' zei ze.

'Dat wordt een hele klus, hè?' zei hij. 'Ik zou de hulp van de gemeente maar inroepen, als ik jullie was. Die melk gaat heel ranzig stinken als hij opdroogt. Vooral met deze warmte.'

Maar Edie gaf geen antwoord. Ze keek naar een witte envelop. Haar naam stond erop. Ze veegde een kloddertje ei weg met haar mouw en glimlachte gelukzalig naar de postbode. 'Ja,' zei ze. 'Vreselijk.'

Ze wachtte al zes dagen op de brief, zondag niet meegerekend. De postbode kwam meestal tijdens het ontbijt, en telkens als ze de post in de hal hoorde vallen, was ze opgestaan uit haar stoel, maar langzaam, alsof het haar niet kon schelen, en had ze haar servet naast haar bord gelegd. En haar hart had in haar keel geklopt. Ochtend na ochtend was er geen brief gekomen – alleen de gebruikelijke stapel rekeningen en misschien een ansichtkaart, die haar moeder dan voorlas aan haar vader terwijl hij werktuiglijk op zijn toast met frambozenjam kauwde. De kruimels vielen op zijn stropdas en hij knikte glimlachend, maar hoorde geen woord van wat ze zei. Edie was gewend geraakt aan het doffe gevoel dat ze iedere keer had gekregen, maar ze had het nooit laten merken. Ze was gewoon weer aan tafel gaan zitten, had haar ontbijt opgegeten en was naar boven gegaan om zich klaar te maken voor school.

Maar vanochtend was de brief eindelijk gekomen. Even had ze zich leeg en licht in het hoofd gevoeld, alsof ze al dagen niet had gegeten. Ze hield de brief een tijdje vast, alsof ze iets kon opmaken uit de manier waarop hij aanvoelde tussen haar vingers. Toen nam ze hem mee naar binnen, samen met de andere brieven, terwijl de melkboer bestraffend met zijn vinger voor het gezicht van haar moeder stond te zwaaien en Vic naar het glas staarde dat glinsterde in de zon. Een rekening voor Vic, twee brieven voor haar oudere zus Stella – die nog in bed lag ondanks de kakofonie buiten, en daar nog in geen uren uit zou komen –, een handgeschreven envelop voor haar moeder en niets voor Jude.

Edie stak haar vinger onder de flap met de lijmrand en haalde het velletje papier eruit. Door de open voordeur hoorde ze de melkboer zeggen: 'Mensen als u horen niet op de weg.' Ze keek even schuin naar Jude, die nu een zwarte inktvlek op haar lippen had, als het velletje van een bosbes, en begon de brief te lezen. Hij was heel kort. '*Beste Edie*,' stond er. '*Ik zou je mijn adres nog geven, zodat je me een uitnodiging voor je feestje kunt sturen. Hier komt het: Beckett Road 19 in Kelsey. Ik kijk ernaar uit je op het feest te zien. Liefs, Ricky*.' Dat was alles.

Ze vouwde de brief dicht en ging zitten. Ze stak haar lepel

in haar nauwelijks aangeroerde pap, maar ze kon niet eten. '*Ik kijk ernaar uit je op het feest te zien.*' Dat betekende dat hij zeker zou komen. Volgende week zaterdag zou ze hem zien. Ze deed haar ogen even dicht. '*Liefs, Ricky.*' *Liefs.* Wat wilde dat zeggen? Ze wist dat het niets voorstelde, dat het gewoon een woord was waarmee mensen een brief afsloten, maar ze kreeg de glimlach niet meer van haar gezicht. Ze legde haar lepel neer en veegde haar krullende lippen af. Er zat een giechellachje van blijdschap achter in haar keel.

'Jude, maak je klaar voor school. Edie? *Edie?*' Louise was terug. Ze zag er vermoeid uit.

'Is alles goed daarbuiten?'

'Je hebt het gezien, hè?'

'Kan ik iets doen?'

'Nee, je komt nog te laat voor de bus, en ik op mijn werk. Vic lost het zelf maar op.'

'Gaat het wel goed met hem?'

'Los van het feit dat hij van een andere planeet komt, bedoel je? Ja, hoor. Prima.'

'Hij kan er niks aan doen.'

'O, ga je tas nou maar pakken, Edie. En vergeet je zwemspullen niet.'

'Oké.'

Boven, op haar slaapkamer, deed ze de brief in haar schooltas. De kat lag op haar hoofdkussen te slapen, languit in een rechthoekje zon. Edie boog zich over hem heen, drukte haar neus in zijn warme vacht en voelde zijn buik op- en neergaan met zijn ademhaling. Toen ging ze voor de lange spiegel staan en keek ze aandachtig naar zichzelf. Stella leek op Louise, met haren in de kleur van abrikozen, en na de winter de kleur van stroop, en met rechte, witte tanden met een spleetje ertussen en volle lippen: mooi zonder er iets voor te hoeven doen. Jude leek op Vic, stevig gebouwd en lang, met hetzelfde stugge, donkere haar, een hoog voorhoofd en die lichte, Welshe huid. Edie was de kleinste, minst opvallende van de drie zusjes. Haar gezicht was vrij bleek en te bol, vond ze zelf altijd. Ze had bruin haar, wat sproetjes op haar neus en er was een stukje van haar voortand af, doordat ze vorige zomer in het ondiepe gedeelte van het zwembad was gedoken. Maar Ricky had haar een brief gestuurd. Ze lachte naar haar spiegelbeeld. Ze legde twee vingers op haar halsslagader. Uiterlijk zag ze er rustig en onbewogen uit, maar vanbinnen hoorde ze haar hart bonzen en haar bloed stromen: de opgewonden spanning van blijdschap.

'Van wie was die brief?' Jude was de kamer binnengekomen. Ze pakte Edies borstel en haalde hem door de klitten in haar haar.

'Gewoon van iemand die ik heb leren kennen.' Maar ze moest de naam hardop zeggen. 'Ricky.' Ze keek naar zichzelf terwijl ze het zei en maakte toen één dikke vlecht in haar haar, zoals Stella meestal deed.

'Ricky? Wie is Ricky?'

'Hij komt op het feest.'

'Je bent gek op hem. Ik merk het aan je.'

'Het is gewoon een jongen die ik bij Alex heb ontmoet. We hebben even gepraat.' Ze kon het lachje dat haar lippen omkrulde niet meer tegenhouden. 'Ik heb gezegd dat ik hem zou uitnodigen voor het feest. Eén man extra, dat vindt Rose niet erg.'

'Je valt op hem,' zei Jude.

'Doe niet zo stom.'

'Wel waar.'

'Meiden!' riep Louise naar boven. 'Over zeven minuten vertrekt de bus.'

2

In de schoolbus ging Edie in haar eentje bijna helemaal achterin zitten om de brief nog een keer te lezen, hoewel ze de paar eenvoudige woorden al van buiten kende. Ze had Ricky acht dagen geleden leren kennen op het feestje van een vriendin waar ze eigenlijk helemaal niet naartoe had gewild. Ze was niet zo goed in feestjes, ze had het gewoon niet onder de knie. Ze was jaloers op het gemak waarmee iemand als Rose giechelde, flirtte en haar hand, met die lange, gelakte nagels, op iemands schouder of arm legde, of de manier waarop ze luchtig babbelde terwijl haar oorbellen heen en weer zwaaiden en haar armbanden rinkelden. Maar Edie was verlegen; ze praatte te weinig en bloosde te veel. Ze voelde zich ongemakkelijk en log wanneer ze danste, hoewel ze thuis, als ze alleen was, vaak een plaat opzette en door de huiskamer zwierde. Dan keek ze in de spiegel hoe ze danste en wenste ze dat ze zo kon zijn wanneer er anderen bij waren. Dit was het meisje dat ze wilde zien, een meisje dat haar zachte bruine haar naar achteren zwaaide en stralend over haar ontblote schouder lachte, een en al charme. Soms liep ze heel dicht naar de spiegel en staarde ze naar haar eigen gezicht tot het glas besloeg. Dan boog ze zich naar voren om haar eigen mond te kussen.

Natuurlijk had Edie ook wel jongens gekust. Tegen het einde van feestjes, wanneer de muziek langzamer werd en de lichten werden gedimd, sloeg degene met wie je op dat moment toevallig was zijn armen om je heen en trok je naar zich toe. Zo ging dat – tenzij je een van die meisjes was die aan de kant pinda's stonden te eten en aan lege glazen nipten, terwijl ze toekeken alsof het hen niets kon schelen dat ze niet gevraagd waren. Edie herinnerde zich de schok van haar eerste kus; haar armen voorzichtig rond de klamme, brede rug van een jongen wiens naam ze alweer vergeten was, wiegend in het donker, en plotseling had hij zijn lippen op de hare gedrukt. Hun tanden hadden elkaar geraakt en ze had zijn warme bieradem en daarna zijn koele tong in haar mond gevoeld en bijna hardop gegild van afschuw. Naderhand had Rose giechelend gezegd dat ze er maar aan moest wennen. Soms ontsnapte ze en wachtte ze op de toiletten tot de muziek ophield en het licht aanging, tot haar vader, die buiten had staan wachten met de andere ouders, binnenkwam om haar te halen. Dan sloeg hij zijn arm om haar heen en vroeg hij hoe ze het had gehad, en zei ze: 'Leuk, papa.' Dat was alles. Ze noemde hem nog steeds 'papa', hoewel Jude 'pa' zei en Stella de laatste tijd 'Vic'.

Met Ricky was het heel anders geweest. Hij was halverwege de avond naar haar toe gekomen. Hij had niet gevraagd van welke bands ze hield, in volgorde van voorkeur, of op welke school ze zat of waar ze Alex van kende. Hij had haar naar een hoekje geleid en verteld dat zijn lievelingsschrijvers Samuel Beckett en J.D. Salinger waren, dat hij filmregisseur wilde worden en dat zijn broertje was gestorven toen hij twee was. Hij was mager, met bruine ogen, dikke wenkbrauwen en onverzorgd, enigszins vet haar. Hij zag er ondervoed en bleek uit, alsof hij te veel in donkere ruimtes zat. Hij keek haar indringend aan tijdens het praten, met de intensiteit van iemand die erg stoned was. Hij danste wild, maar zonder enige gêne. Edie keek naar zijn spijkerhemd, de bovenste knopen los, zijn oude spijkerbroek, zijn dunne polsen, met een leren veter om de linkerpols, en zijn knokige vingers. Ze zag dat zijn nagels tot op het vlees afgebeten waren, en om de een of andere reden gaf dat haar hoop. Ze wilde dat er langzamere muziek zou komen, zodat hij zijn hand op haar onderrug zou leggen en haar tegen zich aan zou trekken. Ze zou zijn adem kunnen voelen op haar wang.

Maar hij ging nog wat te drinken voor hen halen. Een meisje hield hem staande om iets te zeggen en hij wendde zich glimlachend tot haar. Edie keek toe hoe het meisje een vinger tegen zijn wang zette. Hij haalde een blikje tabak uit zijn zak en draaide behendig een shagje voor haar, en daarna voor zichzelf. Hun hoofden bogen zich gezamenlijk over de oplichtende lucifer en raakten elkaar bijna, en toen hij de vlam bij haar sigaret hield, legde ze haar hand over de zijne. Edie ging naar de wc en staarde naar zichzelf in de spiegel. Haar platte borstjes en bruine haar. Ze had rode wangen en al haar lippenstift was verdwenen. Ze zag eruit als een kind van twaalf.

Toen ze terugkwam, was Ricky er niet meer. Ze ging op een stoel aan de kant zitten en keek naar de verstrengelde stelletjes, hun lichamen tegen elkaar gedrukt. Ze zag hoe Rose het gezicht van een jongen die ze al een jaar – met tussenpozen – leuk vond tussen haar handen pakte en hem vol op de mond kuste. Toen wierp ze haar hoofd in haar nek en zoende de jongen blindelings haar hals terwijl ze met haar rug tegen een muur ging staan. Rose had haar ogen dicht en haar geelblonde haar golfde over haar rug.

'Sorry, zat je hier.' Ricky was terug, met een drankje voor

haar. Ze probeerde te glimlachen. De avond liep op zijn einde. Buiten stonden auto's; ouders kwamen in groepjes binnen om hun kinderen op te halen. Het meisje dat Ricky's gezicht had aangeraakt met haar vinger was er weer. Ze kwam naar hen toe gelopen, met een onwrikbare, doelgerichte glimlach op haar gezicht. 'Ik moet me ergens verstoppen,' zei Ricky. 'Mag ik me tegen jou aan verbergen?' En hij kuste haar. Zijn lippen waren zacht en hij rook naar shag en bier. Edie deed haar ogen dicht.

Toen was het voorbij. De lampen gingen aan en de stelletjes op de dansvloer gingen abrupt uit elkaar, knipperend met hun ogen in het felle licht. Meisjes trokken hun jurk recht, jongens keken elkaar grijnzend aan. Vic stond in de deuropening; Edie voelde zijn bezorgde blik al voordat ze opkeek. Ze ging staan, trok haar rok recht en deed haar haar achter haar oren.

'Ik moet weg,' zei ze. Ze aarzelde. 'Dag, hè?'

'Dag, Edie. Ik zie je nog wel.' Hij bleef zitten.

'Ja.' Ze wachtte even, maar hij zei verder niets. 'Dag.'

Toen liep ze naar Vic toe, die zijn arm naar haar uitstak. 'Hallo, papa,' zei ze. Ze had een brok in haar keel van ellende en moest moeite doen om zich niet om te draaien.

'Hoe was het?' Hij hielp haar in haar jas.

'Wel leuk.'

Maar toen ze bij de auto kwamen, zei ze dat ze iets vergeten had en holde ze terug naar binnen. Ricky zat er nog, en er bungelde een sigaret aan zijn onderlip. Er was niemand bij hem; hij staarde voor zich uit.

'Heb je zin om op mijn feest te komen?' vroeg ze. 'Ik geef het samen met Rose, een gezamenlijk verjaardagsfeestje, hoewel ik pas over een paar maanden jarig ben. Het is in een pub in Baylham, The Three Kings.'

Hij haalde de sigaret uit zijn mond. 'Ik zat net aan je te denken,' zei hij. En toen: 'Goed. Wanneer is het?'

'Zaterdag over twee weken. Ik kan je wel een uitnodiging sturen, als je wilt. Waar woon je?'

'Heb je pen en papier?'

'Ik onthoud het wel.'

'Als ik nu eens jouw adres aan Alex vraag, dan stuur ik je mijn adres wel. Oké?'

Dat was onnodig ingewikkeld; waarschijnlijk zocht hij gewoon naar een manier om netjes van haar af te komen. 'Goed,' zei ze. Voordat ze de moed verloor, bukte ze zich en kuste ze hem nog een keer op zijn smalle lippen. Hij legde zijn hand op haar achterhoofd en hield haar even tegen zich aan. Toen liet hij haar los en deed hij zijn sigaret weer in zijn mond.

Ze dacht er de hele tijd aan. Die twee zoenen, zijn hand op haar haar. In bad, in bed, midden in een gesprek met vriendinnen, tijdens de les, overal stond ze zichzelf toe terug te denken aan zijn lippen, hoe ze aanvoelden. Edie was bijna zeventien, maar het was de eerste keer dat ze misselijk en slap van verlangen was. Nu zat ze in de schoolbus naar de brief te staren, naar zijn handtekening en de manier waarop hij haar naam had geschreven. Ze raakte de woorden aan met haar vinger.

Ze schreef haar adres heel netjes boven aan het vel papier, in haar mooiste schuinschrift, met haar telefoonnummer eronder. '*Lieve Ricky, bedankt voor je brief. Ik dacht dat je het al vergeten was...*' Nee. '*Lieve Ricky. Ik vond het leuk om je brief te ontvangen en verheug me al op...*' Nee. '*Lieve Ricky, hier is de uitnodiging die ik je had beloofd. Ik hoop dat je kunt komen. Liefs, Edie.*' Dat was zo kortaf; dan zou hij misschien denken dat het haar niet interesseerde en zou hij wegblijven. Maar als ze te enthousiast was, kwam hij misschien ook niet. Ze staarde naar wat ze had geschreven, stopte het briefje in de envelop met de uitnodiging en plakte die dicht. Toen ging ze meteen de deur uit om hem te posten. Louise was nog in de winkel, de inventaris aan het opmaken, en Stella was op stap met een groepje vrienden die allemaal in oktober zouden gaan studeren, allemaal op verschillende universiteiten, en nu thuis rondhingen, 's ochtends uitsliepen, uitgebreid in bad gingen, kleren uitzochten, boeken in dozen stopten en met vrienden afspraken om het leven dat vóór hen lag te bespreken.

Buiten stond de auto op de oprit, met de verkreukelde motorkap en de gebarsten, kleverige voorruit. Het glas was inmiddels opgeruimd, en zo te zien had iemand het asfalt en grind schoongespoten. Ze rende de weg over naar de brievenbus, ademde diep in voordat ze de brief erin stopte en hield hem zelfs nog een paar tellen aan het puntje vast. Toen liet ze hem los en hoorde ze hem op de bodem van de lege brievenbus vallen.

Je gaat gewoon door, dacht ze, alsof er niets aan de hand is. Je ziet er keurig en evenwichtig uit, ingetogen, zo denken de mensen dat je bent, vanbinnen hetzelfde als aan de buitenkant. Ze hebben geen idee van je woekerende emoties, van het bonzen van je hart, je snelstromende bloed en de angst en het verlangen die door je lijf kolken. Alles wat belangrijk is, is verborgen, geheim. Ze zat in haar slaapkamer haar natuurkundehuiswerk te maken. Ze schreef heel netjes, onderstreepte haar antwoord met een liniaal, tekende de grafieken met een scherp potlood en depte haar werk met een vloeipapiertje. Haar kamer was klein en opgeruimd: de sprei over haar bed getrokken met een scherpe vouw bij het kussen, haar kleren opgevouwen in de laden, haar glazen beeldjes gerangschikt op tafel, haar boeken na gebruik netjes terug in de kast.

Edie had altijd van een opgeruimde omgeving gehouden.

Bij Rose thuis was het rustig en schoon en netjes. Je kwam er binnen door de voordeur, deed bij de mat je schoenen uit en hing je jas op aan een van de haakjes. De geboende houten vloer leidde je naar een huiskamer met beige vloerbedekking vol recente stofzuigsporen, en er lagen opgeschudde kussens op de bank, op de ramen zaten geen vuile vegen en de muren toonden fris, met magnoliakleurige verf en zes foto's van het gezin in zilveren lijstjes op de schouw. Bij Rose thuis in de keuken was het aanrecht schoon, waren de broodrooster en keukenmachine netjes tegen de muur geschoven en stond er niets anders op de geboende tafel dan af en toe een vaasje bloemen of een schaal met vier groene appels. Alles had zijn eigen, juiste plek. De boeken waren alfabetisch gerangschikt. Hun eigen huis daarentegen was oud, rommelig en sjofel. De houten vloer kraakte, de tegels in de keuken zaten los en er zat een scheur in de muur naast de trap. De ramen moesten nodig gezeemd worden, de gordijnen waren verschoten door jarenlang zonlicht, de tapijten waren versleten en bedekt met pluisjes, en allerlei spullen stroomden binnen alsof het vloed was en stapelden zich overal in de kamer op. Zelfs de verwoede schoonmaakaanvallen van Louise, waarvan er op dat moment beneden een aan de gang leek te zijn, leidden niet tot de onberispelijke netheid die je bij andere mensen thuis zag.

Vandaag was Louise begonnen met schoonmaken nog voordat ze haar jas uit had. Ze was vastberaden de keuken in gelopen, had haar tas en sleutels op een stoel gelegd, een bezem gepakt en was begonnen met de keukenvloer, waar ze stof, kruimels en gevallen muntstukken en haarspeldjes op een hoopje veegde. Ze ramde met de bezem tegen de voeten van Jude, maar die keek niet op van haar boek en schoof alleen haar voeten een paar centimeter opzij. Louise zette met ferme klappen potten en pannen weg en liet met de galm van een bekken een deksel vallen. Ze gooide fletse hyacinten en verwelkte pioenrozen in de groenbak en haalde de rotte peren uit de fruitschaal. Ze verzamelde stencils van school, lege enveloppen, incomplete stokken kaarten, oude tijdschriften, boeken die opengeslagen en met gebroken rug op de armleuningen van de bank lagen, armbandjes, lippenstiften zonder dop, haarspelden, borstels en maandverband; lekkende pennen, gebroken linialen en kapotte geodriehoeken die tussen de kussens terechtgekomen waren. In de slaapkamer van Jude, waar de gordijnen dicht waren, staarde ze ontzet naar de verkreukelde hoop beddengoed en de bergen verdwaalde kleding op de grond. Ze zette het raam van Stella's kamer open om de lucht van slaap, zweet, parfum en kamilleshampoo eruit te laten. In de huiskamer bleef ze even staan voor de foto van haarzelf en Vic op hun trouwdag. Ze keek in de camera met een stralende, optimistische lach; Vic – toen nog veel slanker, met een glanzende, zwarte lok over zijn voorhoofd – staarde naar haar, heel ernstig. Hij had zijn linkerarm om haar heen geslagen, zijn hand bijna onzichtbaar in de zijden plooien van haar rok. Ze was toen twintig, verliefd en verliefd op het idee dat er iemand zo dol op haar was. Dat was 1960, twintig jaar geleden. Ze had zich gevoeld alsof ze vleugeltjes had en naar de toekomst toe vloog. Een jaar na hun trouwdag was ze moeder geworden. Twee jaar later woonden ze in dit huis, waar 's nachts de wind de dakpannen deed rammelen en de ijsbloemen 's winters op de ramen stonden.

Vic kwam terug uit de tuin. Een roestbruin blad dwarrelde uit zijn haar op tafel en zijn laarzen lieten sporen na op de tegels. Hij had vier pruimen in de kom van zijn handen.

'Kijk eens,' zei hij. Zijn vingers zaten vol sap. 'Proef maar.'

'Vic, heb je de verzekering al gebeld over de auto?'

'De eerste van het seizoen.'

Louise zuchtte. 'Kom maar, dan.'

Ze deed haar mond open en beet in de pruim die hij haar toestak. Ze voelde het sappige zoet haar keel in glijden.

'Ik bel ze morgen wel,' zei hij.

3

Louise en Edie gingen winkel in winkel uit. De geur van parfum bleef in hun neusgaten hangen. Ze gingen roltrappen op en af en slenterden langs rekken vol jurken die er van een afstand veelbelovend uitzagen, maar van dichtbij te veel kantjes en ruches hadden of te fel, te saai, te laag uitgesneden of te braaf waren. Louise hield er steeds weer een omhoog en drong erop aan dat Edie hem op zijn minst even zou passen, maar Edie schudde koppig haar hoofd. Rose zou een lange zwarte rok dragen met een split over de hele zijkant, en een zwart haltertruitje; ze zei dat ze er onweerstaanbaar uit zou zien. Edie wilde een toverjurk die voor een complete gedaantewisseling zou zorgen. Telkens als ze aan het feest dacht, kwam haar maag in opstand. Ze voelde een mengeling van opwinding en angst.

'Trek deze eens aan,' zei Louise in de zevende winkel.

'Maar die is veel te duur. Kijk dan.'

'Wat maakt het uit?' zei Louise roekeloos.

Edie nam de jurk mee naar de paskamer, wurmde zich uit haar spijkerbroek en T-shirt en trok hem over haar hoofd. Hij was lang en roodbruin, met een laag decolleté en een wijde rok die uitwaaierde wanneer ze ronddraaide. Hij deed haar romige huid en lange hals goed uitkomen. Ze hield haar haar omhoog en keek naar zichzelf. Wat zou hij denken als hij haar zo zag? Ze ging op haar tenen staan en glimlachte.

'Edie? Laat eens kijken. O, ja, dat is hem! Je ziet er prachtig uit.' Echt prachtig, dacht Louise. Ze zag er dun en fris uit, als een jong boompje. Een toverstokje. Louise pakte Edie bij haar smalle schouders en kuste haar. 'Echt heel mooi,' zei ze, en ze zag de blos van blijdschap op haar dochters wangen. 'Hij zal versteld staan.'

'Mam!' Edie bloosde tot in haar haarwortels.

'Ik ben niet blind, hoor.'

'Mam...'

'Ja?'

'Dank je wel.'

Ze keek nog een keer naar zichzelf en lachte naar haar spiegelbeeld. Nog een week.

De dagen waren warm en droog; het laatste beetje zomer. Het gras werd geel en de bladeren hingen slap aan de bomen. Edie werd iedere ochtend vroeg wakker en keek dan vanuit haar bed door de gordijnen naar de wolkeloze lucht, en ze hoorde de vogeltjes zingen in de tuin. Om half zeven stond ze op. Dan dekte ze de tafel, gaf Tangle te eten en wachtte tot de wekker van haar ouders ging en de geluiden van de dag begonnen: vloerplanken die kraakten boven haar hoofd, lopende kranen, Vic die vals neuriede onder de douche, iemand die iets riep, een radio die aangezet werd. Soms liep ze de tuin in, waar het gras nog nat was van de dauw en de mist in plukken aan de struiken hing, en waar de brandnetels hoog stonden in het slootje en de bladeren zich in zachte gouden bergen tegen de muur ophoopten. Dan plukte ze pruimen van de boom en at die op op de schommel die Vic had neergezet toen ze hier kwamen wonen, met het glibberige groene zitje en het rafelige touw, en dan keek ze naar de grijze lucht die langzaam turkoois kleurde en de zon die door het dunne laagje wolken brak.

Jude en zij gingen om kwart over acht van huis en liepen over het stoffige pad en door de brede laan met slaphangende beukenbomen naar de schoolbus. Om kwart voor vijf waren ze weer thuis, behalve op de dagen dat ze ging zwemmen. Ze zette altijd een pot thee en maakte haar huiswerk in het stille huis. De punt van haar pen kraste over het papier. Bijen tikten tegen haar raam. De schaduwen in de tuin werden langer en hulden de rozen en seringen in vroege duisternis. Ze voelde zich vreemd – traag en lusteloos en toch opgewonden. Ze wachtte. Wachtte tot haar leven echt zou beginnen.

Op de dag van het feest kwam Rose aan het eind van de middag naar haar toe. Ze ging in Edies kamer haar wenkbrauwen zitten epileren terwijl Edie in bad lag. Vic was buiten het gazon aan het maaien. Het raam stond open en ze rook het pasgemaaide gras. Beneden speelde Jude piano, keer op keer dezelfde noten, schril en aanhoudend. Edie keek naar haar lichaam, haar platte witte buik en de ladder van ribben; haar knokige knieën en lange voeten. Ze zag voor het eerst dat ze haren op haar tenen had. Ze waste haar haar twee keer en zeepte zich zorgvuldig helemaal in. Eenmaal uit bad poetste ze haar tanden en gorgelde ze met water. Ze was zich intens bewust van zichzelf, van iedere handeling die ze verrichtte.

De twee meisjes lakten in hun badjassen elkaars nagels. Rose föhnde Edies haar, stak het op met een bruingevlamde speld en haalde een paar dunne lokjes los, die in krullen langs haar gezicht vielen. Ze sprayden elkaar in met bodyparfum totdat de hele kamer ernaar rook. Ze deden talkpoeder op hun voeten en maakten witte voetafdrukken op de vloerbedekking. Toen was de make-up aan de beurt en brachten ze, samen voor de spiegel geknield, foundation, oogschaduw, eyeliner, mascara en lippenstift aan. Rose deed eerst rouge op haar eigen wangen en daarna op die van Edie. Ze namen hun taak erg serieus en spraken geen woord. Uiteindelijk keken ze naar hun aangedikte spiegelbeeld: twee levendige gezichten met glanzende rode lippen.

'We zien er prachtig uit,' zei Rose. Ze kuste Edie op haar wang en liet er een vuurrood ovaal achter.

Nieuw ondergoed, de voeten in de schoenen, kleding behoedzaam over het hoofd aangetrokken, nog meer lippenstift, een drupje parfum achter de oren en op de polsen, en nog een, want het duurde immers nog bijna een uur tot het feest begon en het parfum zou verdwijnen, de make-up zou vervagen en hun gezichten zouden er langzaam fletser gaan uitzien en weer gewoon worden. Ze deden een stapje terug en bekeken zichzelf aandachtig.

'Ergens zou ik willen dat ik gewoon thuisbleef,' zei Edie. Ze zag eruit als een vreemde, dacht ze; iemand van wie ze niet wist of ze haar wel aardig zou vinden, levendig en hard.

'Doe niet zo idioot. Het wordt hartstikke leuk. Je moet positief denken.'

Ze gingen de trap af, wiebelend op hun hoge hakken en plotseling verlegen. Vic en Louise zaten al te wachten. Ze zouden samen met de ouders van Rose, Simon en Alison, de hele avond beneden in de pub wachten en af en toe naar boven komen om zich ervan te verzekeren dat niemand zich misdroeg. Louise zette theatraal grote ogen op.

'Wat zien jullie er schitterend uit,' zei ze. 'Oogverblindend.'

'Dank je,' zei Edie. Ze keek even naar Vic, die naar haar glimlachte, maar het leek eerder een grimas van verbazing. Ze zag dat hij zich had gesneden met scheren en er zat een flintertje tissue aan zijn hals geplakt.

'Heel mooi,' zei hij. 'Ik zou je amper herkend hebben.'

Edie danste tweeënhalf uur lang. Ze hadden een disco ingehuurd van een vriend van een nichtje van Rose. Na afloop kon ze zich de muziek niet herinneren, alleen het krampachtige, ellendige gevoel. Ze danste met Jonathan van school, met zijn oudere broer Tom, en daarna probeerde een jongen die ze nog nooit had gezien haar te zoenen zodra de muziek ophield, maar ze deinsde achteruit. Ze danste met Bob, die een weekendje terug was van de universiteit en laat op het feest was verschenen met Stella, en toen weer met Jonathan. Ze sprong op en neer op de punkritmes en een doffe pijn bonsde mee in haar schedel. Ze deinde en tolde rond. Ze voelde blaren op haar hielen komen, in haar schoenen met hoge hakken. Ricky zat aan de kant shag te roken. Ze had hem zien binnenkomen met een paar andere jongens en net gedaan of ze hem niet zag. Ze was doorgegaan met dansen, extra uitbundig, ook al was ze de maat helemaal kwijt en sprong ze maar wat onhandig rond. Ze probeerde te flirten en lachte te veel naar degene met wie ze op dat moment danste. Haar wangen gloeiden en ze had hoofdpijn en een droge mond. Ze wachtte tot ze een hand op haar schouder zou voelen, maar hij kwam niet naar haar toe. Hij zat daar met een glas bier te kijken naar alle mensen die in het midden van het zaaltje op een kluitje stonden. Hij had dezelfde kleren aan als de vorige keer, maar zijn haar was korter en schoner. Ze zag hem de hele tijd, uit haar ooghoeken. Ze voelde hem achter zich wanneer ze met haar rug naar hem toe stond.

Na een hele tijd ging ze naar de wc, waar ze met haar warme hoofd in haar handen op de gesloten toiletpot ging zitten. Alles was verkeerd; al haar stomme, kinderlijke dromen. Hij was niet geïnteresseerd. Het kwam niet eens bij haar op dat hij misschien verlegen was tussen vreemde mensen. Ze wist alleen dat het feest bijna afgelopen was en dat ze nog niet eens hallo tegen elkaar gezegd hadden; ze hadden elkaar zelfs niet aangekeken. Na al dat wachten zou het zo eindigen, huilend in een stinkend wc-hokje.

Toen ze terugkwam, ging ze aan de bar een glas wijn halen. Er werd nu langzamere muziek gedraaid. Ze dronk haar glas met snelle slokjes leeg. Er kwam iemand naar haar toe om te vragen of ze wilde dansen, maar ze schudde haar hoofd en strompelde de trap af. Louise, Vic, Simon en Alison zaten aan een tafeltje, met glazen wijn en een schaal sandwiches. Louise zat geanimeerd te praten, lachen en gebaren. Haar zilveren armband schoof helemaal naar haar elleboog. Ze boog zich naar Simon toe, legde een hand over de zijne en haalde zijn sigaret uit zijn mond om er een trekje van te nemen, hoewel ze eigenlijk niet rookte. Ze zag Edie niet naar buiten gaan, de frisse, donkere avond tegemoet. Edie liep over de parkeerplaats naar de oever van de rivier en keek omhoog. De maan gaf vaag, diffuus licht achter de dunne wolkenflarden. Ze liet het briesje over haar gloeiende gezicht gaan. Boven draaide de diskjockey *Without You*. Op een dag, dacht ze bij zichzelf, terwijl ze het eigenlijk niet geloofde maar wist dat het waar was, op een dag zou ze getrouwd zijn en kinderen hebben en op deze avond terugkijken en glimlachen bij de gedachte dat ze zich zo ongelukkig had gevoeld omdat een jongen die ze amper kende haar niet had gevraagd met hem te dansen op *Without You*. Misschien zou ze zich zijn naam niet eens herinneren. Ricky.

Ze hoorde knerpende voetstappen op het grind maar verroerde zich niet. Ze voelde een hand op haar schouder, heel aarzelend. Toen draaide ze zich om. Ze voelde de tranen opdrogen op haar wangen. Hij stak een hand uit en deed een lok haar achter haar oren. Ze glimlachte waterig naar hem.

'Ik dacht dat je het naar je zin had,' zei hij.

'Niet echt.'

Hij sloeg zijn armen om haar heupen, bijna zonder haar aan

te raken, en ze deed een stapje naar voren, zodat haar wang zachtjes tegen zijn borst rustte. Toen legde ze haar handen op zijn rug, of eigenlijk alleen haar vingers, en ze duwde ze in zijn spijkerhemd.

'Ik moest de hele tijd aan je denken,' zei Ricky in haar haar.

'Ik ook aan jou.' De blijdschap laaide in haar op.

'Maar je deed net of je me niet zag. Toen ik binnenkwam.'

'Ik was bang.'

'Bang?'

'Dat je niet geïnteresseerd zou zijn.'

Ze kusten elkaar heel licht op de lippen, één keer maar, bang om de betovering te verbreken. Ze liet haar vingers over zijn rug glijden. Hij trok haar dichter tegen zich aan. De laatste sentimentele klanken van *Without You* stierven weg en *Hi, Ho, Silver Lining* begon.

'Zullen we dan gaan dansen?' vroeg hij.

'Graag.'

Hand in hand liepen ze terug naar binnen. Alleen al de druk van zijn vingers bezorgde haar stroomstootjes in haar arm. Haar hele lijf voelde zacht en losjes; iedere ademhaling ging gepaard met een huivering. Vic, die nog met zijn kin in zijn hand aan het tafeltje zat, keek naar haar toen ze binnenkwamen, en toen gleed zijn blik naar Ricky. Ze zag een frons op zijn voorhoofd verschijnen, maar het kon haar niet schelen. Ze glimlachte naar hem en trok Ricky aan zijn hand mee naar boven. Ze was zich er vaag van bewust dat Louise met Simon aan de bar stond en haar nakeek.

Ze dansten en lachten naar elkaar. Jude zat helemaal alleen in een hoekje met een zak chips in haar handen, maar Edie wendde haar blik af. Dit was haar avond. Ricky begroef zijn handen in haar haar en kuste haar mond en hals. Hij zei dat hij haar graag nog eens zou willen zien en zij zei dat zij dat ook wilde. Heel graag zelfs, zei ze, en ze legde haar handen op zijn wangen. Ze wist nu precies wat ze moest doen. Toen de lichten aangingen, knipperden ze allebei met hun ogen.

'Ik heb je telefoonnummer,' zei hij. 'Op je brief, toch?'

Ze knikte. Vic en Louise waren nu in het zaaltje. De mensen die weggingen, dromden samen de trap af, naar hun jassen en hun lift naar huis. Ze kwamen naar haar toe en zeiden tot ziens, bedankt, leuk feest, tot maandag... Edie pakte Ricky's hand, met de gele vlekken op zijn vingers en zijn afgekloven nagels, draaide hem om en kuste zijn handpalm.

'Ik wacht op je telefoontje.'

4

'Edie? Met Ricky.'

'Hallo, Ricky.' Haar stem klonk schor. Ze schraapte haar keel en er viel een korte stilte. Ze kon niets bedenken om te zeggen. Geen woord.

'Ik dacht dat we misschien morgen na school konden afspreken. Als je wilt, natuurlijk.'

'Dat wil ik wel,' zei ze.

'Vier uur dan.'

'Goed. Ik heb mijn schooluniform aan.' Ze bloosde om haar eigen onbeholpenheid.

'Ja, nou, ik denk dat ik je toch wel herken, hoor. Ik zie je morgen.' De verbinding werd verbroken.

'Heb je het al gehoord? Edie heeft een vriendje.'

Edie prikte met haar vork in de omelet. Het binnenste was nog zacht, met spikkels gehakte bieslook.

'Een vriendje?'

'Hij heeft net gebeld. Dick.'

'Ricky,' zei Edie. Ze glimlachte toen ze zijn naam zei; ze kon er niets aan doen. 'Ricky Penrose.'

'Is dat die jongen van gisteravond?'

'Ja,' zei Edie. 'Ik heb morgen met hem afgesproken. Na school. Ik kom wat later thuis.'

'Het is een mafkees,' zei Jude plotseling.

'Doe niet zo stom. Je weet helemaal niks van hem.'

'Ik weet dat het een rare is. De broer van Sarah Caldecott kent hem. Hij was op het feest.'

'In welk opzicht raar?' vroeg Louise.

'Gewoon... raar,' zei Jude. 'Hij gaat om met lui die van school zijn gestuurd en zo. Tenminste, dat zegt Greg.'

'Waarom vraag je niet of hij mee hiernaartoe komt?' zei Louise. 'Dan kunnen wij hem ook leren kennen. Ik vind het geen prettig idee dat je zomaar wat met hem rondhangt na schooltijd.'

'Nee.'

'Waarom niet?'

'Kom op, mam. Ik ga echt niet bij ons allereerste afspraakje vragen of hij zich door mijn ouders wil laten keuren.'

'Edie, alleen om...'

'Nee!'

'Ik wil niet dat je ervandoor gaat met een wildvreemde jongen van wie we helemaal niets weten.'

'Hij is niet vreemd. Trouwens, ik ben verdorie zestien. Bijna zeventien. Er zijn mensen die op hun zestiende het huis uit gaan.'

'Maar jij woont nog thuis, hè?'

'We leven niet in de Victoriaanse tijd. Bovendien hebben jullie Stella ook nooit zo behandeld.'

'Dat was wat anders.'

'Hoezo? Wat was daar anders aan?'

'Ik kende Bob al,' zei Stella rustig. 'Louise en Vic kenden zijn ouders zelfs al een beetje.'

'Hartelijk bedankt voor je steun, Stella. Ik neem hem niet

mee naar huis en daarmee basta. En ik ga morgen na school wél naar hem toe. Jullie kunnen me niet tegenhouden.'

'Dat proberen we ook helemaal niet, we zeggen alleen...'

'Ik ben zestien en ik heb afgesproken met een jongen. Ik zal heus geen drugs gebruiken of weglopen of zo, hoor. Ik ga naar hem toe en dan kom ik weer naar huis om mijn huiswerk te maken en me te gedragen als een plichtsgetrouwe dochter. Zoals altijd.' Ze schrok van de woede in haar eigen stem.

'De broer van Sarah Caldecott zei...'

'Hou je kop over die stomme broer van Sarah Caldecott. Het kan me niet schelen wat hij zegt, of wie dan ook.'

'Je bent echt verliefd op hem,' zei Jude opgewekt. 'Zo heb ik je nog nooit gezien.'

'Ach, hou je mond. Ik heb gewoon na school met hem afgesproken. Het stelt niks voor. Zullen we het ergens anders over hebben?'

'Goed,' zei Louise, en er viel een stilte.

Hij stond tegen de muur geleund, zijn shagje bungelend aan zijn onderlip. Ze liep naar hem toe, zich ervan bewust hoe ze eruit moest zien bij daglicht, in haar uniform, de donkerbruine wollen rok met de kriebelende tailleband en de fletsblauwe blouse. Ze droeg geen make-up en had een streng paardenstaartje in haar haar, zoals ze het altijd droeg voor scheikunde. Ze rook naar het lab.

Ricky knikte alleen maar en nam haar tas van haar over. Ze liepen zonder elkaar aan te raken of iets te zeggen naar de rivier, waar ze op een bankje gingen zitten, vlak bij de oever. Er was iets op de rugleuning geschreven: 'Ter nagedachtenis aan onze geliefde Gareth, 1949–1970, die niet langer de hitte van de zon vreest.' Heel even, één paniekerig moment, wilde ze in snikken uitbarsten. Ze klemde haar lippen op elkaar en haalde diep adem. Toen probeerde ze te bedenken wat ze moest zeggen – iets boeiends; wat dan ook. Maar er kwam niets. Ze staarde voorbij de oever naar het trage, bruine water, waarin allerlei rommel en dood hout dreef. Er kwam een man in een smalle boot langsgeroeid, voorovergebogen naar de riemen. Zijn lichaam bewoog naar achteren en naar voren op het bankje, en zelfs vanaf de waterkant kon Edie zijn armspieren zien bewegen wanneer hij aan de riemen trok.

Ricky haalde een joint tevoorschijn uit de zak van zijn trui, ogenschijnlijk zonder zich iets aan te trekken van de vrouw met de roodbruine Ierse setter die aan zijn riem trok en de man die met grote zweetkringen onder zijn oksels voorbij jogde.

'Deze had ik alvast gedraaid,' zei hij, en Edie lachte, hoewel ze een droge mond had van de zenuwen. Ze had één keer eerder een jointje gerookt, met een groepje vrienden van school, en het enige effect was geweest dat ze er draaierig en misselijk van werd. Ze keek toe hoe Ricky zich naar voren boog, een lucifer afstreek en zijn hand om het vlammetje vouwde, de joint aanstak, diep inhaleerde en de rook vasthield in zijn borst voordat hij hem uitblies. Ze wilde niet zeggen dat ze eigenlijk niet wist hoe het moest. Ze was zich er akelig van bewust dat ze haar vader 'papa' noemde, grote bewondering had voor haar moeder, beleefd deed tegen haar leraren, op school onderscheidingen kreeg voor haar inzet, dat ze niet rookte, geen drugs gebruikte, zelden vloekte en nooit verder was gegaan dan zoenen en heel af en toe wat onhandig en ongewenst gefriemel. Ze voelde zich belemmerd door alles wat ze nog niet had meegemaakt en door de lichtheid van haar leven.

Hij gaf haar de joint. Ze probeerde om net als hij had gedaan een trechter van haar vuist te maken en de rook erdoorheen te trekken. Ze moest ervan hoesten en werd een beetje misselijk toen ze de rook vasthield in haar longen. Toen blies ze uit, langzaam, net zoals hij had gedaan. Ze herhaalde de handeling nog een keer en gaf hem opgelucht de joint terug.

Toen die op was, ging Ricky staan om de peuk onder zijn hak te vermorzelen.

‘Zullen we een eindje lopen?’

‘Goed.’ Zodra ze een stap zette, begon alles voor haar ogen te draaien. Ze stak giechelend een hand uit om haar evenwicht niet te verliezen.

‘Moet je nou eens kijken!’ zei Ricky. ‘Je bent nu al stoned!’

‘Niet waar, niet echt. Ik ben gewoon… blij.’ Zodra ze die roekeloze woorden had uitgesproken, hoorde ze in gedachten Rose zeggen dat ze wat afstandelijker moest doen.

Maar Ricky pakte haar hand en bracht hem naar zijn lippen. Die voelden droog aan in haar handpalm. Ze keek naar hem. Hij had heel grote pupillen, net als de eerste keer dat ze hem zag. Ze kon haar eigen gezicht erin weerspiegeld zien.

‘Hallo,’ zei ze. Ze deed een stap dichterbij, tot ze zichzelf niet meer zag in zijn ogen, en legde haar andere hand tegen zijn wang.

Toen nam hij haar in zijn armen, onder haar blazer en over haar schoolrok heen. Ze begroef haar handen in zijn zachte haar en trok zijn gezicht naar zich toe. Hun lippen raakten elkaar en hij maakte een zacht geluid, als een lichte kreun van pijn. De vreugde fladderde als een vogeltje in haar borstkas. Een vrouw liet haar afkeuring blijken toen ze langs hen beende.

‘Weet je,’ zei hij toen ze uit elkaar gingen. ‘Ik heb wel twintig briefjes geschreven voor dat ene dat ik je heb gestuurd.’

‘Echt waar? Meen je dat? Wat stond erin?’

‘Ik schrijf ze nog wel een keer. Als je wilt.’

‘Ja, dat wil ik wel.’

Ze pakten elkaars hand en liepen langzaam verder. Zo nu en dan bleven ze staan en schoven ze dicht naar elkaar toe. Ze drukten hun lippen tegen elkaar, en hun schouders. Zijn haar gleed langs haar wang. Een paar gele blaadjes dwarrelden naar beneden, en een ervan landde in zijn haar. Ze haalde het eruit en stopte het stiekem in de zak van haar blazer.

'Ik vond het niet leuk dat je me in mijn schooluniform zou zien,' zei ze.

'Doe niet zo raar,' zei hij. 'Je bent mooi.'

'Nee,' zei ze, blozend van blijdschap. 'Rose is mooi, en een paar andere meisjes op school. Ik niet. Vorige week hebben de jongens een toptien opgesteld en ik stond er niet in. Niet dat ik dat verwacht had, hoor.'

Zodra ze het had gezegd, had ze er spijt van. Ze wilde niet dat Ricky haar door hun ogen zou bekijken en plotseling zou zien hoe gewoon ze was. Maar hij haalde alleen maar zijn schouders op. 'Stelletje stomkoppen,' zei hij. 'Ze zijn zo stom dat ze lijstjes maken en andere mensen punten geven. Ze willen alleen maar blond haar, grote tieten en korte rokjes. Een pruilmondje en zaadvragende ogen, zoals de vrouwen bij de Miss World-verkiezingen. Dat is niet mooi, dat is alleen de buitenkant.'

'Goed zo,' zei ze giechelend.

'Ik meen het. Sommige dingen moeten geheim blijven, die moet je koesteren. Als een cadeautje.'

'Oké, dan geef ik je mijn schoonheid cadeau, gewoon zoals ze is,' zei ze luchtig. 'Goed?'

'Echt?' Hij bleef staan en pakte haar bij haar schouders. Ze schrok van zijn intensiteit; de verwilderde blik in zijn ogen en zijn vingers die in haar huid knepen.

'Ja,' zei ze. En op dat moment zou ze hem de hele wereld hebben gegeven.

Toen Edie wakker werd, was het huis donker en stil, op het kraken van de leidingen en het zuchten van de wind voor haar raam na. Ze stond op en trok haar oude ochtendjas aan. Alle lichten waren uit en de deuren van de slaapkamers waren allemaal dicht. Ze slofte in haar pantoffels naar de keuken en zette water op.

Het drong tot haar door dat ze honger had. Ze had al dagen niet fatsoenlijk gegeten, of eigenlijk al weken niet. Ze stopte een snee enigszins oudbakken brood in de broodrooster, wachtte tot hij omhoogkwam en deed er boter en frambozenjam op. De jam had ze samen met Victor gemaakt, een paar maanden geleden. De frambozen kwamen van een boerderij waar je zelf fruit mocht plukken, een paar kilometer verderop. Ze kon zich die dag nog precies herinneren: onbewolkt en heel warm, het zand in de stoffige geulen gloeiend heet en de stengels slap in de warme lucht. Edie was op haar knieën gaan zitten om onder de bladeren te kijken waar het fruit zich schuilhield, waarna ze de frambozen voorzichtig van de witte rompjes had getrokken. Ze herinnerde zich de geur van zonnebrandcrème en het zoete, rottende fruit. Boven haar had Victor, met een grote zonnehoed op en witte armen die langzaam prikkend roze kleurden waar zijn T-shirt ophield, gestaag doorgeplukt zonder ook maar één framboos te eten. Ze hadden twee volle manden zachte, bijna paarse vruchten geplukt, die smolten onder hun eigen gewicht. 's Avonds thuis hadden ze ze met suiker gekookt tot de donkerrode vloeistof borrelde, en daarna steeds een schepje laten afkoelen op een schoteltje om te kijken of de jam al dik genoeg was. Het etiket op de pot was beschreven in Victors krabbelige handschrift. Edie beet in haar geroosterde boterham en dacht terug aan hoe hij er die dag had uitgezien: zijn dikke buik onder het blauwe T-shirt dat hij al had zolang ze zich kon herinneren, zijn bleke, dunne benen in de wijde witte korte broek, zijn roze ellebogen en die stomme hoed boven zijn witte voorhoofd. Ze nam een hap van haar brood en keek naar de massieve vormen van de bomen in de tuin.

De kat lag opgerold op een stoel met gesloten ogen zacht te spinnen. Edie streelde zijn rug en voelde de trillingen door het lijfje gaan. Ze deed de achterdeur open en bleef even staan om naar buiten te kijken. De wind zuchtte in de bomen. Een paar gevallen bladeren ritselden op de grond. De halve maan stond vlak boven de bomen, met ernaast één witte ster. Vroeger had haar vader altijd een liedje voor haar gezongen als hij haar welterusten kwam zeggen. Dan trok hij het laken tot vlak onder haar kin, streek haar haar naar achteren en streelde haar wang.

Ik zie de maan,
De maan ziet mij,
De maan ziet degene
Die ik wil zien...

Ze zong het nu voor zich uit, zachtjes. Haar mond liep over van blijdschap. Achter haar kookte het water luidruchtig. Ze sloot de deur, deed twee scheppen theeblaadjes in de pot en schonk er water op. De keukenklok gaf twee uur 's nachts aan.

'Edie? Wat ben jij nou aan het doen? Ik dacht dat je een inbreker was of iets dergelijks.' Zelfs met een dik gezicht van de slaap was Stella nog stralend en mooi.

'Ik kon niet slapen. Wil je thee?'

'Goed. Ik ben ongesteld en heb verschrikkelijke buikpijn. Misschien helpt iets warms.' Ze ging aan tafel zitten en vouwde haar handen om de mok.

'Heb ik je wakker gemaakt?'

'Niet echt. Gaat het wel goed met je?'

'Ja. Ik ben alleen een beetje rusteloos.'

'Hoe komt dat?'

Opeens wilde Edie Stella alles vertellen. Ze deed haar mond al half open. Maar wat viel er te vertellen? Ricky heeft me gekust. Ik heb Ricky gekust. Ik kon wel dansen van geluk. Ik heb een doodsbang maar ook heel blij, spannend gevoel ergens diep in mijn buik. Ik kan niet slapen, ik krijg geen hap door mijn keel en ik denk alleen nog maar aan hem. Al die emoties ingekookt tot een paar schamele woorden waardoor ze jong en belachelijk klonk. Dus nam ze schouderophalend nog een grote slok thee terwijl Stella haar liefdevol aankeek.

'Morgen is het nog maar twee weken,' zei Stella na een stilte.

'Wat?'

'Tot ik het huis uit ga, natuurlijk.'

'Zo snel al?'

'Jep. Dus geniet nog maar even van me.'

'Hoe doe ik dat?'

'O, je weet wel. Me ontbijt op bed brengen, helpen mijn kamer leeg te ruimen, dat soort dingen.'

'Vind je het leuk?'

'Min of meer. Ik heb nu al een beetje heimwee. Gek, hè? Ik kijk er al ongeveer sinds mijn dertiende naar uit om het huis uit te gaan, naar de universiteit, maar nu zou ik wel wat meer tijd willen. Om in bed te liggen en te ruiken dat er beneden koffie wordt gezet, een beetje rond te hangen in mijn ochtendjas en lekker te niksen, gewoon hier te zíjn. Alles wordt anders, hè? Je wacht en wacht tot er iets verandert, maar als het gebeurt, zou je willen dat alles bij het oude was gebleven.'

'Mama vindt het verschrikkelijk dat je weggaat, weet je dat?'

Stella blies in haar thee en fronste haar voorhoofd. 'Ja, maar het is alsof ik nu het leven krijg dat zij nooit heeft gehad. Daardoor voel ik me een beetje schuldig omdat ik wegga.'

Edie en Stella hadden bijna nooit op die manier met elkaar gepraat. Hoewel ze maar twee jaar scheelden, was Stella altijd duidelijk de oudste dochter geweest: verstandig, zelfstandig en zo royaal tegenover haar jongere zusjes dat het duidelijk was dat ze geen bedreiging voor haar vormden. Zij had de weg naar de volwassenheid vrijgemaakt met haar zelfverzekerdheid; ze lakte op haar slaapkamer haar nagels met vriendinnen, noemde haar ouders bij hun voornaam, bladerde in glanzende tijdschriften, deed discreet over haar menstruatie, kocht witte kanten beha's die ze zelf waste en boven het bad te drogen hing, ging uit met leuke jongens, slaagde met redelijke cijfers voor haar examen, kwam vóór middernacht thuis of belde op om te zeggen dat het later zou worden en werd pas ontmaagd na een bezoekje aan de dokter voor voorbehoedsmiddelen.

'Dat is waar,' zei Edie nu met een knikje naar Stella, en ze nam een slokje van haar afgekoelde thee. 'Maar het huis zal wel heel leeg zijn zonder jou.'

'Je went er snel genoeg aan.'

'Dat denk ik niet. Ik denk dat we ons niet compleet zullen voelen als jij er niet bent. We zullen altijd wachten tot je weer thuiskomt. Vooral mama.'

Ze voelde zich opeens oud en wijs, daar in de keuken met Stella, haar lippen nog pijnlijk van het kussen. Je kunt tegelijkertijd gelukkig en droevig zijn, dacht ze bij zichzelf.

'Wat?' Ze realiseerde zich dat Stella weer tegen haar praatte.

'Ik zei dat je niets over hem weet.'

'Nee,' zei Edie. Toen glimlachte ze. 'Maar dat komt toch wel? Beetje bij beetje leer ik hem kennen.'

5

Hij was enig kind en had een alleenstaande moeder. Zijn vader was vroeger vaak dronken en had af en toe geweld gebruikt; hij was vertrokken toen Ricky drie was, vlak na de dood van zijn broertje, een baby nog, en nu stuurde hij Ricky zelfs geen verjaardagskaart meer. Ze woonden in een wijk met gemeentewoningen, en er sneuvelde wel zo'n beetje iedere week een ruit of er werd verf tegen de ramen gegooid. Zijn moeder had allerlei baantjes: schoonmaken, gordijnen naaien, hier en daar oppassen en soms sprong ze bij in de *fish & chips*-zaak. In haar vrije tijd las ze modetijdschriften en biografieën van actrices. Ze wilde dat Ricky boekhouder of leraar zou worden; een middenklassebaan met zekerheid. Ricky wilde reizen en films maken die de wereld een spiegel zouden voorhouden. Zijn beste vriend, Cal, had de middelbare school niet afgemaakt, lag het grootste deel van de dag in bed en was bijna elke avond van de wereld. Zijn eerste vriendin was anderhalf jaar ouder dan hij; inmiddels had ze anorexia en woog ze zo'n vijfendertig kilo.

Hij rookte dope, slikte LSD en dronk soms, voor de afwisseling, zware hoestdrank waar hij suf van werd, een lekker gevoel van kreeg en zichzelf niet meer was. Hij speelde saxofoon en gitaar, geen van beide erg goed. Hij at geen vlees. Hij was linkshandig. Hij rookte ongeveer vijfentwintig sigaretten per dag, shagjes die hij met één hand kon draaien. Hij had migraineaanvallen waar hij ziek en misselijk van werd, maar naderhand voelde hij zich op een vreemde manier als herboren, als een landschap na een storm.

Hij pleegde winkeldiefstalletjes, maar alleen in grote winkels. Hij vond school waardeloos en de politiek corrupt. Hij beet op zijn nagels. Hij masturbeerde 's avonds in bed, maar niet iedere dag. Hij had last van slapeloosheid. Hij had wel eens zelfmoord overwogen. Hij was gek op katten, maar had er zelf geen. Hij hield van roofvogels. Hij hield van Baudelaire (vertaald) en Neil Young. Ging graag wandelen in de vroege ochtend, wanneer de straten verlaten waren. Hij geloofde niet in God, maar als hij gelovig zou zijn, zou hij boeddhist zijn geweest. Hij had een hekel aan pakken en stropdassen. Hij had de pest aan voetbal, heavy metal en baarden. Hij haatte zijn vader.

Hij had een litteken op zijn buik van een blindedarmoperatie twee jaar eerder. Nu trok hij zijn hemd omhoog om het aan Edie te laten zien, en ze staarde naar zijn dunne, melkwitte buik en de smalle, grillige streep die doorliep tot onder zijn broekriem. Ze huiverde. Ze had zichzelf nog nooit toegestaan zich het lichaam van een man voor te stellen, niet echt.

En hij had een litteken op zijn duim, van de keer dat hij had geprobeerd een bierflesje open te maken met een steen. Ze pakte de duim om het litteken tegen haar lippen te drukken en voelde met haar tong het opstaande randje.

In het café vlak bij school verstrengelden hun benen zich onder het tafeltje en raakten hun handen elkaar licht. Buiten regende het gestaag; de straat was gevuld met paraplu's. Ze bogen zich naar elkaar toe en staarden naar elkaars gezicht en mond.

Hij kwam kijken toen ze aan het zwemmen was. Ze droeg een effen zwart badpak en had haar haar weggestopt onder een zwarte badmuts die strak om haar slapen zat en waar ze hoofdpijn van kreeg. Over de badmuts droeg ze een blauw zwembrilletje dat in haar huid sneed en kringen rond haar ogen maakte. Hij keek vanaf de tribune toe hoe ze met een stuk of tien andere zwemmers op en neer zwom in het turkooizen water onder hem: borstcrawl, schoolslag, rugslag. Ze kon goed zwemmen, met haar platte buik, sterke schouders en grote handen en voeten. Als ze zwom, zag het eruit alsof het haar geen enkele moeite kostte. Na afloop kwam ze in een gele handdoek gewikkeld naast hem staan, deed haar zwarte badmuts af en schudde haar natte lokken. Hij legde één hand op haar scherpe sleutelbeen en friemelde aan het bandje van haar badpak.

'Je ruikt naar chloor,' zei hij.

'Hmm. Ik ga wel douchen.'

'Ik vind het lekker ruiken.'

Ze slikte en leunde dichter naar hem toe. Haar huid schrijnde van verlangen.

Haar dagen in de zon. Zon van binnen en buiten, en ze kon haast niet zeggen waar het ene eindigde en het andere begon. Ze lag in de tuin in een korte spijkerbroek en het bovenstukje van haar bikini en genoot van de warmte die tot laat in de avond bleef hangen. Ze legde haar hand op haar buik. Ze raakte haar ribben en haar bekken aan. Ze streelde haar hals en gezicht, heel zachtjes, zoals Ricky dat deed. Ze liet haar vingers over haar licht gezwollen lippen glijden. Haar ledematen voelden zwaar en haar armen en haar holle buik waren bedekt met een dun laagje zweet. Huiszwaluwen doken de dakranden van de schuur in en uit. Ze keek er een tijdje naar en deed toen soezerig haar ogen dicht. De zon brandde verder binnen in haar hoofd, als een wazige gouden schijf.

Louise en Vic zaten aan de tuintafel met de ouders van Rose, Simon en Alison. Ze hoorde hun stemmen, dan hard, dan weer zachter, het geklingel van glazen en Louises lach; ze rook de kamperfoelie, de nachtviolier en de barbecue. Plotseling klonken er een kreet en harde stemmen – er was iets aangebrand; iemand was kwaad. Maar het deed er niet toe. Niets deed er nu toe. Alleen dit.

Rose vroeg of ze samen met Ricky uit wilde gaan met haar en Matt, met zijn vieren.

'Misschien,' zei Edie ontwijkend.

'Ga nou mee. Het wordt vast heel leuk.'

'Misschien een andere keer.'

'Je kunt hem niet de hele dag in de ogen zitten staren, dan ben je zo op elkaar uitgekeken. Ga dit weekend met ons schaatsen in Birmingham. Wat dacht je van zaterdag?'

'Ik zie wel.'

'Als je het niet wilt, zeg dat dan gewoon. Dan vraag ik Laura.'

'Oké.'

'Je bent veranderd, weet je dat?'

'Hoe bedoel je?'

'Je kunt je vriendinnen niet zomaar vergeten en dan denken dat we wel wachten tot je weer terugkomt.'

'Zo is het helemaal niet.'

'Nee?'

'Nee.'

'Hij zal je nog verdriet bezorgen. Je moet leren om je een

beetje in te houden en het spelletje op de juiste manier te spelen.'

'Het is geen spelletje.'

'Dat bedoel ik.'

Rose draaide zich om en liep naar een groepje giechelende meisjes op het schoolplein.

Ze vertelde hem ook over zichzelf, hoewel ze soms het gevoel had dat er niet veel te vertellen viel. Ze vertelde over haar zussen, en dat ze zichzelf altijd had beschouwd als de middelste: Stella was de mooie, beminnelijke en populaire van de drie, Jude de onhandige, lastige en pientere. Ze had er altijd tussenin gezeten; redelijk slim en opgewekt, en geliefd genoeg om zich geen zorgen te hoeven maken. Ze had tegen hem gezegd dat ze later dokter werd – huisarts of kinderarts. Ze wilde mensen beter maken en hun onduidelijke kwalen een naam geven. Als arts kon je de oorzaak van het leed vaststellen en de pijn wegnemen. Dat zei ze allemaal, maar haar toekomst leek opeens onbelangrijk. Wat telde, was het hier en nu. Ze was uit de schaduw tevoorschijn gekomen, in de schittering van het heden.

Ze beschreef haar vakanties. Wandelen in Schotland: paarse hei en mist, zwemmen in het ijskoude water van *lochs*. Kamperen in Bretagne, waar alle huizen luiken hadden en de stadjes lanen van geknotte bomen, waar ze croissants hadden gegeten bij het ontbijt en crêpes als avondeten. Hij was nog nooit in het buitenland geweest; hij had nooit op een veerboot of in een vliegtuig gezeten. Hij ging zelden op vakantie – behalve die ene keer dat hij met Cal naar Devon was gelift en ze op het strand hadden geslapen en zes dagen lang niets anders hadden gegeten dan brood met kaas.

Door het vertellen werd ze zich er meer en meer van bewust dat ze deel uitmaakte van een netwerk van mensen – ouders, zusjes, grootouders, bezorgde volwassenen – terwijl hij er alleen voor stond. Zij woonde in een huis vol lawaai en wrijving, waar iedereen zich bewust was van de anderen en waar 's ochtends een rij voor de badkamer stond; ze was gebonden aan verantwoordelijkheden en verwachtingen. Hij woonde in een piepkleine gemeentewoning en was vaak alleen. Hij kon doen waar hij zin in had, gaan en staan waar hij wilde. Niemand schreef hem voor waar hij in moest geloven. Niemand schreef hem regels voor; hij stelde ze zelf op, in een vreemde mengeling van romantiek, existentialisme, jeugdig pessimisme en rauwe behoeftigheid.

Ze vertelde hem over haar ouders – over Louise die jong getrouwd was en nu in een interieurwinkel werkte, waar ze lappen stof en koperen deurklinken verkocht. Toen ze zei dat Vic makelaar was, trok Ricky zijn wenkbrauwen op.

'Zo is hij helemaal niet,' zei ze verdedigend.

'Hoe niet?'

'Zoals je van een makelaar verwacht. Je weet wel. Het is gewoon zijn werk.'

'Hoe is hij dan wel?'

'Hij is...' Ze zocht naar het juiste woord. Makelaars waren doorgaans glad, enthousiast en zonnebankbruin met grote, gouden horloges. Vic was schuchter en zwijgzaam. Hij dacht na voordat hij iets zei, met gefronst voorhoofd en één vinger tegen zijn neus. Vaak waren mensen te ongeduldig om het antwoord af te wachten en praatten ze door zijn weloverwogen stiltes heen.

'Lief,' zei ze uiteindelijk. 'Hopeloos,' voegde ze eraan toe, en ze voelde een steek van wroeging vanwege haar trouweloosheid.

En aan de oever van de rivier vertelde ze hem over de jongens die haar hadden gekust, en ze probeerde hen belangrijker te maken dan ze in werkelijkheid waren.

Ze vertelde hem dat ze nog maagd was. Ze zei het toen ze liepen te wandelen, hun handen losjes in elkaar gehaakt, en ze keek naar de grond toen ze het vertelde. Ze keek niet op. Ze wilde zijn gezicht niet zien. Haar woorden leken in de lucht te blijven hangen. De druk van zijn vingers veranderde niet, evenmin als het tempo van zijn passen.

'Dan word ik je eerste.'

Ze liepen zwijgend verder. Ze kon haar hart horen bonzen.

'Ja.'

Haar oma zou dat weekend komen logeren en Louise stond erop dat ze allemaal samen zouden eten.

'En dit is Stella's laatste weekend thuis. Probeer alsjeblieft te komen. Als ze weg is...' Ze prikte kruidnagels in een ham. Het scherpe aroma vulde de keuken. Toen zei ze: 'Waarom nodig je die jongen niet uit, die...?'

'Ricky.'

'Als je nu eens vraagt of Ricky zaterdagavond komt eten. We willen hem graag leren kennen.'

'Voor het avondeten?'

'Ja. Hoezo, eet hij 's avonds soms niet?'

'Oké.'

'Echt? Ik bedoel, het hoeft niet, als je het niet wilt. Alleen, nou ja, mijn moeder wil je graag zien.'

'Ze wil weten wat voor iemand ik ben.'

'Ja.'

'Hoe laat?'

'Ik weet niet. Een uur of zeven?'

'Goed.'

Ze onderdrukte de neiging om te zeggen dat hij een schone spijkerbroek moest aantrekken, zijn haar moest wassen, Louise een stevige hand moest geven en haar daarbij moest aankijken. Wat maakte het tenslotte uit of ze hem aardig vonden, en of hij hen aardig vond?

'Bedankt,' zei ze.

6

Ellen was een stevige, rusteloze vrouw. Haar kleding was kraakhelder, haar bruingrijze haar kortgeknipt en resoluut achter haar oren geborsteld. Haar mond stond strak in een uitdrukking die hoopte een glimlach te worden. Ze stond altijd kaarsrecht, schouders naar achteren, en liep snel. Ze vond het vreselijk om niets te doen, of misschien was ze er bang voor. Haar weken werden vooruit gepland en ingedeeld in een vast rooster, waarin ze haar huis en tuin onberispelijk hield, een avondcursus Italiaans volgde, boeken las over geschiedenis, politiek en de pracht en praal van landhuizen, lange, stevige wandelingen maakte en afsprak met vriendinnen. Ze kookte iedere avond uitgebreid voor zichzelf en dekte de keukentafel met mooi bestek. Ze stond zichzelf dagelijks een bodempje whisky en eenderde fles wijn toe, op vrijdag en zaterdag een halve fles. Onder het eten tikten haar mes en vork op het porselein en kon ze zichzelf horen kauwen en slikken. Ze hoorde zelfs de vlieg die gevangenzat achter het raam. Pas nadat ze had afgeruimd mocht ze van zichzelf voor de televisie gaan zitten en zich ontspannen. Ze had een afkeer van te veel televisie, en ze had nog nooit van haar leven overdag gekeken, behalve tijdens Wimbledon. Ze was vierenzestig en was bang om een knikkebollende oude dame voor een flikkerende tv te worden. Ze keek niet graag terug op het drukke verleden en durfde niet te ver in de toekomst te kijken, een toekomst van nauwkeurig geplande activiteiten en lange, lege avonden.

Louise gebaarde verontschuldigend toen ze samen het huis binnengingen, Ellen met haar kleine weekendtas.

'Ik ben bang dat het nogal een rommel is geworden. Ik had moeten opruimen voor je kwam. Alleen... ik heb het heel druk gehad met mijn werk en Stella gaat maandag weg en, nou ja, van alles eigenlijk. Je kent dat wel.'

'Ja, natuurlijk,' zei Ellen, die het niet kende. 'Maar ik heb het zo opgeruimd.'

'O, nee, mam! Ik heb je niet uitgenodigd om het huishouden te komen doen. Dat hoeft echt niet. Ik zou me afschuwelijk voelen.'

'Ik doe het graag,' zei Ellen vastberaden. 'Bovendien, daar zijn moeders toch voor?'

Ze stroopte haar mouwen op en zette haar handen in haar zij terwijl ze de troep in zich opnam. De bergen vuile was bij de stokoude wasmachine die niet meer goed centrifugeerde, onopgemaakte bedden, het gevoel dat de rommel de boel overnam. De keuken was duidelijk schoongemaakt, maar in de kastjes lagen losse rijstkorrels en een dikke laag havermoutvlokken en koekkruimels. En de cv-ketel had ook zijn beste tijd gehad, zei Louise verontschuldigend; hij sloeg steeds af. De verf was verschoten of afgebladderd, het hout rot en het ijzer verroest.

Louise bracht haar tas naar Edies kamer, waar ze zou slapen. Het was de enige nette kamer in het hele huis. Er hingen geen posters aan de muren, alleen een tekening van twee herten die zo verschoten was dat het inmiddels wel een ingelijst blanco doek leek. De kleding lag opgevouwen in laden of hing in de kast en de schoenen stonden per paar onder de radiator, die een rochelend gedreun voortbracht. Edies glazen beeldjes, die ze al van kinds af aan verzamelde, stonden gerangschikt op de vensterbank. Zelfs de olifant met de afgebroken slurf stond erbij, en het roze katje zo groot als een vingernagel. Haar huiswerk lag op een stapel onder de tafel voor het raam, met geslepen potloden en een liniaal in een beker.

Op tafel stond een ansichtkaart, een zwartwitfoto van een man in een donkere deuropening. Ellen draaide hem om. '*Edie*,' las ze, '*dit is een van de briefjes die ik je niet gestuurd had: Ik moet de hele tijd aan je denken. Ik zie je in mijn dromen. R.*'

Ellen zette de kaart terug en kneep haar lippen op elkaar. Er was hier kennelijk het een en ander veranderd. Er was iets aan de hand in dit kale kamertje. Ze ging op het bed zitten, trok haar schoenen uit en stak haar zere voeten in de pantoffels die ze van thuis had meegebracht. Die onopgesmukte, ingetogen Edie had een vriendje, 'R', die haar in zijn dromen zag. Ellen vroeg zich af wie er ooit over haar had gedroomd. Bill? Als het al zo was, had hij het haar nooit verteld. Zo was hun huwelijk niet geweest. Maar had zij ooit over hem gedroomd? Ze dacht van niet. Zij droomde van schepen, vliegtuigen en treinen, van verre reizen.

Ze stond op en streek haar rok glad. Ze zou maar eens beginnen met de huiskamer.

'Edie heeft een vriendje.'

Jude prikte een stuk ham aan haar vork en schoof er tuinbonen en een hele krielaardappel bovenop. Ze deed haar mond wijd open, stopte de grote hap erin en kauwde verwoed.

Vic schonk voor iedereen wijn in, zelfs voor Jude. Hij droeg een stokoude bruine trui met groene zigzagstrepen en een blauwe katoenen broek. Ellen vond het niet bepaald bij elkaar passen.

'Echt waar, lieverd?' zei Ellen. 'Hoe heet hij?'

Edie bloosde. 'Ricky,' mompelde ze.

'Hij komt morgenavond eten,' ging Jude verder, nadat ze de hap had doorgeslikt. 'Mama wil hem inspecteren.'

'Arme jongen,' zei Stella. Ze knipoogde naar Edie en leunde achterover. Haar zwarte truitje met polokraag zat strak om haar borsten en ze had haar haar opgestoken.

'Ik wil hem gewoon graag ontmoeten,' protesteerde Louise. 'Dat is toch niet erg, Edie? Ik ga hem heus niet uithoren of zo.'

'Het is wel goed,' zei Edie neutraal.

Ze zag er anders uit, dacht Ellen toen ze naar haar keek. Ze had iets lichts over zich, een gloed. Ze dronk haar glas wijn leeg en Vic schonk nog wat in. Waarom was hij zo stil? Ze vroeg zich af of hij die avond zijn mond één keer had opengedaan; niet dat ze zich kon herinneren. Ze keek naar hem. Zijn haar moest gewassen worden en hij droeg zulke vreselijke kleren. Hij had net zijn zware leesbril afgezet en er zat een deukje in zijn neusbrug. Ze besloot haar best te doen.

'Hoe gaat het op je werk, Vic?'

'Prima,' zei hij. 'Dank u.' Hij glimlachte naar haar en sneed voor zichzelf een vierkantje roze ham en een ovaal schijfje aardappel af, die hij achter op zijn vork schoof. Hij rolde er één erwtje bovenop en bracht de vork uiterst behoedzaam naar zijn mond.

'Maar het zijn moeilijke tijden voor de huizenmarkt.'

Hij kauwde diverse keren voordat hij antwoordde: 'Het zijn altijd moeilijke tijden.'

'O.' Ze stond perplex.

'Dit is de tijd van het jaar waarin de zwaluwen vertrekken,' zei hij, alsof hij de draad van het gesprek oppakte.

'Is dat zo, Vic?' Ze pakte haar glas en nam een slok wijn. 'Dat wist ik niet.'

Aan de andere kant van de tafel nam Louise met Stella de volgende dag door: ze zou vroeg opstaan omdat ze naar de kapper ging en ze moest nog naar de drogist voor wat laatste spulletjes. En wist ze wel zeker dat ze aan twee koffers genoeg had? En moest er echt een straalkacheltje mee?

'Wat doet die jongeman van jou, Edie?' vroeg Ellen. Ze werd een beetje licht in haar hoofd. Normaal gesproken dronk ze nooit zoveel wijn. Ze nam voorzichtig nog een slokje.

'Hij zit in het examenjaar,' zei Edie. 'Een klas hoger dan ik.'

'Bij jou op school?'

'Nee. Op de jongensschool aan de andere kant van de stad.'

'O,' zei Ellen. Ze wist niet wat ze verder nog moest zeggen. Ze wilde een gesprek voeren over politiek of buitenlandse zaken, iets onpersoonlijks en zwaars. Ze wilde geprikkeld worden en de anderen fel horen praten over dingen die hen eigenlijk niet raakten. Vic schonk haar glas nog eens vol; ze had niet gemerkt dat ze het leeggedronken had. Ze hoorde zichzelf zeggen: 'Het gebeurt allemaal zoveel eerder dan toen ik jong was. Bill was de eerste man die me heeft gekust.'

'Hoe oud was u toen?' vroeg Jude.

'Achttien, denk ik.'

'Mij heeft nog nooit iemand willen zoenen,' zei Jude. Haar stem klonk triomfantelijk. 'Maar ja, waarom zouden ze ook. Moet je kijken hoe ik eruitzie.'

'Je bent een heel knap meisje,' zei Ellen.

Jude grinnikte naar haar. 'Ik ben dik, oma.'

'Nou, zo zou ik het niet noemen, dat wordt nog wel...'

'En ik word steeds dikker.'

'Hoe is het met jou, mam?' viel Louise haar in de rede. 'Dat willen we horen. Heb je al een vakantie geboekt?'

'Ik zou wel naar het Isle of...'

'Jij bent niet dik, Jude,' mengde Vic zich opeens in het gesprek. 'Dat moet je niet zeggen.'

'Waarom niet? Iedereen zegt het.'

'Wie dan?'

'Dat doet er niet toe, pap. Ik bén ook dik. Edie is mager, ik ben dik en Stella is precies goed.'

'Niemand is precies goed,' zei Stella zelfgenoegzaam. 'Iedereen heeft zijn zwakke punten.'

'Je lijkt wel zo'n probleemrubriek in die stomme tijdschriften van je. Wat zijn jouw zwakke punten dan?'

Stella tuitte haar lippen. 'Een heleboel,' zei ze vaag. 'Te veel.'

'Ha!'

'Uiterlijk is ook niet alles,' zei Ellen goedbedoeld.

'Bedankt, oma,' zei Jude. 'Over dik zijn gesproken: wat is het toetje?'

'Gestoofde pruimen,' zei Edie. 'Papa heeft ze geplukt en ik heb ze gestoofd.'

'Tjonge, dat is nog eens wat anders dan fruitsalade.'

'Maar dat is nog niet alles,' zei Edie. 'Ik heb ook echte custardvla gemaakt. Met zes eierdooiers, een beetje suiker en melk. Je moet het heel zachtjes op laag vuur koken, anders gaat het klonteren. De vla is klaar als er een laagje aan de achterkant van je lepel blijft hangen.'

'Als je een beetje minder neemt...' begon Louise.

'Zie je nou wel? Ik ben dik. Mama vindt me dik.'

'Dat heb ik niet gezegd. Iedereen heeft een ander figuur, en jij...'

'... bent dik.'

'Meisjes maken zich tegenwoordig veel te druk om hun gewicht,' deed Ellen dapper een poging. 'Ik heb toch vorig jaar een cursus kunstgeschiedenis gevolgd? Een van de thema's was de veranderde vorm van het vrouwelijk lichaam. Onze lerares was zo'n dolle Mina, of hoe jullie dat tegenwoordig ook noemen...'

'Feministe,' zei Jude.

'Juist. Zij gaf naast kunstgeschiedenis ook vrouwenstudies. Neem nu de vrouwen van Rubens, die waren heel fors. En toch vond men dat in die tijd mooi: dikke dijen en grote borsten.' Ellen bloosde en nam snel nog een slok wijn.

'Het probleem is,' zei Jude, 'dat wij niet in die tijd leven. Wij leven nu. Wie wil er nu een Rubensvrouw kussen?'

'Ik heb altijd van Rubens gehouden,' zei Vic.

'Wat hebben jullie nog meer bestudeerd op die cursus?' vroeg Louise, en Ellen leunde dankbaar achterover en begon te vertellen over de ontstaansgeschiedenis van denkbeelden, maar ze sprak een beetje met dubbele tong en struikelde over haar woorden. Het zou kunnen dat ze wat jaartallen door elkaar haalde, dacht ze. Maakte niet uit. Het werd nu echt avond, bijtend koud, en straks zou ze in het smalle bedje van Edie liggen.

7

Ricky had zijn best gedaan. Hij droeg een wijde bruine broek, een wit overhemd over een T-shirt en een wollen colbertje dat een beetje te klein was, zodat zijn polsen ver uit de mouwen staken. Hij had zich geschoren. Zijn haar, nog nat, was plat over zijn hoofd gekamd, waardoor zijn gezicht nog smaller leek. Even zag Edie hem door de ogen van haar ouders: broodmager, onhandig en bleek, met afgekloven nagels en goedkope kleren. Hij zag er arm uit, besefte ze. Arm en vreemd.

En zenuwachtig. Toen ze zijn hand aanraakte, was die koud, en zijn glimlach was geforceerd. Ze werd overspoeld door liefde voor hem. Ze tilde zijn hand op, kuste die en hield hem tegen haar gloeiende wang.

'Hoi.'

Zij was ook nerveus. De hele dag had ze aan vanavond gedacht, alsof het een muur was waar ze overheen moest klimmen. Ze had een stevige wandeling gemaakt met Ellen, in de wind die de dorre bladeren rond hun voeten zwiepte en in hun wangen sneed; ze had Vic geholpen in de tuin en stenen opgestapeld voor een rotstuintje tot ze pijn in haar rug had en het zweet tussen haar borsten door sijpelde. Ze had zich voorgesteld hoe Rose en de anderen nu aan het schaatsen waren in Birmingham, de scherpe ijzers op het ijs; hoe ze vielen en zich gierend van het lachen aan elkaar vastklampten en aan de kant neerploften met bont en blauwe voeten. Heel even had ze zichzelf toegestaan te wensen dat ze daar was, bij haar vrienden, en niet hier, met vlinders in haar buik wachtend op Ricky. Maar ze had de gedachte uit haar hoofd gezet en haar huiswerk gemaakt aan Judes tafel, tussen de kruimels en losse vellen papier, en naar buiten gestaard, naar de winderige blauwe dag. Al die tijd had Jude op haar onopgemaakte bed voor de derde keer *In de ban van de ring* liggen lezen en zuurtjes gegeten.

Het kostte haar veel tijd om te beslissen wat ze zou aantrekken, in haar slaapkamer die nu Ellens slaapkamer was, met overal spullen van Ellen en haar geur van lavendelzeep en ouderwetse gezichtscrème. Ze staarde naar de weinige kledingstukken die opgevouwen in haar lade lagen. Haar lievelingsspijkerbroek, dacht ze, maar wat erbij? Ze trok haar blauwe blouse van kaasdoek aan, met tientallen knoopjes en lusjes als knoopsgaten. Ze had hem amper gedragen omdat ze hem wilde bewaren voor de juiste gelegenheid, maar nu ze hem eindelijk aanhad, stond hij haar niet zoals ze zich had voorgesteld. Toen ze hem over haar hoofd uittrok, vloog een van de knoopjes eraf. Ze probeerde haar strakke ribtruitje, maar kreeg het meteen claustrofobisch warm. Toen haar effen witte blouse, maar die had een zwarte vlek op de schouder, en bovendien maakte hij haar erg bleek. Uiteindelijk trok ze een zwarte flanellen blouse aan die oud en wijd was, maar waarvan ze wist dat hij haar goed stond. Ze kamde haar haar naar achteren en maakte er een dikke vlecht van. Toen deed ze mascara en een beetje lippenstift op. Rozenwater dat ze voor vijftig pence had gekocht achter haar oren. Zilveren oorknopjes. Een armbandje. Ze keek in de spiegel, wreef wat kleur op haar wangen en trok een grimas naar haar spiegelbeeld.

Beneden hoorde ze Ellen en Louise samen koken, het geroezemoes van hun stemmen tussen het gerammel van pannen en borden – Louises stem laag en zacht, die van Ellen opgewekter en met meer nadruk. En plotseling bedacht ze, toen de bel ging en ze naar beneden holde om open te doen, dat ze niet tegen Louise had gezegd dat Ricky vegetariër was. De geur van knoflook en rozemarijn hing in de lucht. Lamsvlees, dacht ze toen ze de deur opendeed.

'Hallo.'

'Hallo.' Ze zag dat hij grote pupillen had; hij was een beetje stoned.

'Hoe ben je hier gekomen?'

'Te voet. Het is maar een paar kilometer.'

'O.' Ze wist niets meer te zeggen. De inspanning om iets te bedenken deed pijn in haar hoofd. 'Kom binnen.'

Hij stapte de hal binnen en veegde onnodig lang zijn voeten. De stemmen in de keuken klonken hard en dan weer zachter.

'Ik zal je maar gaan voorstellen.'

Ze liepen de keuken in, waar het sterk naar lamsvlees rook. De twee vrouwen keken om. Louise droeg een zilvergroene jurk die haar ogen ook groen kleurde, en ze had een schort omgeknoopt. Haar haar was opgestoken in een rol en haar roze mond glimlachte. Ze had een groot mes in haar hand.

'Dit is Ricky,' zei Edie. 'Ricky, mijn moeder en mijn oma. Eh, Louise en Ellen, zeg maar.' Ze giechelde verbaasd en werd toen wat rustiger.

Louise stak haar hand uit. Edie rook haar parfum.

'Hallo, Ricky,' zei ze, nog steeds glimlachend. 'Leuk om je te leren kennen. Ik heb zoveel over je gehoord.'

Edie trok een pijnlijk gezicht en keek naar de tafel. Een vaas lelies, die de hele keuken vulden met hun zware geur, kaarsen die klaarstonden om aangestoken te worden en twee flessen wijn. Ze probeerde zich af te sluiten voor de keuken, Louises beleefde lachje, haar woorden en Ricky's gemompelde antwoorden.

'Hallo, Ricky,' zei Ellen. 'Aangenaam.'

Ze schudden elkaar de hand, over de tafel heen.

'We zien Edie nauwelijks meer sinds ze jou kent,' zei Louise.

'Tja...' zei Ricky. 'Ik, eh...' Hij hield abrupt op en keek naar Edie.

'Ik ben vergeten te zeggen dat Ricky vegetariër is,' flapte Edie eruit.

'O,' zei Louise. Ze keek naar het vleesmes in haar hand. 'Nou...'

'Het geeft niet,' zei Ricky. 'Ik heb niet zo'n honger. Een paar aardappels...'

'Waarom ben je vegetariër, Ricky?' vroeg Ellen opgewekt. 'Ik ken veel jongelui die geen vlees eten, maar ik moet zeggen dat ik het zou missen, hoor. Een maaltijd heeft niet echt een middelpunt zonder vlees of vis.'

'Zou u zelf het lammetje slachten dat u opeet?' vroeg Ricky. Zijn stem klonk luid en gehaast.

'O, nee, dat denk ik niet. Tenzij ik op een onbewoond eiland zou zitten, bijna uitgehongerd was en niemand anders het voor me kon doen. Als ik maar wanhopig genoeg was zou ik het misschien wel kunnen, maar dan zou ik wel echt wanhopig moeten zijn.'

'Iedereen zou zelf de dieren moeten kunnen doden die hij opeet. Ik zou nooit een dier doden, dus eet ik ze ook niet. De meeste mensen kopen het liefst vlees dat er niet uitziet als vlees – in plastic verpakt in de supermarkt.'

'Ik moet zeggen, dat zet een mens wel aan het denken,' zei Ellen.

Ze keken elkaar allemaal wanhopig aan. Ellen schraapte haar keel.

'Ik wilde ook nog een salade maken,' zei Louise. 'Wil jij met Ricky wat kruiden voor me gaan plukken, Edie?'

'Prima.'

Edie lachte dankbaar en Louise glimlachte terug.

'Ik denk dat Vic nog bezig is met zijn rotstuintje. Zeg maar dat we over een halfuurtje eten.'

Ze liepen door de keukendeur de tuin in. De wind was gaan liggen en de avondhemel was helder, met een paar wolkjes. Later zou het fris worden, maar nu hing de warmte nog in de lucht, samen met de geur van bloemen, gemaaid gras en gevallen bladeren. Vic stond achter in de tuin; ze zagen zijn gestalte tussen de wirwar van struiken. Maar ze treuzelden bij de schommel en de rozen. Ricky haalde zijn blikje tabak en vloeitjes tevoorschijn en draaide een shagje. Edie schermde het vlammetje van zijn aansteker af terwijl hij diep inhaleerde. Ze zou willen dat hij er niet was; dat hij niet bij hen aan tafel kwam zitten, waar hij achter zijn gekookte aardappels vragen zou beantwoorden over school, zijn plannen (onmogelijk), zijn vader (afwezig), zijn moeder (werkster) en zijn opvattingen (verward). Hij was haar geheim geweest, helemaal van haar alleen. Ze wilde niet dat hij werd gereduceerd tot het gewone en meetbare, en ze wilde niet dat iemand een mening over hem had, of over hen samen. Plotseling besefte ze hoe kwetsbaar ze waren. Ze moesten hun relatie afschermen van het verblindende licht van de wereld.

'Ricky?'

'Ja.'

'Gaat het wel?'

'Prima.'

Ze kusten elkaar vluchtig op de mond. Geen kus van verlangen of zelfs van affectie; gewoon een kus om de zaak op gang te houden tot ze weer samen zouden zijn, weg van alle anderen.

Edie was dol op Jude. Ze hield van haar manier van praten, zelfs nu ze met haar mond vol aardappels, lamsvlees en muntsaus het gesprek tussen Stella en Louise overstemde. Ze droeg een vreemdsoortige oranje hemdjurk waarvan de ceintuur loshing, haar haar was ongekamd achter haar oren gemoffeld en haar wangen waren rood van de warmte in het vertrek. Ze praatte over *In de ban van de ring* met Ricky, die het boek ook drie keer had gelezen. Ze voerden een gesprek, een echt gesprek, niet zo'n stijve vraag-en-antwoordsessie die eraan voorafgegaan was, waarin iedereen zich had uitgesloofd en iedere poging om een gesprek op gang te brengen net zo vruchteloos was geweest als het omdraaien van het contactsleuteltje in een auto waarvan de accu leeg is.

'Het is een reis,' zei Jude. 'Alles is zo ingewikkeld, maar er is de hele tijd sprake van een reis die ons meevoert. Een zoektocht. En het gaat over macht, toch? Macht en nee zeggen tegen macht. Daarom is het niet zomaar een kinderboek. Eigenlijk is het volgens mij helemaal geen kinderboek; bij mij in de klas zou bijna niemand het kunnen lezen, ze zouden het al snel opgeven. Mensen die denken dat het over hobbits, elven en tovenaars gaat, snappen er niks van.'

'Het gaat over dingen loslaten,' zei Ricky. Zijn gezicht aan de overkant van de tafel werd verlicht door het flakkerende kaarslicht. 'Je moet nee zeggen tegen dingen waarvan je houdt en die je graag wilt. Frodo geeft alles op.'

'Wat triest,' zei Ellen, in een dappere poging bij te dragen aan een geanimeerd gesprek. 'Heel triest.' Eigenlijk, dacht ze, viel hij best mee, die vriend van Edie. Een beetje vreemd en onhandig, maar ze begon steeds meer sympathie voor hem te voelen. En ze besefte verbaasd dat ze medelijden met hem had. Ze wilde hem troosten, hoewel ze niets van hem wist, behalve wat hij hun vlak daarvoor had verteld – dat hij bij zijn moeder woonde, eindexamen deed in Engels, geschiedenis en Frans en dat hij films wilde maken en wilde reizen. Maar iedere idioot, dacht ze, kon zijn behoeftigheid voelen, die uit hem opsteeg als damp uit vochtige kleren. Misschien was Edie daar wel voor gevallen, dacht ze, misschien werd ze aangetrokken door Ricky's eenzaamheid en was ze verliefd op zijn indringende bruine ogen.

Ze nam nog een slok wijn. Als ze weer thuis was, zou ze een paar dagen heel sober leven: geen alcohol en vroeg naar bed. Terug in de dagelijkse routine. Ze slikte een somber gevoel weg bij de gedachte aan haar huisje waar alles zo keurig op orde was; haar gestructureerde dagen waarin niets ongepland gebeurde.

Ricky zei iets over puurheid en Ellen zag Louise stiekem naar hem kijken, haar vork halverwege haar mond in de lucht. Ze zag er een beetje terneergeslagen uit, en Ellen dacht te weten waarom: omdat ze ouder werd, omdat haar dochters haar plaats zouden innemen, omdat ze een paar grijze haren had en wallen onder haar ogen en rimpeltjes naast haar mond, omdat haar man zwijgzaam was, omdat ze geldzorgen had, omdat Edie verliefd was op een jongen met borstelige wenkbrauwen, omdat haar oudste dochter het huis uit ging en alles voorgoed zou veranderen, omdat ze vervuld werd van een onmogelijk verlangen naar werelden die ze nooit zou kennen, en dromen in haar hoofd had die niet uitgekomen waren en nu nooit meer zouden uitkomen.

Er komt een moment, dacht ze, waarop je plotseling beseft dat het te laat is. Dit is je leven en je kunt jezelf niet langer voorhouden dat het binnenkort anders zal worden. Ze ging rechter in haar stoel zitten en sloeg de tweede portie die Louise haar aanbood af. Haar hoofd gonsde.

Louise tikte met haar mes tegen haar glas.

'Ik wil een toost uitbrengen,' zei ze. 'Op Stella, die maandag naar de universiteit vertrekt.' Stella glimlachte. Ze leek mysterieus te stralen in het flakkerende licht en haar ogen glinsterden. 'Op de toekomst,' zei Louise. Ze hief haar glas. Iedereen kon de tranen in haar stem horen.

'Op de toekomst,' zeiden ze in koor, en ze hieven hun glas.

Stella boog zich naar voren en pakte haar moeders hand. 'Ik kom gauw terug. Ik ga niet echt weg, hoor.'

Ricky en Edie keken elkaar aan, voor het eerst sinds ze aan tafel zaten. Ze lachten voorzichtig naar elkaar. Het kwam allemaal goed.

Louise kwam naast haar op het bed zitten.

'Kom ik ongelegen?'

'Nee,' zei Edie. Ze legde haar boek weg en ging rechtop zitten.

'Ik vond dat we maar eens moesten praten.'

'Goed.' Edie wachtte even en zei toen: 'Is er iets?'

'Nee. Ik heb gewoon nagedacht over jou en Ricky.'

'Waarom?'

'Ik wil graag weten of jullie niet te ver gaan.'

'Wat wil je daarmee zeggen, te ver gaan?'

'Edie...'

'Nee echt, ik weet niet wat je bedoelt.'

'Ik wil niet dat je domme dingen doet, dat is alles.'

Edie wist natuurlijk best wat Louise bedoelde. Ze drukte haar ene hand hard op de andere.

'Hebben jullie... Heb je met hem...?'

'Wat?'

'Ben je met hem naar bed geweest?'
'Alsjeblieft, mam. Hou op.'
'Edie, ik ben alleen maar bezorgd.'
'Dat hoeft niet. Luister, ik word over een paar weken zeventien. Ik ben geen kind meer. Ik weet dat je condooms moet gebruiken, als je dat bedoelt.'
'Aha. Je bent dus met hem naar bed geweest.'
'Als je het dan wilt weten: nee. Nou goed?'
Louise zuchtte. 'Zo bedoel ik het niet, Edie. Ik mag Ricky graag, maar... nou ja, hij heeft iets vreemds, vind je niet?'
Edie zag Ricky voor zich, zoals zijn bruine ogen haar aankeken en zijn scheve lachje als hij gelukkig was. 'Ik wil niet dat je zulke dingen tegen me zegt. Ik hou van hem.'
'Houden van is nogal wat, Edie. Je bent nog zo jong, en...'
'*Ik hou van hem.*'

Ze zeiden het nooit met die woorden tegen elkaar. Ze spraken van missen, nodig hebben, verlangen en keken elkaar diep in de ogen terwijl de rest van de wereld verdween.
'Ik mis je,' zei Ricky, terwijl hij haar tegen zich aan drukte op de plek waar de rivier de stad verliet en kronkelend tussen de weilanden verdween. Er was bijna niemand op het pad; ze konden zichzelf haast wijsmaken dat ze alleen waren.
'Hoe kun je me nu missen terwijl ik bij je ben?'
'Ik weet het niet, maar het is zo.'
Ze hadden uren gezoend. Gezoend en elkaar gestreeld en af en toe dat soort dingen gezegd. Haar huid voelde rauw en haar lippen brandden. Hij deed een hand onder haar blouse en haar beha. Zijn lippen lagen tegen haar oor.
'Toen je laatst zei "nog niet", wanneer bedoelde je dan wél?'
'Ik weet het niet,' zei ze.
'Ben je bang?'

'Nee. Ja. Ja, ik ben bang. Ik weet niet waarom.'

'Je moet niet bang zijn.'

8

Ricky was mager. Hij had een krom, gebogen lichaam en zijn huid was melkwit. Hij had sproeten op zijn schouders en er liep een streep donker haar van zijn buik naar zijn kruis. Ze dwong zichzelf om naar hem te kijken. Ze had nog nooit een naakte man gezien, behalve Vic, en zelfs dat was jaren geleden, voordat hij pyjama's was gaan dragen. Ze had in ieder geval nog nooit een penis gezien die niet klein en slap was. Ze staarde ernaar en wendde toen haar blik af, haar wangen vuurrood. Het leek allemaal zo onmogelijk. Ze zat in zijn bed, met het laken tot haar schouders opgetrokken. De kamer was klein en kaal, met alleen een ladekast in de hoek, onder een raampje zonder gordijnen. Er lagen stapels boeken tegen de muur en in een hoek stond een kapotte gitaar. Het behang hing in flarden naar beneden. Het rook er muf; de lakens waren niet gewassen. Ze trok haar knieën op en huiverde. Ze zou willen dat het morgen was, of gisteren.

Ricky kwam naar haar toe gelopen en streelde haar schouder. Zijn hand was koud. Hij was waarschijnlijk ook nerveus, realiseerde ze zich. Ze probeerde te glimlachen. Ze hadden het gewoon moeten doen toen ze daar onder die boom stonden, trillend van verlangen. Ze hadden daar ter plekke uit het zicht in het natte gras moeten gaan liggen. Nu was al dat verlangen verdwenen en had ze het koud en was ze gespannen. Ze keek toe hoe Ricky met zijn tanden de verpakking van het condoom openscheurde. Hij kroop onder de lakens. Ze ging naast hem liggen en hun koude voeten raakten elkaar. Hij legde een hand op haar onderrug. Ze huiverde. Haar lichaam voelde droog, nauw en ontoegankelijk aan.

'Je hebt zwemmersarmen,' zei hij.

'Echt?'

'Edie?' zei hij.

'Ja.'

'Het hoeft niet, hoor, als je niet wilt.'

'Ik wil het wel.'

'Weet je het zeker?'

'Ik ben hier toch?'

Ze bracht haar hand naar zijn gezicht en streelde zijn wang. Ze zou willen dat er gordijnen waren; het was te licht in de kamer en ze wilde niets zien. Hij zoende haar hals en toen haar schouders, en ze deed haar ogen dicht. Hij kuste eerst één borst en daarna de andere, en ze hoorde hem zachtjes zuchten. Ze raakte zijn haar aan, zijn knokige schouders, en liet haar vingers over de knobbels van zijn ruggengraat gaan. Zijn mond was nu op haar buik. Ze deed haar ogen open en staarde naar het groezelige plafond. Toen lag hij weer naast haar, met zijn hand tussen haar benen. Hij keek haar aan toen hij op haar ging liggen, met zijn mond een stukje open en zijn ogen tot spleetjes geknepen.

'Doet het pijn?'

'Ja. Nee. Het geeft niet.'

Op school praatten sommige meisjes heel veel over seks, op een alwetende, wereldwijze toon. Ze zeiden dat ze konden zien, soms met één blik, of iemand nog maagd was. Ze wisten dat Edie het was. Ze straalde in alle opzichten uit dat ze *het nog niet had gedaan*. Zouden ze het merken? vroeg ze zich af. Als ze morgen op school kwam, zou er dan iets aan haar te zien zijn waaruit bleek dat ze nu bij hen hoorde? En Louise en Vic? Zouden zij het ook kunnen zien wanneer ze die avond thuiskwam met haar zwemtas en neutrale antwoorden gaf op vragen over haar dag op school terwijl ze met haar eten speelde – zou Louise haar indringend aankijken, met een pientere blik en samengeknepen mond?

'Edie?'

Het kwam eruit als een schorre kreet. Hij stootte in haar. Zijn gezicht was vertrokken en zijn mond stond half open. Het zweet stond op zijn voorhoofd. Hij legde zijn handen op haar borsten, en daarna op haar heupen om haar dichter tegen zich aan te trekken.

'Edie?' zei hij nog een keer. 'O, mijn lieve, mooie Edie.'

Ze dacht dat hij huilde, maar misschien was het gewoon zweet.

Ze was blij dat het voorbij was. Hij trok zich met een zachte zucht terug, als een baby die net een boertje had gelaten. Ze had het nog steeds koud. Ze staarde weer naar het plafond, met een onwerkelijk gevoel. Hij liep naakt de kamer uit en zij lag naakt onder de dekens, zoals hij haar had achtergelaten, en ze was geen maagd meer. Toen ze ernaar keek, zag ze dat ze een beetje gebloed had, zoals het hoorde. Dat was het dan, dacht ze. In dit sombere kamertje had ze een soort grens overschreden.

Toen Ricky terugkwam, had hij zich gedoucht en andere kleren aangetrokken. Hij had een grote joint gedraaid, die hij na een paar trekjes aan haar doorgaf. Ze ging rechtop zitten, inhaleerde de scherpe rook en hield die vast in haar longen. Hij keek haar aan totdat ze haar ogen neersloeg.

'Doet het nog pijn?'
'Een beetje.'
'Maar gaat het wel?'
'Ja.'
Hij deed haar haren achter haar oren. 'Je bent mooi,' zei hij.
'Ik moet gaan. Ze denken dat ik in het zwembad ben.'
'Ga niet weg. Nog niet. Ik zal iets te drinken voor je halen.'
'Goed. Koffie, en dan moet ik echt gaan.'
'Ik kom het zo brengen.'
'Nee, ik kleed me aan.'
Toen hij weg was, stond ze op om naar de badkamer te gaan. Ze waste zich tussen haar benen en maakte haar gezicht nat. Toen trok ze haar schooluniform aan, dat ruw aanvoelde op haar huid, en voegde zich bij Ricky in de keuken, die tevens de huiskamer was. Ze ging op de bank zitten en hij zette een beker koffie op het tafeltje voor haar en zocht in de kastjes naar koekjes, tevergeefs. Ze keek om zich heen: de muren waren beige, er hing een kaal peertje boven het fornuis, de bank was hard, het linoleum versleten, en er zat een barst in het raam, dat uitkeek op een tuintje en een trappenhuis. Ze dacht aan haar eigen huis, waarvan de sjofelheid juist huiselijk en gezellig was, en ze huiverde. Ricky ging aan haar voeten op de grond zitten, pakte haar hand en vlocht zijn vingers door de hare. Ze kuste hem op zijn kruin en hij leunde tegen haar knieën en deed zijn ogen dicht.
'Ik wil niet dat je gaat,' zei hij.
'Ik zal wel moeten.'
'Ik denk steeds dat je niet meer terugkomt.'
'Doe niet zo gek. Je weet dat dat onzin is.'
'Hmm,' zei hij. 'Misschien wel. Ik zou zo kunnen slapen, terwijl je door mijn haar woelt. Dat zou fijn zijn. Ik heb de laatste tijd niet veel geslapen, maar nu zou ik in slaap kunnen vallen.'

'Dat kun je niet, want ik sta dadelijk op.'
'De volgende keer wordt het fijner.'
'Ricky?'
'Hmm.'
'Het is prima zo.'
'Echt?'
'Ja, echt.'
'Goed dan, ga maar.'
Ze sloeg van achteren haar armen om hem heen en leunde naar voren. Zijn haar kriebelde in haar gezicht. 'Dag.'
Hij deed zijn hoofd naar achteren en ze kuste hem ondersteboven op zijn mond.
'Je bent mijn minnaar,' zei ze.

9

Een paar dagen later gingen ze weer met elkaar naar bed, op een feestje bij een vriend van Ricky van wie de ouders weg waren. Louise liet Edie niet zomaar gaan. Ze stond erop dat ze van tevoren een glas melk dronk om een bodempje te leggen, maar Edie liet het door de gootsteen lopen zodra Louise zich omdraaide. Ze bracht haar om negen uur weg en zei dat Victor haar klokslag half twaalf zou komen halen.

Toen Edie de huiskamer binnenging, zag ze dat Ricky stond te praten met het meisje met wie ze hem eerder had gezien, op het feestje waar ze elkaar voor het eerst hadden ontmoet. Ze was lang, met dikke lijntjes kohl rond haar ogen en een grote bos krullen. Ze zag er rondborstig en allesverslindend uit, en ze hield Ricky vast bij zijn onderarm en lachte te hard om iets wat hij zei. Ricky lachte ook. Hij raakte haar neus aan met zijn vingertopje. Edie ging naar de keuken en pakte een blikje bier van de tafel. Ze trok het lipje eraf en nam een grote slok. Ze zou willen dat ze meer make-up had opgedaan en dat ze hoge hakken had aangetrokken, en een truitje met net zo'n diep decolleté als dat van het meisje. Ze nam nog een slok. Het was alsof ze hem voor het eerst zag, zoals hij daar aan de andere kant van de kamer naar iemand anders stond te lachen.

Toen Ricky haar had gevonden, sloeg ze haar armen om zijn nek en kuste hem, met een hand onder zijn overhemd op zijn blote, warme rug. Ze was gedwee door het bier en van jaloezie. Ze zeiden niets. Hij pakte haar bij haar hand en nam haar mee naar boven, naar een kamer vol jassen. Hij deed de deur dicht en zette er een stoel tegenaan. Zijn handen lagen op haar zachte borsten en hij drukte zijn mond in haar hals. Ze tastte naar zijn riem. Hij duwde haar tegen de muur en drukte zich tegen haar aan. Toen lieten ze zich op het bed vallen en kwam hij boven op haar liggen. Hij trok aan haar kleren en zei haar naam.

Na afloop lagen ze tussen de jassen naar elkaar te glimlachen en raakten ze elkaar aan met hun vingertoppen. In de huiskamer beneden dreunde de muziek; een paar keer probeerde iemand de deur open te doen. Een stem riep schor: ‘Hé! We weten heus wel wat jullie aan het doen zijn!’ Maar het kon Edie niet schelen wat ze dachten of hoe het overkwam. Ze hadden geen idee hoe het echt zat. Zij lagen daar samen en hielden van elkaar. Ze wilde voorgoed hier blijven, in het verrukkelijke donker.

Toen Vic binnenkwam, tien minuten later, stonden ze beneden tussen de dansende mensen, bijna roerloos in elkaars armen. Iemand riep haar en ze pakte haar jas, die op het bed lag waar zij ook hadden gelegen, en vertrok zonder acht te slaan op het veelbetekenende lachje van de jongen bij de deur. Vic stond met gebogen schouders in de deuropening, zijn handen in zijn zakken. Er stond een meisje over te geven in de voortuin terwijl haar vriendin naast haar hulpeloos toe stond te kijken.

‘Hallo, papa,’ zei ze.

‘Hallo. Was het leuk?’

'Ja, hoor,' zei ze. Haar huid tintelde. Ze stak haar arm door de zijne. 'Kom, we gaan naar huis.'

De volgende dag bleef ze tot elf uur in bed liggen, half verdoofd van verlangen en verliefdheid. Buiten hingen lage, grijze wolken. Ze hoorde Louise beneden in de keuken met pannen rammelen. Het rook naar eten: geroosterd brood, spek, koffiebonen en iets zoets, alsof er vers brood in de oven stond. En ze hoorde Vic in de tuin; het geluid van een hamer die ritmisch tikte.

Uiteindelijk kwam ze uit bed. Ze zou Ricky 's middags zien bij de oude kastanjeboom in het laantje. Over een uur zou ze zijn mond weer op de hare voelen en zouden zijn handen aan haar kleren rukken. Ze poetste uitgebreid haar tanden, waste zich en trok een spijkerbroek en haar zwarte flanellen blouse aan. Geen beha. Geen make-up. Ze ging voor haar spiegel staan en borstelde haar haar totdat het knetterde. Ze smeerde crème op haar schrale huid, deed lippenbalsem op en lachte naar zichzelf. Misselijk van verwachting en verlangen.

'Edie.'

Dat was Jude, die in haar pyjama in haar slaapkamerdeur stond, met jam op haar kin.

'Hoi.'

'Ga je weg?'

'Dadelijk.'

'Mag ik mee?'

'Ik heb met Ricky afgesproken.'

'O. Het leek me leuk om een eindje te gaan wandelen. Om te praten. Dat hebben we al zo lang niet gedaan en ik wilde je iets vragen. Iets vertellen. Over iets wat ik heb gedaan.'

Edie hoorde de smeekbede in haar stem. 'Ik zou het heel leuk gevonden hebben,' zei ze. Ze keek snel op haar horloge. 'We doen het gauw een keer. Maar nu moet ik echt weg, oké?'

‘Blijf je lang weg?’

‘Dat denk ik niet.’

‘Edie?’

‘Hmm?’

‘Nee, niks. Ik vertel het nog wel.’

‘Goed. Tot straks.’ In een opwelling gaf ze Jude een kus. ‘Nog een fijne dag verder.’

‘Ben zo terug!’ riep ze naar Louise, en ze pakte haar jas en rende het huis uit.

‘Waar ga je naartoe?’

‘Alleen even naar Ricky. Ik maak het niet laat,’ zei ze over haar schouder.

‘Je hebt niet eens ontbeten en ik wist helemaal niet...’ Maar Edie was al weg. Ze holde de straat uit.

Ze begroetten elkaar niet. Ze liepen de weg af bij de kastanjeboom, klommen over het hek en baanden zich een weg door het dichte herfstbos. Edie kreeg takken tegen zich aan en de doorns van braamstruiken bleven in haar kleren haken. De wind blies regenvlaagjes van de bladeren. Ze rook aarde, overrijp fruit en verrotting. De grond was vochtig en vruchtbaar, en zacht toen ze erop gingen liggen, Edies haar vol twijgjes. Door de takken boven haar joegen de wolken voorbij.

Ricky deed haar jasje uit, maakte de knoopjes van haar blouse los en prevelde iets toen hij zag dat ze er niets onder aanhad. Hij maakte haar veters los en trok haar gymschoenen uit. Stroopte haar sokken af en maakte er een bal van, die hij in een van de schoenen stopte. Ze ging plat op haar rug liggen toen hij haar spijkerbroek over haar heupen trok. Hij vouwde hem zorgvuldig op en legde hem bij de rest van haar kleren. Toen deed hij haar slipje uit en maakte heel voorzichtig haar oorbellen los, die hij in zijn zak stopte. Haar huid werd vochtig van de zachte motregen. Ze keek toe hoe hij opstond, zijn eigen kleren uittrok en op een keurig stapeltje naast die van haar legde. Hij was knokig en krom en bleek, de mooiste man ter wereld.

'Heb je het koud?' vroeg hij toen hij naast haar neerknielde.

'Het geeft niet.'

Het gaf echt niet. Niets deed er nog toe. Alleen dit, de manier waarop hij naar haar keek, alsof hij pijn had.

'Ik kom nooit meer over jou heen.'

'Dat hoeft ook niet. Je hebt me toch?'

Ze staarden elkaar in de ogen, heel ernstig, heel jong. Er reed een auto voorbij op de verscholen weg, maar ze zagen het niet eens.

Hij stak zijn hand uit naar zijn spijkerbroek en haalde er een condoom uit. 'De vorige keer hebben we er geen...'

'Ik moet bijna ongesteld worden. Dat zit wel goed.'

Ze lachten naar elkaar. Alles komt goed, dacht ze. Niets kan ons nog deren.

De volgende dag na school kwam Ricky naar haar huis. Jude en Edie waren al thuis, en Jude was een cake voor hen aan het bakken. Ze gingen in de keuken zitten, waar het warm was omdat de cv-ketel die dag gerepareerd was. Jude ging haar schaakbord halen en leerde Ricky schaken. Edie zag dat ze haar haar had geborsteld en lipgloss en blauwe oogschaduw op had, maar haar gezicht was dik, alsof ze had gehuild.

Later, toen de cake nog stond te rijzen in de oven, gingen ze naar Edies kamer, zonder zich iets aan te trekken van Judes ongelukkige gezicht. Ze gingen op haar bed zitten zoenen. Ze hielden hun ogen open en hun monden bleven glimlachen op elkaars lippen. Ricky maakte Edies paardenstaart los en haalde zijn vingers door haar haar. Hij zuchtte.

'Wat is er?'

'Dat was een zucht van geluk,' zei hij.

'Dus je bent gelukkig?'

'Ja. Ik kan me niet herinneren dat ik ooit zo gelukkig ben geweest.'

'O,' zei ze, diep geroerd. 'Meen je dat?'

'Ja.'

'Door mij?'

'Dat moet wel.'

Ze kusten elkaar weer en hij begon de knoopjes van haar blauwe schoolblouse los te maken. Ze deinsde achteruit.

'Dat lijkt me geen goed idee. Niet hier... Jude is in de keuken en...'

'Ik wil alleen naar je kijken.'

Hij deed haar blouse open, maakte haar beha los en legde zijn hoofd tegen haar borsten. 'Ooit blijven we de hele nacht bij elkaar. In een hotel of zo.'

'Ja,' zei ze. Ze woelde door zijn haar en deed haar ogen dicht.

'Ik zat te denken... Meestal heb ik een hekel aan de winter, en aan Kerstmis en al die flauwekul. Maar dit jaar heb ik jou. Alles wordt anders.'

'O, Ricky,' zei ze.

Hij draaide zijn hoofd opzij en nam haar linkertepel tussen zijn lippen, en ze maakte de knoopjes van zijn overhemd los.

De deur ging met een klik open.

'Ik heb hier...' begon een stem, die daarna stokte.

Edie deed met een ruk haar ogen open en Ricky tilde zijn hoofd op. Vic stond in de deuropening met een bord in zijn handen. Hij staarde naar hen, naar Edies ontblote borst, zijn mond halfopen. Hij had zijn grijze pak aan, maar zonder stropdas, en zijn overhemd was groezelig bij de kraag. Het bord in zijn hand hing schuin en er gleed een schijf chocoladecake op de grond.

Ricky stond op. Edie knoopte haar blouse dicht. Een hele tijd zei niemand iets, maar Vic bleef staan staren. En opeens voelde Edie een vlaag van afkeer voor hem – omdat hij er zo verslagen uitzag, omdat hij naar haar blote borsten had gestaard, omdat hij maakte dat ze zich schaamde terwijl ze zich zo heerlijk had gevoeld, omdat hij er triest en uitgezakt en hopeloos en hulpeloos uitzag...

Ze keek hem strak aan en zei toen met een nieuwe stem, die hard en helder als een pasgeslagen munt klonk: 'Waarom kijk je zo geschokt? Ik ben geen maagd meer, hoor.' Ze aarzelde, volkomen ontzet, en zei er toen achteraan: '*Vic*.'

Vic bukte en raapte de plak cake op die bij zijn voeten lag. Hij legde hem zorgvuldig terug bij de andere. Hij zette het bord op Edies tafel. Toen liep hij de kamer uit en deed de deur met een klik achter zich dicht.

'O, jee,' zei Rick, tamelijk opgewekt.

'Hou je mond. Jij snapt er helemaal niks van.'

'Edie...'

'Niks zeggen.'

'Goed.'

Ricky nam een plak cake en hapte erin. Er zat een chocoladevlek op zijn kin en Edie voelde zo'n felle vijandelijkheid dat ze geen lucht meer kreeg.

'Ik denk dat je maar beter kunt gaan,' zei ze, en ze moest moeite doen om haar stem rustig te laten klinken.

'Edie, wat is er nou? Alleen omdat je vader boos is.'

'Ik wil er niet over praten. Ga nu maar, oké?'

'Dan zie ik je morgen.'

Ze aarzelde. 'Maak er maar overmorgen van.'

'Als jij dat liever wilt.'

'Ik vind dat ik morgen thuis moet zijn.'

'Oké.' Hij gaf een kus op haar wang en was weg.

Edie en Louise kookten samen en wachtten tot Vic terugkwam. Edie maakte bloemkool met kaassaus en Louise deed de frites in de frituurpan, waardoor de keuken gevuld werd met de geur van olie. Het begon te regenen: grote, losse druppels uit de zware schemerlucht.

'Het gaat dadelijk gieten. Hij wordt kletsnat,' zei Edie.

'Dan droogt hij zich maar af als hij thuis is,' zei Louise kalm. Ze schudde het mandje en de olie siste en borrelde. 'Wil je me niet vertellen wat er is gebeurd?'

'Liever niet. Ik bedoel, hij kwam opeens binnen toen Ricky en ik... We deden niks, kijk me niet zo aan. Maar hij stond er zo zielig bij en... O, ik heb iets tegen hem gezegd omdat ik me ergerde, en toen is hij weggegaan. Maar hij keek alsof ik hem een klap in zijn gezicht had gegeven. Ik voel me zo schuldig.'

'Hmm,' zei Louise. Ze keek uit het raam. Het regende nu flink.

'Hij denkt dat ik nog een klein meisje ben,' zei Edie, in een late poging zichzelf te verdedigen.

'O lieverd, dat ben je toch ook? Je bent zíjn kleine meisje.'

'Ik ben bijna zeventien.'

'Ik weet het. Maar soms kunnen wij ons dat maar moeilijk voorstellen.'

Ze hoorden allebei de voordeur opengaan en met een klap weer dichtvallen. Edie rende naar de hal, waar Vic zorgvuldig zijn voeten stond te vegen. Zijn natte haar zat aan zijn voorhoofd geplakt en zijn grijze pak zat vol watervlekken.

'Papa,' zei Edie. Ze liep naar hem toe en sloeg haar armen om hem heen. 'Papa, het spijt me zo.'

Hij gaf haar afwezig een schouderklopje. 'Dat hoef je niet te zeggen.'

'Jawel, dat moet ik wel. Ik zou nog een heleboel andere dingen moeten zeggen, maar dat in ieder geval. Sorry, ik was heel gemeen.'

'Ik had moeten kloppen.'

Louise kwam de keuken uit. 'Je bent drijfnat, Vic. Ga droge kleren aantrekken, dan kunnen we eten. Eindelijk een gezellig etentje met het hele gezin.'

Een gezellig etentje met het gezin. Frites en bloemkool met kaassaus, en daarna geprakte bananen met slagroom en bruine suiker. Vic zat aan het hoofd van de tafel en zag er versuft uit, als een man die na een ongeluk uit een auto was gekropen met een hoofdwond waar het bloed uit gutste, maar in de veronderstelling dat hij ongedeerd was. Jude waste af, Edie droogde af, Louise zocht de kleren uit die gestreken moesten worden en legde een briefje klaar voor de melkboer. Vic zat aan tafel met een prikker vol rekeningen, die hij doorbladerde, en hij tuurde met samengeknepen ogen naar de cijfertjes, alsof hij tegen de zon in keek. Louise ging achter hem staan en hij leunde tegen haar aan, zijn stugge zwarte haar tegen haar witte blouse. Ze bukte om zijn voorhoofd te kussen, en hij deed zijn ogen dicht alsof hij wilde slapen.

10

Edie werd de volgende ochtend wakker met een doffe pijn in haar onderrug. Haar menstruatie zat eraan te komen en ze had het gevoel dat ze ook nog eens verkouden werd. Ze had keelpijn en haar hoofd bonsde; haar ogen prikten toen ze het licht aandeed. Ze wilde in bed blijven. Ze zou willen dat ze tien was en dat Louise haar gerstewater met citroen en geroosterd brood met honing bracht, dat ze een koele hand op haar voorhoofd legde en zich over haar heen boog, met die geur van parfum en vers gebak in de oven, die moedergeur, de geur van mooi en lief. Maar Edie had vanochtend een natuurkundeproefwerk en bovendien moest Louise werken. Ze ging rechtop in bed zitten. De dag, gezien door een kiertje in de gordijnen, was grijs en koud na een nacht regen. Het zou nu niet lang meer duren voordat alle bladeren van de bomen waren gevallen. Gelukkig kwam Stella met Kerstmis naar huis. Met tegenzin zwaaide ze haar benen over de rand van het bed en stond ze op. Haar hoofd bonsde. Ze deed de gordijnen een stukje verder open en tuurde naar buiten. Er scheen een bleek zonnetje door de dikke laag wolken en de grond was doorweekt.

Er stond een gestalte in de tuin, bij de pruimenboom. Het was Vic, maar wat deed hij daar om half acht 's ochtends? Ze kneep haar ogen tot spleetjes. Hij plukte pruimen en legde ze in de mand die naast hem stond. Ze keek toe hoe hij zijn arm uitstak, de dikke vruchten losdraaide en bukte om ze voorzichtig bij de andere te leggen. Hij pakte een dikke tak beet en schudde er zachtjes aan. Ze kon het niet horen, maar ze stelde zich de plofjes van vallende pruimen voor. Vic zocht in het hoge gras en veegde de vruchten af aan de pijp van zijn grijze broek.

Ze liep bij het raam vandaan en kleedde zich aan voor de spiegel. Daarna borstelde ze haar haar een hele tijd voordat ze er twee strakke, meisjesachtige vlechten in maakte. Ze was blij dat ze vandaag niet met Ricky afgesproken had. Ze voelde geen verlangen.

Louise en Jude waren al in de keuken toen ze beneden kwam, Louise in haar ochtendjas. Er stond een pot koffie op tafel en de toast stond af te koelen in het rekje.

'Wil je iets lekkers?' vroeg Louise. 'Ik kan havermoutpap maken, als je wilt.'

'Nee, alleen toast.' Ze nam een snee en smeerde er dun boter op. Vic kwam door de keukendeur binnen met de mand boordevol vochtige, glanzende pruimen. De onderkanten van zijn broekspijpen waren nat, net als zijn haar, waar het water van de boom in gedropen was. Er zaten grassprietjes aan zijn handen geplakt. Hij zette de mand midden op tafel en deed een stapje terug.

'Er zijn nu bijna geen pruimen meer. Alleen een paar heel hoog in de boom, die niet wilden vallen en waar ik niet bij kon.'

'Hartstikke goed, papa,' zei Edie, te enthousiast. Hij keek haar niet aan.

'Toast en koffie? En ik geloof dat ik de postbode net heb gehoord.'

Edie stond op en haalde de post: alleen twee rekeningen. Vic keek er niet eens naar. Hij schonk voor zichzelf een kop koffie in en dronk die staand op.

'Ik moet vandaag vroeg weg,' zei hij.

'Druk op je werk?' vroeg Louise.

Hij gaf geen antwoord. Hij dronk alleen kleine slokjes koffie en staarde uit het raam.

'Goed,' zei Vic plotseling, en hij zette zijn kopje met een harde tik op tafel en pakte zijn aktetas. 'Dan ga ik maar eens.'

Hij kuste hen allemaal op hun voorhoofd; Jude, daarna Edie en tot slot Louise. 'Pas goed op jezelf,' zei hij, en hij draaide zich om en liep de keuken uit. Ze keken hem niet na.

Edie maakte haar natuurkundeproefwerk. En ze vertelde Rose dat ze met Ricky naar bed was geweest. Ze had niet gedacht dat ze het zou vertellen, maar voordat ze het wist, hoorde ze zichzelf het eruit flappen – zelfs het gedeelte over Vic die onverwachts binnengekomen was. En vreemd genoeg leek het allemaal minder gewichtig nu ze het zo hardop zei – dat ze er helemaal schraal van was, dat ze had gebloed, dat ze het nog een keer hadden gedaan tussen de jassen op een feestje en dat haar vader naar Ricky's hoofd en haar blote borsten had gestaard. Rose had een kreet geslaakt en haar omhelsd. Ze had de details moeten herhalen. Er was dus niets aan de hand, dacht Edie. De wereld verging niet. Ze was geen ander mens geworden. Liefde hoefde niet gevaarlijk te zijn. Seks was niet per se tragisch en zwijmelend, het kon ook leuk en zorgeloos zijn, iets wat andere mensen ook deden.

Na school ging ze recht naar huis, met dezelfde bus als Jude. Ze was ongesteld geworden, dus ging ze in bad, hoewel het warme water halverwege op was, en ze waste haar haar, trok een oude legging en een wijde, gele sweater aan die nog van Stella was geweest. Ze had tegen Louise gezegd dat ze zou koken, dus rommelde ze wat in de koelkast en de keukenkastjes voordat ze besloot eens wat anders dan anders te maken. Groentelasagne, dacht ze, dat vulde goed. Ellen had haar geleerd hoe ze het moest maken en het klonk niet zo moeilijk.

Ze hakte een ui, deed die in een pan met dikke bodem waar ze wat olie in had gegoten en kneep er een teen knoflook over uit. Toen voegde ze er blokjes courgette, wortel en gedroogde kruiden aan toe. De keuken geurde naar gefruite groente en knoflook. Ze deed er tomaten uit blik bij en sneed ze fijn in de pan. De bechamelsaus die ze maakte was eindelijk een keer glad en romig. Ze bracht hem op smaak, vergat niet om er nootmuskaat aan toe te voegen en hield hem even apart. Toen de kaas was geraspt, vulde ze een ovenschaal met laagjes lasagne, groentesaus, kaassaus en geraspte kaas. Ze zette hem in de oven en waste al het keukengerei af. Later zou ze een salade maken met kruiden uit de tuin, en dan kon Vic een fles wijn openmaken. Ze waste haar handen en droogde ze met een heerlijk voldaan gevoel af aan een keukenhanddoek.

Louise kwam om zes uur thuis en ging in de keuken zitten met een kop thee. Ze had haar gebroken witte pak aan, met halfhoge bruine laarzen, en droeg haar haar in glanzende krulletjes. Edie herinnerde zich dat ze het vroeger altijd heel fijn had gevonden om te kijken hoe haar moeder zich klaarmaakte om uit te gaan. Hoe ze voor haar uitklapbare spiegel haar haar borstelde tot het statisch was en het tot een rol draaide, die ze vastzette met lange spelden. En ze trok altijd heel veel tijd uit voor haar make-up; dat noemde ze 'mijn gezicht erop schilderen'. Foundation, rouge op haar jukbeenderen, zorgvuldig aangebrachte oogschaduw, een potloodje voor haar gebogen wenkbrauwen, en dat alles met een geconcentreerde frons naar haar spiegelbeeld. Als ze lippenstift had opgedaan, hapte ze in een tissue en liet er een gekarteld rood ovaal op achter dat in Edies ogen het zinnebeeld van de volwassenheid was. Parfum achter haar oren en op haar polsen – hetzelfde parfum dat ze nog altijd droeg. 'Hoe zie ik eruit?' vroeg ze dan, terwijl ze zich triomfantelijk tot Edie wendde, en Edie zei altijd: 'Je ziet er schitterend uit.' En dat was ook altijd het geval geweest.

Zoals Edie 's avonds had toegekeken hoe Louise zich opmaakte, had ze 's ochtends gekeken als Vic zich schoor. Dan zat ze in een hoekje van de badkamer, tegen de radiator. Hij had een prachtige scheerset in een leren hoes, en wanneer hij het schuim van de scheerzeep op zijn gezicht smeerde met de kwast met het houten handvat, leek zijn mond heel roze. Daarna schraapte hij het schuim gelijkmatig weg tot er gladde strepen huid verschenen. Tot slot spoelde hij zijn gezicht af met koud water en depte hij zijn huid met lotion die naar dennenbomen en bergen rook.

Dat was wat ze zich herinnerde: Louise aan haar kaptafel en Vic aan de wasbak in de badkamer, en zijzelf die toekeek en zich geborgen voelde.

Om half acht was Vic nog niet thuis. Louise schonk voor zichzelf een gin-tonic in en Edie zette de lasagne in de oven, op een lage stand om hem warm te houden. Ze deed sla, komkommer en selderie in de slabak en maakte een dressing in een jampot. Boven zat Jude weer te oefenen met typen; het toetsenbord ratelde boven hun hoofden.

Louise belde het makelaarskantoor, maar er werd niet opgenomen. Het kantoor was gesloten.

'Maak je maar geen zorgen,' zei ze.

'Dit is belachelijk,' zei Louise om half negen. 'Hij had echt even moeten bellen. We eten wel zonder hem, oké?'

'Maar...'

'Kom op! Dek de tafel, Jude. Edie, het ziet er heerlijk uit.'

Dat was het ook. De kaas vormde blaasjes op de bovenkant

en langs de randen borrelde de olie uit de tomatensaus omhoog. Edie schepte drie porties op en deed de dressing over de salade. Louise schonk een groot glas rode wijn in.

‘Waar kan hij toch uithangen?’

‘Dat kan overal zijn,’ zei Louise. ‘Misschien had hij nog een late bezichtiging.’

‘Maar dan zou hij gebeld hebben.’

‘Misschien was er geen telefoon in de buurt. Of hij is nog wat gaan drinken met een collega.’

‘Maar hij gaat nooit...’

‘Eet door. Heerlijk.’ Louise nam een grote hap en kauwde verwoed.

Edie en Louise aten hun bord leeg. Jude speelde met haar eten en maakte een rommeltje van de lasagne op haar bord. Buiten blies de wind door de bomen en zwiepten de takken in de grijze duisternis. Het deed Edie denken aan de zee, aan het terugtrekkende water.

Om half tien belde Louise een van Vics collega’s.

‘William, met Louise Jennings... Ja, precies... Het spijt me dat ik je zo laat stoor, maar ik ben een beetje ongerust. Vic is nog niet terug van zijn werk en hij heeft niets gezegd over laat thuiskomen. Ik vroeg me af of jij misschien weet... Sorry? Ja... nee... nee. Op die manier. Oké. Tot ziens.’

Ze legde de hoorn heel langzaam neer en keek naar Edie en Jude. Haar gezicht stond neutraal, alsof iemand er een doekje overheen had gehaald en de uitdrukking eraf had geveegd.

‘Ma?’ Jude liep naar haar toe. ‘Ma, wat is er?’

‘Hij zei...’ Ze schudde haar hoofd alsof ze het leeg wilde maken.

‘Wat? Zeg het nou!’

‘Hij zei dat Vic zijn baan kwijt is. Hij weet het al maanden, en hij is al ruim twee weken niet meer op kantoor geweest.’

‘Nee!’ Jude sloeg haar handen voor haar open mond.

'Maar dat is niet waar!' Edie balde haar vuisten en drukte de nagels in haar handpalmen. Ze realiseerde zich dat ze schreeuwde, maar ze kon er niets aan doen. 'Het kan niet waar zijn. Hij is iedere ochtend naar zijn werk gegaan, net zoals altijd. En hij zou het wel verteld hebben. Ja, toch, mama? Mam?'

'Wat moet ik doen?' fluisterde Louise, en ze legde een hand op haar keel. Edie voelde de paniek toenemen toen ze die vraag hoorde – als Louise het niet meer wist, waren ze verloren.

'Bel de politie,' zei ze. Ze pakte de telefoon en hield die omhoog. 'Nu. We moeten hem vinden.'

'Ik kan de politie niet gaan bellen omdat hij twee uur te laat thuis is. Dan zeggen ze dat ik me niet zo moet aanstellen.'

'We kunnen hier niet zomaar blijven zitten.'

'En waarschijnlijk stel ik me ook aan.' Ze glimlachte naar hen. Het kostte haar zichtbaar moeite. 'Jullie zullen zien dat hij dadelijk die deur door komt.'

'Maar waarom heeft hij het niet verteld?' zei Edie.

'O, lieverds, ik weet het niet. Omdat hij zich zo rot voelde, of misschien omdat hij het gevoel had dat hij ons in de kou liet staan. Het komt wel goed.'

'Kun je je voorstellen hoe hij zich gevoeld moet hebben?' vroeg Jude. Ze had felroze vlekken op haar wangen. 'Iedere morgen doen alsof je naar je werk gaat. Kun je je dat voorstellen? Dat is echt kut.'

'Zo is het wel genoeg, Jude.'

'Hij moet wanhopig geweest zijn,' ging ze verder.

'Jude.'

'En zo eenzaam. Stel je eens voor hoe eenzaam dat is. Wat hebben we gedaan?'

'Nu is het genoeg.'

'Wat hebben we gedaan?' herhaalde Jude.

'Hou op!' Louise wierp haar een woedende blik toe. 'Hoor je me? We kunnen het hier later nog over hebben, maar nu hou je op. We moeten rustig blijven.'

'Rustig! Ja, hoor, we moeten rustig blijven. Onze vader wordt vermist, maar we moeten vooral doen alsof er niets gebeurd is.'

'Hij wordt niet vermist. Doe niet zo hysterisch. Hij is nog niet thuis, dat is alles.'

'Ha!' Jude stormde de kamer uit en rende de trap op. Ze hoorden haar deur met een klap dichtslaan. Louise liet zich in een stoel vallen en legde haar hoofd in haar handen. Edie ging tegenover haar zitten.

'Ben je kwaad op hem?'

'Kwaad?' Louise keek Edie aan. 'Nee, ik ben niet kwaad.'

'Het komt vast wel goed.'

'Natuurlijk.'

'Zal ik thee zetten?'

'Dat zou fijn zijn.'

Ze zette water op. 'Jude heeft gelijk,' zei ze zachtjes.

'Hmm?'

'Over hoe hij zich moet voelen.'

Louise keek op. 'Ben ik zo'n vreselijk mens?'

'Nee!'

'Waarom durfde hij het me dan niet te vertellen?'

'Zo moet je dat niet zien. Het komt allemaal wel goed nu we het weten. Ja, toch? Mam... nu we het weten, kunnen we ervoor zorgen dat het allemaal goed komt.'

'Het water kookt.'

Edie zette thee en schonk drie bekers vol. Ze pakte chocoladekoekjes uit de kast en ze doopten aan tafel hun koekjes in de thee.

'Ga maar naar bed,' zei Louise toen de thee op was.

'Ik wil opblijven tot hij thuiskomt.'

'Nee. Wachten is het ergste wat er is. En je bent verkouden, dat hoor ik aan je stem. Ga maar naar bed.'

'Maak je me wakker als hij thuiskomt?'

'Ja. Ga nu maar.'

Edie ging in bed liggen luisteren. Haar hele lijf was gespannen van het luisteren en wachten. Er reden auto's voorbij. Soms dacht ze dat ze stopten en begon haar huid verwachtingsvol te tintelen; ze stond zichzelf toe de opluchting te voelen die door haar verkrampte ledematen zou trekken. Maar ze stopten geen van alle. Ze hoorde Louise beneden rondlopen en één keer telefoneren, maar Edie kon niet horen wie ze belde. Toen kwam ze naar boven, haar voetstappen traag en zwaar op iedere trede. Edie draaide zich om en keek naar de oplichtende groene wijzers van haar wekker in het donker. Het was bijna middernacht en Vic was nog niet thuis. De wind geselde de tuin en rammelde aan de kozijnen. Hij zuchtte tussen de bomen. Edie had het koud. Ze had buikpijn en een zere keel; haar hoofd zat helemaal dicht van de verkoudheid. Ze lag in haar afgezonderde donkere wereldje te luisteren.

Ze moest toch in slaap gevallen zijn, want toen ze met een ruk wakker werd en haar branderige ogen op de wekker richtte, was het bijna drie uur. Toen ze goed luisterde, hoorde ze niets anders dan de wind. Maar ze kwam uit bed en liep op haar tenen naar de overloop. Alle deuren waren dicht. Ze bleef even staan bij de slaapkamer van Louise en Vic, haar oren gespitst. Niets. Heel voorzichtig deed ze de deur op een kiertje. Het was te donker om te kunnen zien of er één of twee gestaltes in bed lagen. Ze sloop naar voren en legde zachtjes haar hand op de plek waar Vics voeten zouden moeten liggen, maar de dekens waren plat. Ze schoof haar hand een stukje op. Louise kreunde in haar slaap en woelde rusteloos.

Vic was er niet. Natuurlijk niet. Ze zou de auto hebben gehoord, en zijn sleutel in het slot van de voordeur. Ze zou wakker geworden zijn uit haar kwetsbare, lichte slaap zodra hij de trap op gelopen zou zijn. Bovendien had Louise beloofd haar wakker te maken zodra hij thuiskwam.

Ze ging terug naar bed. Ze wilde dat Stella er was, kalm en praktisch. Ze herinnerde zich hoe ze vroeger haar hand in die van Vic legde om te kijken hoe zijn grote bruine vingers zich om haar dunne witte vingertjes sloten. Dan tilde hij haar op en zette hij haar op zijn schouders en hield ze zich vast aan zijn dikke zwarte haar en voelde ze zich veilig en geborgen, hoog boven iedereen verheven. Ze wist dat hij haar nooit zou laten vallen.

11

'Ik ga vandaag niet naar school.'

'O, jawel!'

'Maar hoe kan ik nu naar school gaan terwijl...'

'Je gaat naar school en daarmee uit. Jullie allebei.' Dat laatste was gericht aan Jude, die bij het keukenraam naar de doorweekte tuin stond te kijken.

'Ik voel me niet lekker,' drong Edie aan – en dat was waar. Haar benen deden pijn, haar hoofd bonsde en haar ogen waren branderig.

'Ik heb een pot thee gezet, schenk maar in. En er is havermout voor ons allemaal. Dat leek me wel goed. Kom even zitten, Jude.'

Louise schepte de dikke, dampende pap in drie kommen. Ze hield een lepel stroop boven de hare en keek hoe die leegliep en een plasje vormde op de pap. Het was nog geen zeven uur en ze had haar ochtendjas nog aan. Ze droeg haar haar los, achter haar oren, en haar gezicht zat vol vouwen en was opgeblazen van vermoeidheid.

'Ga je vandaag naar je werk?'

'Nee.'

'Waarom moet ik dan...?'

'Omdat ik hier de volwassene ben, daarom. Jullie zijn mijn kinderen.'

'Wat ga je doen?'

Louise legde haar lepel neer en keek naar Edie. Ze vroeg zich even af hoeveel ze haar zou vertellen, en haar gezicht werd zachter. 'Ik weet het niet,' zei ze. 'Maar ik denk dat ik om te beginnen de politie moet bellen.'

Hoewel Edie daar zelf op aangedrongen had, maakten Louises woorden haar klam van angst.

'Wat is er met hem gebeurd?' zei ze. 'Er zal toch niets ergs zijn?'

'Nee,' zei Louise. 'Eet je ontbijt op.'

Edie strooide zachte bruine suiker over haar havermoutpap, waar hij donker kleurde en in streepjes smolt. Ze bracht een lepel naar haar mond. Ze dacht dat ze moest kokhalzen. Toen ze naar Jude keek, zat die haar pap alsmaar rond te roeren in de kom; hij was misselijkmakend beige geworden.

'Moeten we het Stella vertellen?'

'Nee! Waarom? Zodat ze zich dodelijk ongerust kan maken, terwijl ze net aan haar eerste semester is begonnen?'

'Je hebt gelijk, denk ik.'

'Alleen,' zei Edie, 'voelt het niet goed om...'

'Ik weet het, liefje,' zei Louise.

Edie kreeg tranen in haar ogen bij het woord 'liefje'. Jude stond plotseling op en schraapte met haar stoelpoten over de grond. Ze zag er opgeblazen en ellendig uit, haar gezicht en hals vlekkerig. Louise stak een hand uit en pakte haar arm.

'Het komt wel goed,' zei ze. 'Jude? Ik beloof je dat het allemaal goed komt.'

'Je lult maar wat,' zei Jude.

'Jude!'

'Gelul. En het is allemaal jouw schuld.'

'Dat mag je niet zeggen.'
'Je weet dat het waar is.'

De dag ging voorbij in een vreemde roes. Alles leek op grote afstand te gebeuren. Edie zat al haar lessen uit, hoewel ze later niet zou hebben kunnen zeggen wat ze had geleerd. Ze schreef keurig formules in haar schrift, in haar kleine, hoekige handschrift, de punt van haar pen krassend op het papier. Ze tekende nette diagrammen met haar geslepen potlood en de oude houten liniaal waar in de lengte de data van Engelse koningen en koninginnen op stonden. Ze stond in het scheikundelab tussen de bunsenbranders en reageerbuisjes, in de lucht van gas en chemicaliën, zorgvuldig met witte jas en beschermbril. Ze liep door de lange gangen naar het volgende lokaal en staarde naar de gepoetste neuzen van haar schoenen, die op de houten vloeren klakten. In de lunchpauze zat ze in de leerlingenkamer met zes jaargenoten, en ze at niks en dronk alleen zwarte koffie. Het viel niemand op dat ze niets zei. Ze was altijd stil, iemand die luisterde, geen prater. Zelfs Rose merkte het niet, of misschien weet ze het aan Edies verkoudheid, want ze had een rode neus en waterige ogen. Af en toe ving ze een glimp op van Jude, alleen op het schoolplein of op weg naar de volgende les, een eindje achter de groepjes andere meisjes, maar ze zeiden niets tegen elkaar. Zo nu en dan keek ze op haar horloge, naar de grote wijzer die naar het einde van de dag kroop. Ze probeerde zichzelf niet voor te houden dat Louise het haar op de een of andere manier wel had laten weten als Victor thuisgekomen was.

Toen om tien voor vier de bel ging, pakte ze haar tas in en trok ze haar regenjas aan. Pas toen ze zag dat Ricky buiten de schoolhekken op haar stond te wachten, herinnerde ze zich dat ze met hem afgesproken had. Hij stond slungelig tegen een muur, zoals gewoonlijk met een sigaret, maar hij ging rechtop staan zodra hij haar zag en stak ter begroeting een hand op. Zijn gezicht leefde op van blijdschap. Edie liep naar hem toe.

'Je ziet er niet zo goed uit,' zei hij, en hij stak een hand naar haar uit. Hij was doorweekt van de regen en zijn haar plakte aan zijn schedel. Het leek wel of hij gekrompen was, dacht ze. Ze deinsde terug voor zijn hand.

'Ik kan vandaag niet,' zei ze.

'Hoezo niet? Wat is er?'

'Papa is verdwenen,' zei ze.

'Hoe bedoel je, verdwenen?'

'Hij is niet thuisgekomen. En hij is al dagen niet op zijn werk geweest, terwijl hij wel heeft gedaan alsof hij erheen ging. Hij is ontslagen, maar hij heeft er niets van gezegd en nu is hij niet thuisgekomen.'

'Shit.'

'Ja.'

'Zal ik met je meegaan?'

'Nee.'

'Wat kan ik dan doen?'

'Niks.' Ze wilde alleen maar dat hij wegging.

'Bel me.'

'Oké.'

'Als hij terug is.'

'Ja.'

'Beloof je dat?'

'Ja.'

'Het komt wel goed.'

'Hoe weet je dat?'

Hij keek haar met een lachje aan. 'Je hebt gelijk. Dat kan ik niet weten.'

'Dag,' zei ze. Het leek zo lang geleden, haar liefde voor Ricky.

Toen Edie en Jude thuiskwamen, zagen ze door het raam twee gestaltes in de huiskamer zitten.

'Hij is terug!' zei Edie, maar zodra ze het gezegd had, besefte ze dat de man niet Vic was maar een vreemde – in een donkergroen jack, met bruin haar, een beetje kalend. Hij leek totaal niet op haar vader.

Louise hoorde hen binnenkomen en kwam naar hen toe gelopen. Ze droeg een oude rode trui die haar bleek maakte, en ze had een sigaret tussen haar vingers, terwijl ze jaren geleden was gestopt met roken. Ze schudde haar hoofd voordat ze iets konden vragen.

'Kom binnen, het is noodweer,' zei ze. Haar stem klonk vlak en zacht.

'Wie is dat, in de huiskamer?' vroeg Jude.

'Een politieagent,' zei Louise. 'Ik zal even thee zetten, dan kunnen we praten.'

'Zeg het maar gewoon,' zei Jude.

Maar Louise draaide zich om en liep de keuken in. Ze volgden haar, met hun regenjassen nog aan en hun schooltassen over hun schouders.

'De auto van Vic is gevonden,' zei Louise. Ze stond met haar rug naar hen toe en vulde de fluitketel met water.

'Maar...'

'Waar?'

Ze draaide zich naar hen om. 'Bij de Crossleybrug.'

'Ik begrijp het niet,' zei Edie in de stilte die volgde.

'Hij heeft de sleutel boven het spiegeltje aan de passagierskant gelegd, en zijn portefeuille in het dashboardkastje.'

'Ik begrijp het niet,' zei Edie nog een keer.

Jude zette haar schooltas met een klap op tafel, zodat alle kopjes rammelden. 'Wat begrijp je niet?' schreeuwde ze, haar stem rauw van woede en verachting. 'Ben je dan zo stom en zo blind? Nou? Moet ik het hardop zeggen? Heb je dat liever?'

'Er valt nog niets te begrijpen,' zei Louise met haar nieuwe toonloze stem.

'Alsjeblieft,' zei Edie, die zelf niet wist waar ze om vroeg.

'Je vader was de laatste tijd erg depressief,' zei Louise. 'Hij was zichzelf niet.' En toen herhaalde ze, alsof ze niet meer loskwam van die ene zin: 'Hij was zichzelf niet. Zichzelf niet.'

'De brug,' zei Edie. 'Dat wil nog niks zeggen. Kijk niet zo, Jude!'

'Ellen komt vanavond,' zei Louise. 'En ik heb Graham en Rona verteld wat er aan de hand is. Ik vond dat ik dat moest doen.' Dat waren de ouders van Vic, die Louise altijd hadden benaderd met een mengeling van schuchterheid en wantrouwen.

'En Stella?' vroeg Jude.

'Ik heb een boodschap voor haar achtergelaten. Ze zal wel bellen zodra ze die krijgt.'

'Maar papa...' zei Edie. 'Papa...' Ze hoorde haar stem, ver weg en onvast, als het stemmetje van een klein meisje. Het is een droom, hield ze zichzelf voor. Ze zaten midden in een droom, een nachtmerrie. Dit gebeurde niet echt. 'Hij zou ons nooit in de steek laten,' zei ze, met het schrille stemgeluid der wanhoop.

'Ik moet nu terug naar rechercheur Shaw,' zei Louise. Ze stond op van de tafel als een oude vrouw met artritis, en Edie zag dat haar handen vreselijk trilden. 'Maar ik hou heel veel van jullie.'

Edie en Jude zaten samen aan tafel, gevangen in een afschuwelijke stilte. Ze keken elkaar niet aan. Toen stond Jude op en rommelde ze in Louises tas. Ze haalde er een pakje sigaretten uit. Er waren er zes uit. Ze nam een sigaret uit het pakje, keek ernaar, streek een lucifer af en stak hem aan. Toen ze inhaleerde, begon ze vreselijk te hoesten, en haar gezicht werd paars. Maar ze volhardde en pufte hevig. Na een paar minuten volgde Edie haar voorbeeld. Ze zoog de rook haar longen in en tipte de as in haar kopje, waar hij even siste in het laatste bodempje thee. Het roken maakte haar duizelig en misselijk; ze kreeg nog meer keelpijn en haar hoofd bonsde, maar het gaf niet. Het was beter dan de ijzige angst die rond haar lichaam sijpelde.

Ze deed haar best om niet na te denken. Ze wilde zich niet herinneren hoe hij haar had aangestaard toen Ricky tegen haar borsten hing, of zijn gezichtsuitdrukking toen ze zich tegen hem had gekeerd en hem 'Vic' had genoemd, met alle wreedheid die ze kon opbrengen. Zijn bleke, zachte, bolle gezicht, zijn bruine, smekende ogen, zijn zware lichaam en zijn dunne beentjes. Ze kreeg bijna geen lucht. Ze probeerde om niet aan hem te denken en zich alleen te concentreren op het rode puntje van de sigaret en de pijn die hij veroorzaakte in haar borst. Ze probeerde er niet aan te denken dat hij de gedeukte auto had geparkeerd, het contactsleuteltje achter de zonneklep had gedaan, zijn portefeuille in het dashboardkastje had gelegd en in zijn eentje naar de brug was gelopen... Ze waren er heel vaak samen overheen gelopen. De brug vormde een hoge, steile boog, en op donkere avonden, als de koplampen van de auto's op het zwarte asfalt schenen, leek het of de weg alleen maar omhoogliep, de lucht in, en dan ophield. De wind striemde over de brug en de bruine rivier stroomde er snel onderdoor. Als je door de hoge, puntige reling heen keek, kon je de rommel zien die door de stroom werd meegevoerd. Soms trad het water buiten zijn oevers, en dan stonden de paden waar Edie en Ricky hadden gewandeld, het dichte struikgewas waar ze hadden gezoend, onder water.

Niet aan de brug denken, aan de rivier, aan het oprukkende water. Niet aan Vic denken, aan zijn gekwetste blik en zijn stugge zwarte haar.

Ze wist waarom hij zijn auto bij de brug had geparkeerd, natuurlijk wist ze dat.

'Hij is zo weer thuis,' zei ze hardop. 'Dat zul je zien.'

Jude staarde haar aan. 'Hij komt nooit meer thuis,' zei ze.

'Dat moet je niet zeggen!'

'Hij komt nooit meer thuis. Hij komt nooit meer thuis. Hij komt nooit meer thuis.' De hysterie welde op in Judes stem.

'Hou op!'

Hij had alle pruimen uit de boom geplukt, gisteren nog, en de mand binnengebracht als een offergave. Die stond nu op het aanrecht bij de koelkast, boordevol zacht, rottend fruit. Ze deed haar ogen dicht. Ze voelde de kus die hij op haar voorhoofd had gedrukt.

'Jij boft nog,' zei Jude met dubbele tong, alsof ze een halve fles gin naar binnen had gegoten. Edie deed haar ogen open. 'Jij hebt Ricky die van je houdt.'

Maar Edie wilde Ricky niet, niet meer. Ze zou Ricky zo inruilen voor Vic. Ze zou God beloven dat ze Ricky nooit meer zou zien, nooit meer zou aanraken, als Vic maar ongedeerd was. Als Vic nu binnenkwam, zou ze daar voor de rest van haar leven genoeg aan hebben. Alleen dat ene. Verder niets. Het kon haar niet schelen dat ze geen dokter zou worden, ze hoefde geen seks meer, ze wilde nooit meer dansen, lauw bier drinken tot alles draaide, met haar vriendinnen giechelen, jurken met duizelingwekkende decolletés dragen, haar bleke gezicht opmaken, jongens kussen, laat thuiskomen en zich laten beminnen... Nooit meer. Niets van dat alles. Alleen maar thuis zijn als papa binnenkwam met dat gekke lachje van hem, alleen voor haar, papa die eruitzag alsof hij moest huilen wanneer hij heel gelukkig was en de maaltijden met het gezin aan deze tafel waar ze nu vol afschuw met Jude zat. Bloemkool met kaas en frites en papa die niets zei omdat hij nu eenmaal zwijgzaam was, maar ze had nooit gedacht, echt helemaal nooit gedacht, dat zijn zwijgzaamheid zó zou eindigen, dat hij op een morgen de deur uit zou lopen, iedereen een kus op het voorhoofd zou geven en niet zou weten dat het niet erg was dat hij ontslagen was, dat het niet erg was dat de cv-ketel kapot was, dat de rekeningen zich opstapelden op de glanzende prikker, dat het allemaal niet erg was, dat zulke dingen helemaal niet erg waren...

'Hij komt wel thuis,' zei ze nog een keer. Ze keek naar de klok aan de wand. Het was pas zes uur; het diepe gat van het wachten dat voor haar lag, bezorgde haar hoogtevrees. 'Wachten is het ergste.'

Nog donker. Nog stil. Takken die tegen haar raam tikten. Edie staarde naar de lucht die nu helderder was, en bezaaid met sterren als speldenprikjes. Bladeren dwarrelden op als vleermuizen. Het zou buiten wel koud zijn, dacht ze. Koud en inktzwart, met een bijtende, wervelende wind. Hij was ergens daar buiten, in het woeste water. Ze drukte haar hoofdkussen tegen zich aan en klampte zich eraan vast. Ze voelde zich alsof ze op een hoge richel lag en er overal om haar heen gevaar loerde. Eén beweging en ze zou eraf vallen, de onstuimige lucht in duiken. 'Ik zal lief zijn. Ik zal vanaf nu altijd lief zijn,' fluisterde ze. 'Als er maar niets met hem gebeurd is. Laat er niets gebeurd zijn.' Toen voegde ze eraan toe: 'Papa, kom naar huis. Kom alsjeblieft naar huis.'

12

Het lichaam was vele kilometers stroomafwaarts meegevoerd. Het werd gevonden door een jonge moeder die met haar buggy over het pad langs de rivier liep: een grijze gedaante tussen het riet, een hand, met de handpalm naar boven.

De politie kwam aan huis om het de familie te vertellen. Louise deed open en zag de twee figuren voor de deur staan, hun gezichten al in de plooi van medeleven. Ze deinsde voor hen terug, een vuist tegen haar hart gedrukt. Ze schuifelde achteruit de keuken in, waar Ellen met een zachte doek de ramen zeemde, waar de radio aanstond en waar stoom uit de tuit van de fluitketel kwam. Ze volgden haar schuldbewust, hun dikke zwarte schoenen op de pas geboende vloer. Achter hen klapte de deur dicht in de wind.

'Nee,' zei Louise. Ze hoorde haar stem, als de stem van een vreemde. 'Nee.'

Maar Ellen kwam achter haar staan en sloeg haar armen om haar heen alsof ze weer een klein kind was, alsof alles goed zou komen als ze haar maar stevig genoeg omhelsde.

Louise identificeerde het lijk door een glazen ruit. Ze keek naar het grijze pak dat hij ruim een jaar lang doordeweeks iedere ochtend had gedragen. Er ontbrak een knoop en in de linkermouw zat een scheur. Ze keek naar de gestreepte stropdas die ze hem drie Kerstmissen geleden had gegeven. Naar het horloge met het gerafelde bandje. De wijzers waren blijven stilstaan op elf minuten over half tien. Het witte overhemd. De oude schoenen met de afgetrapte neuzen. Ze wilde zijn opgezwollen gezicht niet zien, of zijn starende ogen of zijn gapende mond. Daar moest ze niet naar kijken, want dan zou telkens als ze aan hem dacht dat verdronken gezicht voor haar geestesoog verschijnen en zou er voor haar niets anders overblijven dan de dode blik uit die troebele bruine ogen.

Welke tocht had naar dit moment geleid? Het ene moment was ze een jonge vrouw geweest die lachend aan de arm van haar stapelverliefde echtgenoot hing, terwijl de gasten juichend confetti in haar gezicht gooiden en de zon hoog aan de hemel stond, de bloemen zich openden en geluk een woord was dat zo gemakkelijk over de lippen kwam. En nu staarde ze naar het lijk van haar man. Hij had gewacht tot hij er zeker van was dat er niemand keek, was de brug op gelopen, over de puntige reling geklommen en eraf gestapt. En het was haar schuld. Beetje bij beetje had ze alles losgelaten dat hen bij elkaar had gehouden, tot hij uiteindelijk het leven uit was gevallen. Haar schuld: ze voelde die wetenschap in zich huizen als een steen, een enorme kei.

Ze knikte. 'Ja,' zei ze, en ze wendde zich af van het lijk. 'Dat is mijn man. Vic.'

Edie kon zich de crematie later nauwelijks herinneren. Alle details waren gewist en ze zag zichzelf alleen van een afstand, als een afbeelding op een formeel geposeerde foto. Daar zat ze dan, in haar donkere, slecht passende kleren, naast Stella naar de goedkope, glanzende kist te kijken. Zo kon zich niet herinneren dat ze er iets bij had gevoeld, behalve misschien de hand van Stella op die van haar en de tranen die over haar wangen rolden en zout smaakten op haar lippen, en ze kon zich de gesprekken die ze gevoerd moest hebben evenmin herinneren. Alleen dat ze daar had gezeten, omringd door die onwerkelijke wereld.

De volgende dag hadden ze Vics as verstrooid onder de pruimenboom.

Louise zette het huis te koop. Ze had besloten terug te gaan naar haar geboorteplaats, waar Ellen nog altijd woonde. Het was maar veertig minuten rijden, een halfuur als alles meezat, en ze zouden contact kunnen houden met vrienden en vriendinnen, maar ze vond dat ze een nieuwe start moesten maken; hoe eerder hoe beter. Ze konden bij Ellen logeren totdat ze een huis hadden gevonden, en Louise zou op zoek gaan naar een andere baan. Edie en Jude moesten naar een andere school.

Het deed er schijnbaar niet zoveel toe dat de makelaar die hun huis zou verkopen degene was voor wie Vic zeven jaar had gewerkt, en degene die hem een paar weken geleden op straat had gezet. Er kwamen twee mannen aan huis. Ze hadden een fototoestel, een meetlint en een laptop bij zich, en hun gezichtsuitdrukkingen waren afwisselend ernstig, opgelaten, gretig en nieuwsgierig. Ze zeiden dat ze het heel erg vonden van die arme Vic, iedereen mocht hem graag, hij deed geen vlieg kwaad, wat een aardige kerel, zo verschrikkelijk... Louise schonk uitdrukkingsloos thee in en ging rond met koekjes, en ze liepen het hele huis door, de slaapkamers in en uit, keken om het hoekje van de wc-deur, deden de kast open waar Vics overhemden nog tussen de jurken van Louise hingen en zijn schoenen naast de hare stonden. Een van de twee tikte met zijn pen tegen zijn tanden en staarde naar de uitdijende scheur in de gang, de vochtige plekken op de muren, de lekkende kranen, de scheve ramen, het fletse behang en de versleten vloerbedekking; hij maakte druk aantekeningen in zijn notitieboekje en mompelde wat in zichzelf. De andere man nam met zijn meetlint de maten van de kamers, en ze liepen de hele tuin door en telden hun passen. Door hun houding leek alles miezerig, armzalig en van weinig waarde.

Louise kromp ineen toen ze een prijs noemden, maar ze haalde haar schouders op en ging akkoord.

Stella ging terug naar de universiteit. Ellen bleef om Louise, Edie en Jude te helpen al hun bezittingen in te pakken. Het meeste werd opgeslagen. De mannen van het verhuisbedrijf brachten tientallen platte dozen, die Ellen en Jude in de hal openvouwden en aan de onderkant met breed plakband dichtplakten. Louise zei dat ze alles moesten weggooien wat ze niet per se wilden bewaren. Je moet meedogenloos zijn, zei ze. Ze had een afvalcontainer gehuurd en was die al aan het volgooien met de inhoud van de keukenkastjes: roestige pannen, kromme gardes, mengkommen waar een stukje af was, Tupperware-bakjes zonder deksel, een theepot waar het water altijd uit gutste, een pastamachine die nooit naar tevredenheid had gewerkt, jampotten, een heel servies dat verkleurd was en vol craquelé zat, deegvormpjes, puddingvormen die niet meer waren gebruikt sinds Jude klein was... Ze ging uren door. Ze had een oude spijkerbroek aan die werd opgehouden door een rode stropdas van Vic, haar mouwen waren tot boven de ellebogen opgerold en haar haar werd uit haar gezicht gehouden met een oude bloemetjessjaal. Haar gezicht stond afgetobd en kwaad.

Ze gooide bijna al het eten uit de voorraadkast weg. Alles

waarvan de uiterste houdbaarheidsdatum was verstreken werd in grote zakken bij de achterdeur gesmeten: bloem, jam, yoghurt, blikken bonen, maïs en tomaten, thee, pasta, rijst en de scherpe *pickles* die Vic zo lekker had gevonden bij de Indiase maaltijden die ze als gezin hadden gegeten, bij bijzondere gelegenheden. Louise gooide ook alle pakjes kruiden in de vuilnisbak: kurkuma, koriander, cayennepeper, komijn en chilipoeder. Ook de kleurstoffen werden weggegooid, die gingen ze niet meeslepen naar Ellen, en halflege dozen cornflakes, peulvruchten, bouillonblokken, stokoude flessen frambozenazijn en sesamolie.

Ze maakte een groot vuur in de tuin en droeg er armenvol troep naartoe – oude kranten en tijdschriften, kookboeken waar de kaft van loszat, alles wat op het kurken prikbord had gehangen, halfvolle schriften, agenda's van vorig jaar, ansichtkaarten, onbeantwoorde brieven en catalogi. De rekeningen gooide ze ook in het vuur, inclusief aanmaningen. Ze krulden om in de felle vlammen en vormden snippertjes as, die over de muur achter de tuin heen waaiden. Ze stond bij de vlammen in haar zwarte rubberlaarzen en gooide er handenvol natte bladeren in om de vuurzee in bedwang te houden. Bijtende rook golfde door de tuin. Edie zag door het raam hoe Louise het vuur meedogenloos aanwakkerde met Vics oude boeken over tuinieren. Eentje over rozen en een over wilde bloemen. Ze wilde naar beneden rennen en ze redden, om ze te bewaren voor als ze ooit zelf een tuin zou hebben. Maar zodra de gedachte in haar opkwam, was het al te laat. De glanzende illustraties krulden om, werden zwart en kleurden daarna kringelend oranje.

Edie ging terug naar haar eigen kamer. Ze pakte in een grote koffer en een sporttas de spullen die ze bij Ellen nodig zou hebben: twee truien, drie broeken, diverse T-shirts, gympen, een regenjas, haar spijkerjackje en haar jas, oude laarzen, een pyjama, haar ochtendjas en pantoffels, ondergoed, zwempak en chloorbrilletje, shampoo en deodorant: functionele kleding voor de herfst en de komende winter. Ze had niet veel nodig. Haar blote topjes, strakke broeken, de roestbruine jurk die ze had gekocht voor het feest en de zwarte jurk die ze had willen dragen met Kerstmis, haar armbandjes, halskettingen en oorbellen, haar fluwelen choker, haar schoenen met hoge hakken – dat alles stopte ze in een doos die naar de opslagruimte zou gaan. Ze kon zich niet voorstellen dat ze er nog ooit iets van zou dragen.

Ze ging systematisch en traag te werk. Ze zocht vier boeken uit, die ze allevier al eens had gelezen, om samen met haar natuurkundeboeken mee te nemen naar Ellen. De rest van haar boeken ging naar de opslagruimte. Ze verpakte haar glazen beestjes in vloeipapier en stopte ze behoedzaam boven in een doos, tussen een paar lagen kranten. Ze haalde de tekening van de muur en legde hem tussen de handdoeken en haar slaapzak.

Sommige dingen waren moeilijker. In de grote lade onder in haar klerenkast lagen de spullen die ze wilde bewaren. Hier bewaarde ze haar oude schoolrapporten, dunne schriftjes waarin ze verhaaltjes had geschreven toen ze zeven was, zwemdiploma's en -medailles en tekeningen in primaire kleuren. Ze ging op haar hurken zitten en bladerde door een rapport van toen ze twaalf was; het eerste jaar van de middelbare school. 'Is erg ijverig,' stond er op de eerste bladzijde. 'Vlijtig,' stond er op de tweede. Vlijtig, rustig, gehoorzaam, dat was het vonnis.

Misschien, dacht ze, moest ze al die dingen weggooien – de poster die ze op de lagere school had gemaakt, waarop stond wat ze later wilde worden; ze had een balletdanseres getekend, met puntige benen die bij de knieën aan elkaar leken te zitten en een roze, halfronde tutu. Of het tijdschrift dat zij,

Stella en Jude één keer per jaar hadden uitgebracht. Het heette *Het Jennings Journaal*, en Stella had er een verhaal in geschreven over een wit paard, terwijl zijzelf een recept voor amandel-kersenflappen had overgeschreven.

Ze keek weer naar buiten, waar Louise nog steeds op en neer liep naar het vuur. Er was nu iemand bij haar: Simon, de vader van Rose, die hulpeloos met zijn schoenen diep weggezakt in de modder toekeek hoe boeken – en nu ook kleding, zag Edie – ten prooi vielen aan de hoge, dansende vlammen. Hij deed een stapje naar voren en sloeg een arm om haar schouder om haar tegen te houden, maar ze keerde zich fel van hem af.

Nee, dacht Edie, zij zou niet alles weggooien. Ze zou alles bewaren, en op een dag zou ze misschien alles weer openslaan en de herinneringen toelaten.

Als laatste kwam ze bij de brieven die Ricky haar de afgelopen weken had geschreven. Hij had er meerdere per week gestuurd, zelfs wanneer hij wist dat hij haar de volgende dag zou zien; sommige waren op ansichtkaarten geschreven, andere op gewoon papier. Ze had ze allemaal in een houten doosje gedaan, met een zakje lavendel erop, en het gele herfstblaadje dat ze uit zijn haar had geplukt. Ze kende ze allemaal van buiten, maar toch haalde ze ze uit het doosje om ze nog één keer door te lezen. Ze lagen op chronologische volgorde, beginnend met het briefje waarin hij haar zijn adres had gestuurd. Ze lachte een beetje toen ze eraan terugdacht hoe ze naar de brief had zitten turen, op zoek naar een speciale betekenis van het woordje 'liefs'. Het leek zo lang geleden. Sommige briefjes bestonden eenvoudigweg uit één zin: '*Ik verlang naar je en ik kan niet zonder je*,' of: '*Je bent pas tien minuten weg en ik mis je nu al*.'

De laatste brief was die ochtend gekomen. Hij was tamelijk kort. '*Ik vind het vreselijk dat je het zo moeilijk hebt. Ik wou dat ik je kon helpen – ik wou dat ik je móch helpen. Stuur me alsjeblieft niet weg. We horen bij elkaar, dat weet je best. Ik wil je zien. Alsjeblieft. Ik was zo gelukkig en ik ben ontzettend eenzaam zonder jou. Alsjeblieft.*' Hij had het laatste 'alsjeblieft' onderstreept en de brief niet ondertekend.

Edie legde de laatste brief terug in het doosje en deed het deksel erop. Ze deed haar ogen dicht, maar ze zag niet het gezicht van Ricky voor zich, maar dat van haar vader, die door het troebele water naar haar staarde.

Edie en Jude gingen weer naar school. Ze hadden nog zes dagen voordat ze zouden vertrekken – nog vier schooldagen. Louise had een school gevonden waar Jude eindexamen kon doen, en een geschikte school voor Edie. Ze gingen met Ellen mee; Louise zou nog twee of drie dagen blijven om de losse eindjes af te handelen en dan ook vertrekken. Ze zou de deur op slot doen, de sleutels afgeven bij het makelaarskantoor en de afhandeling verder overlaten aan de notaris.

Edie controleerde of ze genoeg ondergoed en sokken overhield, en een extra schoolblouse. Stella belde iedere avond om zeven uur. Ze aten brood of *fish and chips* van de kar die iedere woensdag en vrijdag aan het begin van de weg stond. Louise dronk wijn bij het middageten en 's avonds whisky; zo raakten haar dagen de scherpe kantjes kwijt en kregen ze iets wazigs en herfstachtigs. Natte bladeren, grijze regen, grillige bomen, mist die 's ochtends boven het gras hing en het gevoel dat alles op zijn einde liep.

Ze praatten niet veel – niet over zaken die er echt toe deden. Wat ze te zeggen hadden was te omvangrijk, als een rots die beklommen moest worden, en niemand had er de energie voor. Nog niet.

Op school had Edie het gevoel dat ze al weg was, dat ze een vreemdeling was die na lange afwezigheid was teruggekeerd, alleen maar om formeel afscheid te nemen. Ze volgde de lessen, deed stipt haar huiswerk, luisterde in de pauzes in de kantine naar de gesprekken van anderen en maakte proefwerken, maar al die tijd ging ze in gedachten al weg. Als ze naar het gezicht van een docent keek, dacht ze: Dit is de laatste keer dat ik bij haar in de klas zit, de laatste keer dat ik mijn hand opsteek om zijn vraag te beantwoorden. Ze prentte het lelijke gebrandschilderde raam van de hal in haar geheugen, en de lucht van lijnzaadolie bij het hok van de conciërge. Ze nam deel aan gesprekken met vriendinnen, maar ze wist dat hun toekomst niet langer dezelfde was als die van haar. Haar weg, die zo recht en gelijkmatig had geleken, had een scherpe bocht gemaakt, bij hen vandaan. Iedereen deed heel aardig, en ook daardoor besefte Edie dat ze nu 'anders' was. Ze was Edie-van-wie-de-vader-zelfmoord-had-gepleegd; ze zag het in hun ogen en hoorde het aan hun stemmen, aan het medelijden dat ze toonden. Niemand sprak haar tegen of gaf blijk van een andere mening. Niemand vertelde haar nog over zijn problemen. Niemand klaagde over een vriendje of ruzie met zijn moeder, over een leraar die de pik op hem had of een vriendin die stookte. Hoe zouden ze dat kunnen doen, terwijl haar probleem zo enorm en zo onoplosbaar was?

Zelfs Rose – die bijna iedere dag langskwam of opbelde – raakte van Edie verwijderd. Ze was op zoek naar een nieuwe beste vriendin die Edie kon vervangen wanneer zij vertrok om aan haar nieuwe leven te beginnen, een vriendin die haar haar voor haar kon vlechten, naar haar geheimen luisterde, zou zeggen welke kleuren haar het beste stonden, met haar door de gangen en over straat zou lopen, giechelend om niets, en haar voor school zou opwachten. Ze zouden vriendinnen blijven, maar ze zouden het niet meer weten als de ander een nieuwe vulpen had gekocht of die avond naar *Top of the Pops* had gekeken.

13

Een man liep langzaam een brug op die met een boog naar de hemel reikte, als een weg die niet af was en steil nergens naartoe liep, spookachtig en griezelig. In het diepe, troebele water eronder dreven takken die losgerukt waren van de bomen, als armen die om hulp zwaaien; doorweekte voorwerpen dobberden even op het water en zakten langzaam naar beneden, waar ze rondzweefden en vergingen op de onzichtbare bodem. Op zeker moment droomde Edie dat hij op de brug liep, dat hij sprong, vloog, viel. Als ze wakker werd, waren de beelden er nog. Ze stelde zich voor hoe hij kaarsrecht in de lucht hing, met zijn opgestoken armen in een V-vorm en zijn benen bij elkaar, de tenen gestrekt. Doelgericht op de dood af; bijna zonder een rimpeling te veroorzaken het water in. En daarna stelde ze zich voor hoe hij door de lucht tolde, zwaaiend met zijn armen, zijn handen graaiend naar niets, zijn hele lichaam kantelend, ronddraaiend en door de lucht tuimelend.

Maar soms droomde ze dat hij nog leefde, dat hij naar haar toe liep met die lieve lach van hem, en dan keek ze op en zei ze: ‘Hallo, papa,’ alsof hij nooit weg geweest was, en ze stak haar arm door de zijne en hij vroeg hoe het met haar ging, en dan zei ze: 'Goed.'

Edie had die zaterdag met Ricky afgesproken. Het was een mooie, koude dag, blauw en rustig, na alle wind en regen. De wereld zag eruit als een foto. Hij stond te wachten aan het einde van de laan, en ze sloeg het beeld op, zoals hij daar roerloos onder de kastanjeboom stond, zijn handen boven zijn ogen tegen de laagstaande zon. In de bomen boven hem wiegden de roeken in hun nesten van takken, en ze krasten schor in de heldere lucht. Hij had zijn denim blouse en zijn oude spijkerbroek aan, en toen ze dichterbij kwam, zag ze dat hij zijn haar had gewassen en zich had geschoren, en ze voelde een steek van liefde en medelijden. Het zou zo gemakkelijk zijn geweest om naar hem toe te lopen, zijn handen te pakken en zijn vingers te kussen, met die afgebeten nagels, zich tegen hem aan te vlijen in zijn vertrouwde geur van zweet en shag en zich te laten troosten. Het was het enige wat ze nog kon wensen – het gevoel in zijn armen te liggen en te zien hoe hij naar haar keek, ondanks alles.

Hij keek naar haar alsof hij door haar heen keek, naar een persoon die niemand ooit had gezien of nog zou zien. Als hij zijn armen om haar heen had geslagen, of als hij zich had laten gaan en een beroep op haar had gedaan... Maar dat deed hij niet. Hij wachtte slechts en keek naar haar met die bruine ogen, die haar plotseling op een afschuwelijke manier aan die van Vic deden denken.

'Je ziet bleek,' zei hij.

'O, nou...' Ze deed een hand omhoog om haar wang aan te raken.

'Gaat het wel goed met je?'

'Gaat wel. Dank je.'

'Ik heb je gemist. Je hebt geen idee hoe erg ik je gemist heb, Edie. Iedere minuut van de dag.'

'Ricky,' zei ze. 'Luister eens, ik kan niet...'

'Alsof er een gat in mijn hart zat.'

'Ik kan het niet meer.'

Hij wendde zijn hoofd af en keek naar de stad onder aan de heuvel. De stilte hing trillend tussen hen in.

'Het spijt me,' zei ze na een hele tijd. 'Niets is meer zoals het hoort.'

'Ik ook niet.'

'Het gaat niet om jou, het gaat om óns.'

'Komt het door die keer dat hij...?'

'Nee!' antwoordde ze, te snel. Daar wilde ze nu niet aan denken.

'Want je kunt niet zomaar ophouden met leven omdat je vader dood is.' Zijn stem klonk hardvochtig; zo had ze hem nooit eerder gehoord.

'Dat weet ik.'

'Je had meer vertrouwen moeten hebben.'

'Hoe bedoel je?'

'Vertrouwen in ons. Ik had dat wel.'

Ze staarden elkaar aan. Nu ze niet langer in de verleiding was, legde ze een hand op zijn arm.

'Het heeft geen zin,' zei ze. 'Alles is anders geworden. Zie je dat dan niet in?'

'Dus dat was het dan? Zomaar.'

'Ik vertrek maandag.'

'Maar ik hou van je,' zei hij. Het was zijn troefkaart.

'Ik ook van jou,' zei ze. 'Maar toch kan ik het niet.'

Hij stopte zijn handen in zijn zakken. Zijn gezicht werd uitdrukkingsloos. 'O,' zei hij.

'Ik ga nu maar,' zei Edie. 'Ik hoop...' Wat hoopte ze eigenlijk? 'Ik hoop dat het allemaal goed komt voor je.'

'Dat ik een fijn leven krijg, bedoel je dat?'

'Misschien wel, ja. Het klinkt stom.'

'Heel stom.'
'Ricky...'
'Nou, dag dan maar.'
'Tot ziens.'

Ze draaide zich om en liep de laan uit, terug naar huis. Op de hoek bleef ze even staan. Als hij nu nog naar haar stond te kijken, zou ze teruggaan, want ze had pijn in haar borst en branderige ogen en ze hield het niet meer.

Ze haalde diep adem en keek om, maar de weg was verlaten.

Maandag vertrokken Edie en Jude. Ze pakten hun allerlaatste spullen in en ontbeten in een keuken waar het hol klonk omdat het er zo leeg was. Zelfs de lamellen waren weg, en aan het plafond hingen kale peertjes. Toen hesen ze hun koffers in de achterbak van Ellens auto en kwam Louise naar buiten om afscheid te nemen. Jude ging huilend voorin zitten. Ze had rode ogen en voor het eerst een uitgemergeld gezicht; haar kleren hingen nu los om haar lijf. Edie zei tegen Ellen dat ze even wilde kijken of ze niets vergeten had, maar ze wilde nog één keer rondkijken, alleen.

Ze doolde door het huis, haar voetstappen tikkend op het hout. Alle kamers waren helemaal kaal en leeg, met opdwarrelend stof in de hoeken, maar de herinneringen vulden al snel de ruimtes. Langzaam liep ze de trap op. Om voor de laatste keer in haar slaapkamer te gaan staan en uit het raam naar de klimroos en de kapotte schommel te staren. Er zaten nog een paar zwaluwen onder de dakrand, hoewel die ook spoedig zouden moeten vertrekken. En daar stond de pruimenboom, naar haar toe gebogen in de wind. Heel even dacht ze dat ze Victor eronder zag staan, zijn bleke, bolle gezicht naar haar toe, met zijn verlegen glimlach. Toen knipperde ze met haar ogen en was hij weg. Natuurlijk was hij weg. Hij zou nooit meer terugkomen.

Ze deed de deur dicht en ging terug naar beneden, naar de auto, waar ze op haar zaten te wachten. Louise drukte een koude wang tegen de hare en mompelde iets in haar oor. Edie kroop achterin.

'Oké,' zei ze. 'Dan gaan we maar.'

DEEL TWEE

14

Edie werd 's nachts wakker. Ze bleef heel stil liggen in de hoop weer in slaap te vallen. Het gebeurde altijd rond dezelfde tijd, in die angstaanjagende uren voordat het licht werd. Achter de vuiloranje gloed van de lantaarnpalen was de lucht donker, en de stilte werd nog niet verbroken door het zingen van de vogeltjes of door de postbode, alleen af en toe een auto in de verte, het geluid van een dichtvallende deur of het eenzame gejank van een kat – geluiden waardoor de stilte nog drukkender leek.

Ze draaide haar hoofd naar de groene cijfers op haar wekker, net toen ze verder klikten naar 03.05. Naast haar draaide Alex zich om en hij mompelde iets, heerlijk in diepe slaap. Ze raakten elkaar niet aan, maar Edie voelde de warmte van zijn stevige lijf. Ze stak haar hand uit en legde hem plat op zijn rug, die een beetje vochtig was; als een vers brood dat nog warm was van de oven. Hij ademde regelmatig, met zijn mond een stukje open, en zo nu en dan maakte hij een geluidje, bijna vragend. Edie steunde op één elleboog, zodat het dekbed van hen beiden wegschoof, en keek naar hem in het vage oranje schijnsel dat door de gordijnen viel. Hij werd dikker rond zijn middel en zijn borst was breed en onbehaard. Zijn gezicht was slap van de slaap; zijn bruine haar begon grijs te worden. Hij zag er heel ernstig uit als hij sliep.

Edie legde het dekbed zorgvuldig terug over hem heen en ging weer liggen. Ze deed haar ogen dicht. Het hele huis leek gevuld met slaap en dromen, leek mee te deinen op het ritme ervan. Niet alleen Alex naast haar, maar ook de kinderen, ieder in hun eigen kamer. Ze stelde zich hen voor: Jessica, haar gezicht op haar gevouwen handen, alsof ze lag te bidden. Het zou waarschijnlijk niet lang meer duren voordat ze naast haar in bed klauterde en haar gezicht in haar hals begroef. Ze zou naar gras en schoon zweet ruiken en koude tenen hebben. Lewis, opgerold tot een balletje waar alleen zijn borstelige hoofd bovenuit kwam; het smalle witte litteken op zijn schedel, van die keer vorig jaar dat hij van zijn fiets was gevallen. En Kit op zijn rug, met zijn armen gestrekt boven zijn hoofd, alsof hij van grote hoogte naar beneden was gevallen en zo was geland – zo had hij als baby al geslapen. Maar ze wilde midden in de nacht niet aan Kit denken, want dan zou ze tot over haar oren vervuld raken van een slapeloze paniek om haar middelste zoon, die de verbaasde ogen van Vic had.

Ze probeerde regelmatig adem te halen. Ze deed haar best om niet na te denken en haar hoofd leeg te maken; een lege ruimte. Op de universiteit had ze een vriend gehad die mediteerde, in lotushouding met een gelukzalige glimlach op zijn gezicht. Van hem had ze geleerd dat ze in gedachten steeds een lettergreep – een mantra – moest herhalen, steeds opnieuw, totdat alles werd opgeslokt door dat ene, betekenisloze woord. De wereld gleed dan weg, met al zijn haken en ogen. In een gulle bui had hij haar zijn geheime mantra verklapt, maar voor haar had het nooit gewerkt. Ze kon het zich niet eens meer herinneren. Er was zoveel dat ze zich niet kon herinneren. Feiten en getallen, verjaardagen, de hoofdsteden van Europa, de snelheid van het geluid, de omtrek van de aarde, hoe je moest omrekenen van Celsius naar Fahrenheit, het periodiek systeem dat ze ooit van buiten had gekend, de nummerplaat van haar auto, haar oude telefoonnummers, hoe je films kon opnemen op video, terwijl Alex haar dat toch vaak genoeg had uitgelegd...

En er was zoveel dat ze zich wel herinnerde, dat ze met zich meedroeg en maar niet kwijtraakte. Haar hoofd was een zolder vol schatten en troep. Morgen had Kit gym op school en Jessie zwemles. Leah en Gabriel kwamen 's avonds, hun wekelijkse bezoek, en ze moest niet vergeten voor ze naar haar werk ging de vis uit de vriezer te halen en hun bedden op te maken. Ze had de tandarts nog niet gebeld om een afspraak te maken voor de beugel van Lewis. Kit moest nog kijken of hij zijn spelling wel goed kende voor het dictee van vandaag. Ze moest eraan denken morgen een verjaardagscadeau te kopen voor de receptioniste van de praktijk, namens alle artsen. Was er genoeg brood voor de lunchpakketjes of zou ze misschien een pastasalade maken? Ze moest Lewis eraan herinneren de periscoop mee te nemen die ze samen hadden gemaakt, als werkstuk voor natuurkunde. Had ze Alex er al op gewezen dat ze donderdag bijscholing had en dus eerder weg moest dan anders? Zou ze vandaag tijd hebben om te gaan zwemmen? De auto was toe aan een onderhoudsbeurt. Het caviavoer was bijna op. Alex' colbert moest naar de stomerij. Binnenkort nieuwe schoenen voor Kit. Een bezoekje brengen aan de middelbare school van Lewis, waar hij vanaf september naartoe zou gaan. De werktijden van de oppas voor de komende weken vastleggen. Kippenboutjes en ijs voor het logeerpartijtje van Jessie aanstaande vrijdag. Die verwijzing voor haar patiënt met keelkanker. Een babysitter voor donderdag. Binnenkort ouderavonden, voor het ene kind na het andere – een halfuur wachten voor een gesprekje van vijf minuten. De opvoering waar Jess *Three Blind Mice* zou spelen – kon ze even weg van haar werk om die bij te wonen? Het kapotte hek achter in de tuin. De lekke band van Lewis' fiets. Rommelmarkt op school; ze moest spullen zoeken die er verkocht konden worden. Louise bellen om iets af te spreken. Een plaatsvervanger voor de zomermaanden regelen. Morgen de kliniek voor aanstaande moeders. Problemen met de stagiaire: bespreken met Kevin. Bibliotheekboeken terugbrengen. Rekeningen betalen. Binnenkort een keer op bezoek bij Ellen in het bejaardentehuis – maar wanneer? Wanneer kon ze? Data ratelden door haar rusteloze geest. Recepten. Boodschappenlijstjes. Onbeantwoorde brieven. Losse sokken.

En daarin verstrikt zaten andere zorgen, die ze niet echt kon benoemen. Ze voelde ze alleen. Vage, diepe bezorgdheden die opdoken zodra ze de verblindende helderheid der slapeloosheid kwijtraakte en de slaap haar weer wegzoog. Kit die iedere dag moederziel alleen uit school kwam, schuifelend, zijn ogen neergeslagen en met hangende schoudertjes – hoewel Alex altijd zei dat ze zich om Kit geen zorgen moest maken en moest accepteren dat hij een vreemd, dromerig mannetje was. En het leven dat te snel ging, met deuren die achter haar dichtsloegen, samen met de geheimen die erachter lagen, decennia die vervlogen zoals vroeger de jaren verstreken. De manier waarop het verleden heel dichtbij en toch ver weg leek, en ze, wanneer ze terugkeek op haar leven, zichzelf zag als een klein figuurtje in silhouet helemaal aan het einde van een lange tunnel; ze begreep niets van de weg die ze had afgelegd, hoe het meisje van vroeger die vrouw van nu was geworden. Parttime huisarts met drie kinderen en een man, een groot huis met een lange, smalle tuin, twee auto's, twee katten, een cavia...

Ze was bijna veertig en had een leesbril, zwangerschapsstriemen op haar buik, een litteken van haar keizersnede, rimpels rond haar ogen en groeven van haar neusvleugels tot naast haar mond, ruwe handen, grijze haren in haar wenkbrauwen en last van slapeloosheid. Heel lang geleden had ze gedacht dat ouder worden betekende dat je serener in het leven stond. Maar het gebeurde steeds vaker dat ze moest huilen wanneer ze Jessie, Kit en Lewis voorlas en merkte dat het einde altijd ging over groot worden en je jeugd achter je laten. En ze huilde bij het journaal of goedkope sentimentele films, of wanneer ze naar de muziek uit haar jeugd luisterde. Soms huilde ze zelfs zonder dat ze het in de gaten had. Dan voelde ze in de auto, onderweg naar huis, de tranen over haar gloeiende wangen lopen en moest ze even stoppen tot die raadselachtige emotie weer gezakt was. Ze was ongeveer net zo oud als Louise was geweest toen Vic stierf. Ze dacht aan haar moeder, alleen in dat opgeruimde, lege huis. Ze dacht aan haar oma, in haar keurige, rechte kamertje in het bejaardentehuis, waar het naar kool, boenwas en pis rook.

Edie draaide zich om tot ze een koel plekje op haar hoofdkussen had gevonden. Misschien moest ze een teddybeer voor Ellen kopen – iets om vast te houden wanneer ze hele dagen uit het raam staarde. Als Edie bij haar op bezoek was, hield ze Ellens handen vast, die tussen de hare aanvoelden als een bundeltje twijgjes, en dan praatte ze tegen haar en deed haar best niet te klinken alsof ze het tegen een baby had, niet te kirren tegen de vrouw van wie ze eens had gedacht dat ze niet klein te krijgen was. Ellen glimlachte altijd en knipperde met haar troebele ogen, en dan vroeg ze wanneer ze naar huis mocht. Edie wist nooit wat ze daarop moest zeggen. Het was gemakkelijker om praktische dingen te doen, zoals de sneden in Ellens armen verbinden, die telkens weer opengingen, of haar dikke, vergeelde nagels knippen en haar dunne haar wassen.

Ze hoorde buiten voor het raam de eerste tonen van een

merel. Ze kon beter opstaan dan hier maar te blijven liggen, passief in de greep van haar gedachten. Of ze kon Alex wakker maken en met hem vrijen voordat de kinderen op waren. Het was al zo lang geleden – zij was moe, hij had overgewerkt, zij had dienst gehad, de kinderen waren de slaapkamer binnengekomen na een akelige droom, of met buikpijn…

Buiten klonken nu allerlei geluiden en het werd beslist lichter. Het was eind mei en de dageraad kwam nog vóór de melkboer en de krantenbezorger. De lucht kleurde grijsblauw en de vogels zongen. Ze zou opstaan en in de tuin naar hun lied gaan luisteren. Maar ze had het besluit nog niet genomen of ze voelde de slaap opkomen. Beelden zweefden door haar gedachten. Water. Golven die stuksloegen op het bruine zeewier en de grijze, glimmende kiezels. Getijdenpoeltjes. Er waren lichtjes diep in de poelen en er kwamen mensen in lange capes op haar af, met rinkelende bellen in hun handen. Ze wilde weghollen voor het geluid, maar ze kon zich niet bewegen en de bellen rinkelden maar door en toen boog Alex zich over haar heen om de wekker af te zetten. Hij kuste haar op haar voorhoofd.

'Goedemorgen, schoonheid,' zei hij. Dat zei hij iedere ochtend.

'O, fuck,' kreunde Edie.

'Heb je lekker geslapen?'

'O, je kent het wel…'

'Het is bijna tien voor half acht.'

'Ja.'

'We moeten eruit.'

'Ik weet het.'

'Nog twee minuten.'

Hij sloeg zijn arm van achteren om haar heen en trok haar tegen zich aan. Zijn haar kriebelde in haar gezicht en zijn warme handen omsloten haar.

'Heerlijk,' zei ze. 'Ik zou hier zo de hele dag kunnen liggen.'

Er klonk getrippel op de gang en de deur zwaaide open.

'Ik heb in bed geplast, maar dat is helemaal niet erg,' zei Jess. 'En de poes heeft overgegeven op de vloerbedekking in mijn kamer.'

Geroosterd brood met jam voor Lewis, een wit broodje met honing voor Kit en havermout voor Jess. Grote pot thee. De vaatwasmachine leegruimen. Rekeningen openmaken. Haar blouse strijken, met pootafdrukjes van de kat op de rug, maar dat zag toch niemand. Voor Lewis een briefje ondertekenen met toestemming voor het klassenuitje naar het Globe Theater. Een cheque uitschrijven. Gymtas. Zwemspullen. Lunchpakketjes: drie dubbele boterhammen met tonijn en mayonaise, drie haverkoeken, drie appels en drie flesjes water.

'Tracey krijgt altijd chips en chocolade mee van haar moeder.'

'Ik ben de moeder van Tracey niet, Jess.'

'Ik voel me niet zo lekker...'

'O, Kit. Eet je bord leeg, dan voel je je misschien beter.'

'Ik weet niet of ik wel naar school kan.'

'Hoofdpijn?'

'En misselijk.'

Edie keek naar hem. Hij voelde zich bijna iedere dag ziek als hij naar school moest. Zo af en toe liet ze hem een dagje thuisblijven, vooral als ze zelf vrij was, en dan bracht ze hem thee met een plakje cake en zette ze de draagbare cd-speler op zijn kamer, zodat hij muziek kon luisteren terwijl Bilbo op zijn kussen lag te spinnen.

'Ik moet vanmiddag zelf ook werken, Kit. Kijk maar of het gaat,' zei ze.

Hij knikte mistroostig en speelde met zijn broodje. 'Ik heb gym,' zei hij.

'Dat weet ik. Het zal best meevallen. Je moet gewoon je best doen en je niets aantrekken van die stomkoppen, oké? En vergeet niet dat je ook nog dictee hebt. Eet je bordje leeg, dan kun je nog een keer oefenen. Er zit stroop op je kin, Jess. Trouwens, Lewis, waarom heb jij je pyjamabroek nog aan?'

'Omdat ik mijn schoolbroek niet kan vinden.'

'Je broek? Ligt die niet op je kamer, dan?'

'Nee. Jij zult hem wel ergens anders neergelegd hebben.'

'*Ik* heb hem helemaal nergens neergelegd.'

'We hebben een volkstuintje, Edie. Eindelijk!' Alex zwaaide met een brief voor haar neus.

'Wat?'

'Het volkstuintje. Daar hebben we het toch over gehad?'

'Nee.'

'O. Nou ja, het leek me zo leuk om onze eigen groente te kweken. Erwtjes en bieten.'

'Maar onze eigen tuin is een wildernis...'

'Dat is heel wat anders.'

'Misschien wel, maar... Kit, je komt te laat als je niet opschiet.'

'En ik kan mijn schoenen ook niet vinden.'

'Lewis, je bent bijna elf. Ik kan niet iedere morgen achter je kleren aan hollen.'

'Ik ben weg, Edie.'

'Hoe laat ben je thuis?'

'Dat weet ik niet precies. We hebben meteen na school weer zo'n ellendige vergadering. Ik bel je wel, goed?'

'Een fijne dag – o, shit, Jess, kijk uit. Je trui zit helemaal onder.'

'Je mag niet tegen me vloeken, dat hoort niet. Je zegt altijd dat wij niet mogen vloeken. Mag ik vandaag vlechtjes?'

'Goed, maar dan moet je niet tegen me schreeuwen als ik je haar vlecht.'

'Hier is de borstel.' Jess ging bij Edie op schoot zitten en gooide daarbij Kits etui op de grond. De pennen en krijtjes rolden over de tegels. Een puntenslijper vloog open en het potloodslijpsel vloog alle kanten op.

'Jess!' zei Kit. 'Kijk nou eens wat je doet.'

'Sorry,' zei Jess opgewekt. Ze wriemelde heen en weer op Edies schoot. Er verscheen op mysterieuze wijze stroop op Edies blouse.

Edie haalde diep adem. 'Twee vlechtjes?' vroeg ze met afgemeten, kalme stem. Ze zou straks alles wel opruimen, nadat ze hen op school had afgeleverd. Ze hoefde pas om elf uur te beginnen. Opruimen, een grote beker thee, zwemmen en misschien zelfs in de tuin wandelen, waar de vlinders tussen de struiken dartelden en de gele rozen zich openden naar de zon.

Ze gingen laat van huis. Edie droeg de schooltas en de tas met zwemspullen van Jess, Kits gymtas en alle lunchtrommeltjes. Ze voelde zich net een pakezel. Jess trok aan haar hand, zodat de tassen steeds van haar schouder gleden. Kit treuzelde en zette zich schrap.

'De schoolbel gaat.'

'O god, schiet nou op, Kit.'

'Door jouw schuld komen we te laat,' klaagde Lewis. 'Mam, we komen te laat.'

'Ren maar vast vooruit. Een heel fijne dag, hè?'

'Dag.'

'Wacht, neem je brood mee. Denk erom, Kirsty komt jullie halen. Ik zie jullie om een uur of zes.'

'Waarom kom jij ons niet halen?' vroeg Kit.

'Omdat ik moet werken.'

'Andere moeders werken niet.'

Ze liet hen achter bij de schoolpoort. Jess rende naar de rij kinderen die voor haar klaslokaal stonden te wachten.

'Dag, Kit.'

'Mama?'

'Ja?'

'O, laat maar.'

'Je bent al laat.'

'Maar...'

Ze wachtte, maar hij zei niets meer. Ze keek naar de paarse vlekken onder zijn bruine ogen. Toen boog ze zich voorover om hem op zijn wang te kussen, zo snel dat de andere jongetjes het niet zagen, anders zouden ze hem een watje noemen. 'Dag, lieverd,' zei ze. Hij keek haar even aan en liep toen langzaam naar zijn klas.

Edie zwom baantjes in het zwembad. Veertig; een kilometer. Genoeg voor een bonzend hart en zere kuiten. Ze ging drie of vier keer per week, nog vaker als ze kon, en maakte deel uit van een groepje regelmatige ochtendzwemmers van wie de meesten, net als zij, gingen zwemmen tussen het naar school brengen van de kinderen en hun werk. Soms zag ze een van hen op straat en herkende ze hem of haar nauwelijks, aangekleed en met droog haar. Ze kende hen bloot, met kringen om de ogen van het chloorbrilletje, met nat haar en een nat vel.

Nog veertig minuten voordat ze naar de praktijk zou gaan. Ze waste de ontbijtborden af en veegde stroopvlekken en geknoeide melk van de tafel. Ze dweilde de vloer en gooide verwelkte bloemen weg. Toen schonk ze een grote mok thee voor zichzelf in en draaide zich om om naar de tuin te kijken, een oase in het lawaai en het stof van Londen. Alles baadde in een gouden licht en de blaadjes waren fris, heldergroen. Het werd weer tijd om te barbecuen. Ze zouden 's avonds in de tuin zitten, kijken hoe de schaduwen langer werden en de huiszwaluwen onder de dakrand doken en weer tevoorschijn kwamen, terwijl Alex zijn gestreepte schort voordeed en worstjes en zijn zelfgemaakte hamburgers op de grill legde.

Ze deed de keukendeur open en voelde de zon in haar nek. De Japanse anemonen gingen net open. Bijen zoemden in de rozemarijnstruik. Ze hield haar hoofd achterover en snoof de frisse lucht op.

'Het wordt een prachtige dag,' zei ze hardop.

Toen ging de telefoon, en ze rende naar binnen om op te nemen.

'Hallo?'

'Edie.'

'Stella! Hoe is...?'

'Er is iets met Louise.'

'Wat?'

'Ze heeft een ongeluk gehad, Edie. Met haar auto. En...'

'Waar is ze? Ligt ze in het ziekenhuis?'

Er viel een vreemde stilte, zoals je wel eens hoort in een internationaal gesprek, waar de betekenis van de woorden verloren is gegaan ergens tussen de spreker en de luisteraar in.

'Ze is dood.'

Buiten was het een stralende dag. De lucht was turkoois als een vogelei.

'Ik kan je niet volgen,' zei Edie.

'Louise is dood. Gestorven. Ze had kennelijk te veel...'

'Was ze dronken?'

'Ik weet het niet. Het doet er niet toe.'

'O,' zei Edie.

'Ik weet het.'

Het kostte Edie grote moeite om Stella's woorden te begrijpen. Er kwamen steeds dingen tussen. Ze keek naar de klok aan de wand. Het was tien uur geweest en ze had de bedden voor Leah en Gabriel nog niet opgemaakt. En Lewis had zijn kartonnen periscoop niet meegenomen naar school. Een bij gonsde vruchteloos tegen het raam en ging er toen weer vandoor.

'Maar ze was nog zo jong,' zei ze. Ze hoorde zelf hoe onzinnig het klonk.

'Eenenzestig.'

'Ik dacht dat ze negentig zou worden.'

'Ja. Luister, ik ga eerst Jude bellen en dan rijd ik erheen.'

'Ja,' zei Edie. 'Ja, dat is het beste. Is haar lichaam...?'

'In het ziekenhuis.'

Edie knipperde met haar ogen. Ze had het gevoel alsof ze alles wazig zag.

'Ik kom vandaag ook nog,' zei ze. 'Ik moet alleen het een en ander regelen. De kinderen, mijn werk. Het duurt niet lang.'

'Natuurlijk, dat is goed.'

'Ik kom zo snel mogelijk. Waar kan ik jullie vinden, in het ziekenhuis of bij mama thuis?'

'Het ligt eraan hoe laat je er bent. Bel me maar op mijn mobiel als je onderweg bent.'

'Ja, dat is het beste. Stella?'

'Ja?'

'Zul je voorzichtig rijden?'

'Jij ook.'

'Goed. Nou, dag. En... Stella?'

'Hmm.'

'Ik hou van je.'

Na het telefoongesprek ging ze bij het raam staan wachten tot ze zou voelen dat het echt waar was. Haar moeder was dood. Louise. Mama. Ze proefde de woorden in de wetenschap dat datgene wat er was gebeurd ontzettend gewichtig was, maar ze kwamen niet aan. Nog niet. Ze was er nog niet klaar voor.

Twee uur later stapte Edie in haar auto. Alex bukte om haar nog één keer te omhelzen.

'Bedankt dat je naar huis gekomen bent. Ik weet dat het moeilijk is om van school weg te gaan.'

'Natuurlijk ben ik gekomen.'

'Vergeet niet mijn brieven aan de kinderen te geven. En zeg tegen Leah en Gabriel dat het me spijt dat ik er niet ben.'

'Doe ik.'

'Ik heb hun schoolroosters op tafel gelegd.'

'Dat weet ik, Edie. Ik was erbij toen je ze opschreef.'

'Zeg maar dat ik het jammer vind dat ik ben weggegaan zonder afscheid te nemen. En dat ik aan ze zal denken.'

'Edie, wij redden het hier wel.'

'Kit zal wel over zijn toeren zijn. Dat weet ik zeker. En Jess moet vóór vrijdag de tafels van drie en vier leren. Als je haar logeerpartijtje wilt afzeggen...'

'Edie, wegwezen!'

'Ja. Bedankt. Voor alles. Zorg goed voor ze, oké? En voor jezelf. Goed, ik ga nu echt. Dag!'

Hij kuste haar en deed een stapje terug om het portier dicht te gooien. Edie startte de motor. Alex zei nog iets door het raampje, maar ze kon hem niet horen. Ze zwaaide glimlachend naar hem. Toen reed ze eindelijk weg. In de binnenspiegel zag ze hem nog staan, met opgestoken hand. Hij werd kleiner en kleiner, en toen reed ze de hoek om en was hij weg.

15

Edie had het huis van Louise nooit als haar thuis beschouwd. Thuis was het huis waar ze was opgegroeid. De keuken waar ze één keer per week gepofte aardappels had gemaakt, en appelkruimeltaart; waar ze doordeweeks iedere ochtend in haar kriebelende schooluniform pap met bruine suiker had gegeten; waar ze in kameraadschappelijk stilzwijgen met Vic erwtjes had gedopt en frambozenjam had gemaakt. Schalen mandarijnen in de winter en pruimen in de herfst. De huiskamer waar ze met zijn vijven woordspelletjes hadden gespeeld met Kerstmis en waar Stella haar had geholpen patronen te knippen voor zomerjurken, met vloeipapier op limoengroen katoen; ze kon de spelden in haar mond nog bijna voelen, en het geknars van de schaar nog horen. De donkere gang waar het licht 's zomers in strepen door de lamellen viel. De slaapkamer waar ze in haar holletje van dekens had liggen lezen met een zaklamp en plannen had gemaakt voor de rest van haar leven; waar ze later voor de spiegel haar gezicht zou bestuderen en over haar schouder naar zichzelf zou kijken, wachtend tot ze mooi werd. De tuin waar ze Jude had geduwd op de schommel, waar ze had leren fietsen, eerst met en later zonder zijwieltjes, en steltlopen, springen op de springstok, op haar hoofd of handen staan en radslagen maken. De geheime plekjes – onder de trap of in het dichte struikgewas – waar ze boterhammen met jam en handenvol rozijnen hadden gegeten. De paadjes waar de bomen 's zomers een tunnel van vlekkerig licht vormden.

Dat was thuis. Als ze haar ogen dichtdeed, kon ze het nog zien en voelen – het kraken van de trap, de brandnetels in de greppel, de bobbelige houtvezels in het behang naast haar bed, de geur van vanille wanneer er rijstepap stond te koken, het patroon op de borden, de kale plek in de vloerbedekking waar ze iedere morgen uit bed stapte, de geur van hooi in de schuur aan het einde van de weg, de gele jurk die ze op feestjes had gedragen toen ze zes was, met fluweel aan de onderkant en rond de hals, het haardvuur in de slaapkamer van Louise en Vic, waar ze op zondagavond altijd haar haar droogde...

In het huis van Louise had ze maar vijftien maanden gewoond. Ze was erheen verhuisd vanuit de woning van Ellen, vlak voor het laatste schooljaar, en ze had steeds beseft dat het een tijdelijk onderkomen was, een opstapje van het verleden naar de toekomst. Natuurlijk was ze er daarna vaak geweest en had ze er in de vakanties ook gelogeerd. Maar dat was als gast, en de kamer die een tijdje van haar was geweest, was de plek geworden waar ook Stella logeerde. Haar schamele bezittingen waren langzaam opgeruimd en in dozen naar zolder verdwenen, voor wanneer ze een eigen huis zou krijgen. Edie had altijd gevonden dat een nieuw huis herinneringen neutraliseerde – oude meubelstukken en schilderijen die ze al hadden zolang ze zich kon herinneren, hadden een andere betekenis gekregen zodra ze waren overgebracht naar dat compacte, halfvrijstaande huis in een doodlopende straat in een nieuwbouwwijk aan de rand van de stad. Het was best een fijn huis, met grote ramen, hoogpolige vloerbedekking, een twaalf meter diepe achtertuin die grotendeels uit gazon bestond, met keurige borders eromheen, en aan beide kanten buren die over het tuinhek naar je knikten. Maar het deed Edie niets – hooguit in negatieve zin, omdat het haar herinnerde aan wat er niet meer was. Het was altijd een plek geweest die ze associeerde met afwezigheid en vergeten.

Ze parkeerde de auto achter die van Stella. Ze waren in konvooi teruggereden uit het ziekenhuis, waar ze samen een halfuur naast het lichaam van Louise hadden gezeten. Edie was beroepshalve gewend aan de dood, maar Stella had nog nooit een lijk gezien en was zichtbaar aangeslagen geweest door het wasachtige, strakke gezicht en de kille, stijve huid. Ze had zich voorovergebogen om Louises wang te kussen, onder de diepe snee van vijf centimeter en de enorme blauwe plek op haar voorhoofd, waarmee ze de voorruit had geraakt, en had een geschrokken kreet geslaakt.

'Ze is al zo dood,' had ze verbaasd en vol afschuw gezegd. 'Zo helemaal dood.'

Edie pakte Louises hand en nam die tussen de hare. Ze droeg nog altijd haar trouwring. Haar nagels waren glad en paarlemoerroze gelakt. Het gezicht van haar moeder was magerder dan ze zich herinnerde; haar haar stugger. De huid onder haar kin was los en slap. Haar gesloten mond zag er vastberaden uit.

'Ze is mooi, hè?'

'Dat is ze altijd geweest.'

'Net als jij.'

'Vroeger misschien,' zei Stella spijtig, en ze raakte haar eigen gezicht aan. 'Maar nu niet meer. Het is allemaal verdwenen, sinds Sam.' Sam was haar autistische zoon van zestien, voor wie Stella ploeterde en voor wie ze haar carrière, haar slaap, haar jeugd en haar schoonheid had opgegeven. Edie keek schuin naar haar zus; ze was dikker geworden en droeg praktische kleren: een bruine broek en een wijd lichtbruin vest. Haar haren begonnen hun schitterende abrikooskleur te verliezen – weldra zouden ze grijs worden. Ze had het gezicht van een vrouw van middelbare leeftijd, een aardig gezicht. Stella was altijd aardig geweest, dacht Edie; door en door aardig.

'Dat is helemaal niet waar,' zei ze stellig.

'Het geeft niet. Ik vraag me af of ze heeft geweten dat ze ging sterven.'

'Waarschijnlijk niet.'

'Ik hoop van niet. Ik wou dat ik bij haar was geweest.'

'Ja, ik weet het.'

'Ze heeft niet het leven gehad dat ze graag wilde, hè?'

'Nee,' zei Edie langzaam, met Louises koude vingers nog in haar handen. 'Ik denk dat ze nooit over papa's dood heen gekomen is.'

'In het begin verbaasde me dat.'

'Ik weet het. Ze was zo'n flirt toen hij nog leefde, maar zodra hij dood was en ze eenmaal vrij was, werd ze bijna... ascetisch.'

'Ik zou haast denken dat ze er niet overheen wílde komen. Alsof ze dat besloten had.'

'Zou kunnen,' zei Edie voorzichtig.

'Misschien had ze het gevoel dat hij geen zelfmoord gepleegd zou hebben als zij een betere echtgenote was geweest.'

'Als je zo denkt, word je gek,' zei Edie. Het gesprek vervulde haar met een enorme angst. De herinneringen die ze twintig jaar had ingedamd zouden haar nu wel eens kunnen overspoelen. Haar kopje-onder kunnen trekken.

'Nu staat er niemand meer boven ons,' zei Stella. 'Daar ben ik nog niet aan toe. Jij wel?'

'Ik denk dat niemand daar ooit aan toe is,' zei Edie. 'Zelfs heel oude mensen niet.' Ze keek naar haar zus. 'Moeten we het Ellen vertellen?'

'Waarom zouden we? Ze begrijpt het toch niet.'

'Of ze begrijpt het wel en vergeet het meteen weer, zodat we het haar steeds opnieuw moeten vertellen. Zulke patiënten heb ik ook, die het verlies van een dierbare steeds opnieuw beleven. Hartverscheurend. Dus we vertellen het haar niet? Of is dat op de een of andere manier verkeerd?'

'Jude zou zeggen dat we het moeten vertellen. Dat ze er recht op heeft het te weten, hoe dan ook.'

'Wanneer komt Jude?'

'Eind van de middag, of vroeg in de avond. Het is ver rijden vanuit Glasgow.'

Edie legde Louises hand terug op het bed. 'Ik heb nog niet gehuild, jij wel?'

'Nog niet. Het voelt nog zo onwerkelijk.'

'Zullen we gaan?'

'Ja, dat is goed. Ze is er toch niet.'

Dus nu waren ze bij het huis van Louise, waar ze hun auto's op het grindpad parkeerden. De gordijnen waren nog dicht; Louise was de avond ervoor vertrokken en niet meer teruggekomen. Ze was de weg af gereden, van een helling af tegen een beukenboom. Ze had alcohol in haar bloed gehad en geen veiligheidsgordel gedragen.

'Ik heb de sleutel,' zei Edie, die in haar omvangrijke tas tussen de waskrijtjes, zakdoeken, haarbanden, pijpenragers, pepermuntjes en plastic beestjes graaide.

Ze stak de sleutel in het slot en duwde de deur open. Ze liepen de hal in, waar Louises jassen aan haakjes hingen en haar pantoffels bij het bankje stonden, klaar om aangetrokken te worden zodra ze binnenkwam. Het was heel stil; hun schoenen piepten op de geboende houten vloer. Zonder iets te zeggen liepen ze door naar de keuken. Er stonden gele en paarse tulpen op tafel, de blaadjes wijdopen en de stelen gebogen; een opgevouwen krant; een beker met een bodempje zwarte koffie en een blauw porseleinen bordje met een mes en een sinaasappelschil erop. De kaart die Edie een week daarvoor had gestuurd stond tegen een vaas, met een boodschappenlijstje ernaast, geschreven in Louises krullerige handschrift. Edie pakte het op. 'Appels, citroenen, sla, avocado 2x, bacon, spinazie, halfvolle melk, Cheshire-kaas, tomaten, knoflook, basmatirijst, whisky, afwasmiddel, bleekmiddel, keukenhanddoeken, dagcrème, zeep (lavendel), koffie, lucifers, A4-batterijen...' Ze legde het lijstje terug op tafel.

'Zal ik thee zetten?' vroeg Stella.

'Lekker,' zei Edie. Ze wist niet waar ze moest beginnen. Er moest zoveel gebeuren, zoveel geregeld worden, er waren zoveel emoties – maar waar moesten ze beginnen? Ze ging met haar kin in haar hand aan de keukentafel zitten. Het was bijna vier uur. Dadelijk zou ze de kinderen bellen om zich ervan te verzekeren dat alles goed ging. Dan kwam Jude, met haar uitgesproken mening. Het was lang geleden dat ze alledrie samen waren geweest. 'We moeten over de crematie nadenken,' zei ze.

'En het huis en zo.'

'Ja. We moeten het maar verkopen, denk ik.'

'En haar spullen bekijken. Wie wat krijgt en zo.'

'Dat is misschien een beetje snel,' zei Edie.

'Ik weet het. Maar als we dat nu niet doen, wanneer komen we dan weer bij elkaar? Trouwens, wordt het minder vervelend als we ermee wachten?'

'Eigenlijk heb je wel gelijk.' Ze dacht aan haar patiënten die hun man of vrouw verloren hadden: ze zeiden vaak dat het hielp om alles te regelen. Je had iets om handen zodat je die eerste dagen door kwam. 'En misschien is het voor ons ook wel goed – haar spullen uitzoeken, bedoel ik. Dan komen we een beetje dichterbij.'

'Dichter bij wat?'

'Bij haar.'

'Daar is het nu te laat voor.'

'In zekere zin natuurlijk wel. Je denkt altijd dat er een moment komt dat alles bijgelegd zal worden. Er zijn zoveel dingen die ik nooit tegen haar heb gezegd. Na papa's dood heb ik steeds gedacht dat we er nog wel eens echt over zouden praten – over haar gevoelens, en de mijne. Wat ze van hem dacht, van hen samen en van haar leven na zijn dood. Maar het is er nooit van gekomen. Het juiste moment kwam maar niet. Ik heb zo vaak op het punt gestaan om erover te beginnen, maar ik heb het nooit gedaan. Misschien wel omdat ze het niet wilde, ik weet het niet. Maar ik was er altijd van overtuigd dat we er op een dag over zouden praten, echt praten, en lachen en elkaar omhelzen en ons hart uitstorten. Elkaar troosten, je kent dat wel. En nu kan het niet meer. Dus natuurlijk heb je in dat opzicht gelijk, het is te laat, althans voor ons – voor haar en mij samen. Maar toch heb ik niet het gevoel dat het allemaal voorbij is, alleen omdat ze dood is. Ik kan nog niet het gevoel krijgen dat we een streep onder haar moeten zetten – onder hen – en dat we een soort optelsom van hun leven moeten maken. Er moet toch méér zijn.'

'Meer?' zei Stella. Ze keek in haar theekopje alsof ze daar het antwoord kon zien.

'Ja,' zei Edie. 'Of misschien moet ik dat nog wel leren accepteren. Dat er niet meer is. Dit is het einde. Ze zijn er niet meer en sommige dingen zullen we wel nooit begrijpen.'

Ze vervielen in stilzwijgen. Edie wilde maar dat Jude er was. Dan konden ze beginnen, alhoewel ze niet zou kunnen zeggen waarmee.

'Hoe is het met Sam?' vroeg ze.

Stella glimlachte. 'Hij is zo groot,' zei ze. 'Hij steekt met kop en schouders boven me uit; hij kan zijn kin op mijn hoofd leggen. Ik hoop dat Bob het redt met hem alleen, nu ik weg ben. Sam kan zo ontzettend dwars zijn.'

'Je hebt het fantastisch gedaan.'

'Valt wel mee.'

'Je hele leven is veranderd, al je plannen, en toch heb ik je nooit horen klagen.'

'Het was niet eens zo moeilijk om dingen op te geven,' zei Stella. 'Ik wist toch niet wat ik precies wilde, niet zoals jij en Jude. Ik had geen ambities, niet voor mezelf. Eigenlijk wilde ik gewoon echtgenote en moeder worden. Dat zul jij wel verschrikkelijk vinden. Maar goed, nu ben ik dus volop moeder. Misschien was het wel een soort opluchting dat ik geen beslissingen hoefde te nemen over mijn leven; ze zijn allemaal voor me genomen.'

'Toch heb je het fantastisch gedaan.'

'Hmm.' Stella stond op en deed de koelkast open. Er stond een schaaltje perzik uit blik in, afgedekt met huishoudfolie, een pak gewone yoghurt, een vacuümverpakking gerookte makreel en een kwart liter halfvolle melk. Verder niets. 'Bob heeft een ander,' zei ze in de koelkast, met gedempte stem.

'O, Stella!'

'Hij weet niet dat ik het weet.'

'En hoe weet je het?'

'O, de gebruikelijke dingen. Hij komt laat thuis en gaat dan douchen, de geur van parfum in zijn kleren en hij moet te vaak op zondag werken. En ik ben hem gevolgd.'

'Dat meen je niet!'

'Ja. Ik heb hem opgewacht voor zijn kantoor en ben hem gevolgd.'

'Jeetje! En?'

'En hij heeft een vriendin,' zei Stella mat. Ze keek weer in de koelkast. 'We moeten eten kopen.'

'Wat erg voor je,' zei Edie. 'Wat ga je nu doen?'

'Doen? O, niks, denk ik.' Ze deed de koelkast dicht en draaide zich om naar Edie. 'Wachten tot het voorbij is.'

'Meer niet?'

'Het verbaast me eigenlijk niet. Ik bedoel, we kennen elkaar al zo lang. Hij heeft nauwelijks vriendinnen gehad voor hij mij leerde kennen, niet echt. En ons leven is voor hem geen lolletje geweest. Ik moet iedere nacht twee of drie keer uit bed en ik sta om zes uur op. Ik ben hele dagen bezig Sam dingen te leren die voor een ander heel onbenullig lijken. Echt, we maken zo weinig vorderingen, Edie. En tegen de tijd dat Bob thuiskomt, ben ik doodop. Ik heb geen fut meer om me voor hem uit te sloven. Ik ga om tien uur naar bed, en als ik zeg naar bed, bedoel ik dat ik in slaap val alsof ik een rotsblok op mijn kop heb gekregen. Ik kan me niet herinneren wanneer we voor het laatst gevrijd hebben. Bovendien is hij niet zo blij met zijn baan als accountant en heeft hij een beetje het gevoel dat hij gefaald heeft. Hij is blijven hangen in een uitzichtloos baantje dat hij maar een paar jaar had willen doen – en dat is vijftien jaar geleden. Zijn collega's zijn veel jonger dan hij, maar zij komen steeds hoger op de ladder en hij staat stil. Hij denkt waarschijnlijk: Is dit het nou? Is dit mijn leven?'

'En jij dan?' zei Edie. 'Denk jij nooit: Is dit mijn leven?'

'Ik denk: Dit ís mijn leven. Ik heb geen keus.'

'Dus je gaat er niet eens met hem over praten?'

'Ik weet niet. Ik ben niet zoals jij,' zei Stella langzaam. Ze stond nog met haar rug tegen de koelkast. 'Ik verwacht niet zoveel. Ik vind het prima zo, ik modder maar wat aan. Jij niet, jij bent altijd een absolutist geweest – alles of niets.'

'Vind je?'

'Louise en ik waren pragmatisch, wij deden het met wat we

hadden. Jude, jij en Vic waren de dromers.'

'Nou,' zei Edie, 'dat denk ik niet.'

'Misschien plegen alleen dromers zelfmoord.'

'Dat lijkt me sterk.' Dadelijk zou ze naar huis bellen en de stem van Alex horen.

'Neem nou de manier waarop je met die jongen omging.'

'Welke jongen?' vroeg Edie, hoewel ze het antwoord wist.

'Ricky.'

'O, Ricky.'

Het grind op de oprit knerpte.

'Jude,' zei Edie opgelucht.

Jude kwam met grote passen binnen, haar lange linnen jas wapperend achter haar, haar schoenen klikkend door de hal, haar zwarte haar in dure nonchalante krulletjes. Ze had een bleek, mager gezicht en dikke, donkere wenkbrauwen, en ze droeg vuurrode lippenstift. Ze had een grote doos bij zich.

'Er staat er nog een in de kofferbak,' zei ze, en ze zette de doos op tafel. 'Ik dacht dat we wel eten nodig zouden hebben.' Ze haalde er drie flessen wijn uit en zette ze in de koelkast. 'Ik had voor vanavond gedacht aan pitabroodjes met gemarineerde kip. Ik heb alle ingrediënten bij me. Iets eenvoudigs.'

'Hallo, Jude,' zei Edie.

'Hoi, Edie, Stella. Nu zijn we nog maar met zijn drieën.' Jude kuste hen. Ze rook sterk naar parfum, bijna citroenachtig. Haar haar glansde en ze had witte tanden. Ze deed haar jas uit en hing hem over een stoelleuning. Edie stond er weer van te kijken hoe dun ze was; de pezen in haar armen waren duidelijk te zien en haar sleutelbeenderen tekenden zich scherp af onder haar blouse. 'Hoe is het met jullie?'

'We weten het niet,' zei Edie. 'Het dringt nog niet door. En met jou?'

Jude haalde haar schouders op. 'Wie zal het zeggen?' zei ze. 'Ik ga even de andere doos halen.'

Ze hielpen haar met haar bagage en haalden het eten uit de dozen. Toen vroeg Stella: 'Wie slaapt waar?'

'Jude in haar oude kamer, natuurlijk. Jij of ik op de logeerkamer, en dan hebben we mama's kamer nog. Die neem ik wel, als je wilt.'

'Ik help je wel om het bed te verschonen,' zei Stella.

'Gek, hè?' zei Jude. 'Als ze nog leefde, zou het niet zo belangrijk zijn om de lakens te verschonen. Maar het idee om in het bed van een dode te slapen...' Ze huiverde theatraal.

Edie nam haar enige tas mee naar Louises kamer. De kat, Smoky, lag op het bed. Ze tilde haar op en zette haar zachtjes op de grond. Toen haalde ze de lakens van het bed. Op het kussen lag Louises nachtjapon: lichtblauw en lang. Ze hield hem even tegen haar wang en snoof de vertrouwde geur op. Die zou algauw verdwenen zijn, dacht ze; kleding werd gewassen en kamers werden gelucht. Het parfum zou vervagen. De herinnering aan Louise die zich over haar heen boog met haar zachte, geurige huid; Louise die een paar druppeltjes op haar polsen en achter haar oren deed; Louise die in het donker naast haar bed zat, haar zoete geur in de lucht.

Ze deed de kast open en streek met haar handen langs de jurken die er hingen. Katoen, fluweel, zijde, wol. Ze ging op haar hurken zitten en raakte de leren schoenen aan, de structuur van het leer.

Op de kaptafel stond een foto van Louise en Vic, in een zilveren lijstje. Het was hun trouwfoto, die vroeger in hun oude huis in de huiskamer had gestaan. Edie had hem al tijden niet meer gezien. Ze pakte hem op en staarde ernaar. Louise had een glad gezicht; ze glimlachte stralend naar Edie, en ze zag er zo jong en zelfverzekerd uit dat haar dochter, veertig jaar later, een steek van beschermende angst voor haar voelde. Maar Vic had alleen oog voor Louise, alsof ze een wonder was. Hij had zijn arm om haar heen geslagen en zijn vingers verdwenen in de witte plooien van de jurk. Het leken wel kinderen, vond Edie. Ze hadden geen flauw benul gehad.

16

'Mama?'

'Ja.'

'Mag ik haar zien?'

'Ik weet niet of dat wel verstandig is, Kit.'

'Ik wil het graag.'

'Nou, ik weet het niet. Het is gek om iemand van wie je houdt dood te zien. Het is beter om je haar te herinneren zoals ze was toen ze nog leefde.'

'Ik wil het graag,' zei hij nog een keer.

'Ik zal erover nadenken. Ik heb Alex gesproken en jullie komen zondag, de dag voor de crematie. Dat duurt niet zo lang meer, hoor.'

'Waarom niet eerder? Waarom niet vrijdag na school?'

'Omdat... Ik geloof dat dit iets is wat Stella, Jude en ik samen moeten doen.'

'Ik kan jullie helpen. Ik zal niet in de weg lopen, dat beloof ik.'

'Nee, Kit.'

'Alsjeblieft.'

'Het is nog maar een paar dagen.'

'Mama?'
'Ja.'
'O... niks.'
'Zeg het maar. Gaat het wel goed daar?' Het was even stil. 'Kit?'
'Ja, hoor.'
'Dus er is niks bijzonders gebeurd?'
'Nee. Niet echt.'
'Gaat het goed op school?'
'Gaat wel.'
'Weet je wat? Als je nu eens alles voor me opschrijft. Maak een dagboek van alles wat je doet terwijl ik weg ben. Dat zou ik heel leuk vinden – en de dingen die je moeilijk vindt om hardop te zeggen, kan ik dan lezen. Wat zeg je daarvan?'
'Misschien.'
'Je hebt dat nieuwe schrift met die sterretjes erop dat je laatst van me hebt gekregen. Schrijf het daar maar in. Of je kunt het me iedere dag e-mailen, als je wilt, dan mail ik terug. Ik heb mijn laptop speciaal meegenomen.'
Kit maakte aan de andere kant van de lijn een onbestemd geluid. Edie hoorde de radio op de achtergrond, en Alex die lachte om iets wat Jess tegen hem zei.
'Ik ga ophangen. Nog een heel fijne avond, oké? Alex zei dat hij Indiaas eten voor jullie gaat halen.'
'Hmm.'
'Dat is toch lekker? Ik spreek je morgen weer. Geef me Lewis even, goed?'
'Dag,' zei Kit met een klein stemmetje. Hij klonk heel ver weg.

Jude sneed kip in stukken en strooide er fijngesnipperde rode peper en lente-uitjes overheen. Ze kneep een citroen uit boven de schaal en deed er twee teentjes knoflook uit de pers bij.

Edie nam een slokje rode wijn en keek toe. Ze hoorden Stella telefoneren op de gang; haar stem klonk geruststellend; ze had Sam aan de lijn.

'Zo,' zei Jude. 'Dat is over een halfuurtje wel klaar.'

Ze schepte yoghurt in een kom en deed er fijngesneden verse munt en basilicum en een lepel paprikapoeder bij. Haar nagels waren lichtbruin gelakt. Ze was zo elegant, dacht Edie, en zo dun. Het was moeilijk je voor te stellen hoe ze als tiener was geweest, dik en slordig, haar haar in slierten voor haar bolle, bleke gezicht, en kuiltjes in haar handen. Ze had altijd leggings en grote T-shirts gedragen, urenlang zitten lezen in haar bedompte kamertje en in het donker koekjes gegeten. Ze had vaak geschreeuwd tegen Louise, haar gezicht glimmend en rood van woede. Edie keek nu naar de slanke vingers die basilicum fijnsneden. Judes woede was gebleven, dacht ze, hoewel ze die nu in de hand had en je haar eerder scherp en ad rem zou noemen.

'Wat sta je nou te kijken?' vroeg Jude, die opkeek en haar zusters blik zag.

'Ik zat te denken hoe mooi je bent geworden,' antwoordde Edie.

'Ik weet wat dat betekent. Alles draait om herinneringen nu we hier zijn; een en al nostalgie. Ik had er al op gerekend. Je dacht aan hoe ik vroeger was, hè?'

'Ook, ja.'

'Dik en lelijk.'

'Nooit lelijk.'

'Jij bent zo iemand die niemand lelijk vindt. Als jij van iemand houdt, vind je die persoon vanzelf mooi, hè?'

'Misschien wel, ja.'

'Na papa's dood,' zei Jude, 'heb ik me voorgenomen om helemaal te veranderen. Het gekke is dat mama, die me mijn hele leven had voorgehouden dat ik er zo kleurloos bij liep, die wilde dat ik ging lijnen, make-up zou gebruiken en wat meer belangstelling toonde voor kleren, dat zij het vreselijk vond dat ik zo veranderde.'

'Je draafde ook een beetje door,' zei Edie. 'Je hongerde jezelf uit als een gevangene in hongerstaking.' Ze had het grootste gedeelte van Judes metamorfose-als-straf gemist. Na haar eindexamen was ze het huis uit gevlucht en hadden Louise en Jude het samen moeten uitvechten. En nu was Louise dood en was Jude een aantrekkelijke academica die filosofie en psychologie doceerde aan dwepende studenten en boeken schreef met titels als *Leren liegen* en *Vriendschap is bedrieglijk*. 'Louise was dodelijk ongerust.'

'Ik ben wel veranderd, maar in de verkeerde persoon,' zei Jude. 'Ze kon me maar niet aardig vinden.'

'Wie kon jou niet aardig vinden?' vroeg Stella, die net binnenkwam.

'O, niks,' zei Jude bruusk. Edie zag een gekwetste schaduw over Stella's gezicht glijden.

'Hoe staan de zaken thuis?'

'Goed. Bob klonk een beetje afgemat.'

Ze liep naar het aanrecht en waste de kopjes af. Edie nam nog een slok wijn. Ze had de hele dag niets gegeten en voelde de scherpe kantjes verzachten. Nu zou ik kunnen huilen, dacht ze. Maar ze wist niet of ze dan wel om Louise zou huilen.

'Wanneer zijn we voor het laatst samen geweest?' vroeg ze. 'Met z'n drieën?'

'Dat is tijden geleden,' zei Stella. 'Jaren.' Ze ging aan tafel zitten en Edie schonk een glas wijn voor haar in.

'We zouden op mama moeten drinken,' zei Edie.

'Ik heb nooit begrepen waarom jij haar zo nodig mama moest blijven noemen,' zei Jude.

'Op Louise, dan.'

'We zijn hier allemaal met andere verwachtingen, hè?' zei Jude, die rechtop ging zitten alsof ze een seminar gaf aan studenten. 'Stella wil dat we lief zijn voor elkaar en elkaar troosten, als een echt gezin. Geen ruzie, geen vervelende waarheden. Liefde en verdraagzaamheid zijn altijd de oplossing. Edie daarentegen wil dat we praten en huilen en nieuwe inzichten krijgen in ma, pa en onszelf. Ze wil dat dit een helende, verlichtende ervaring wordt, rauw en pijnlijk. Ik zou zelfs willen beweren dat ze hier al tweeëntwintig jaar op heeft zitten wachten, zonder het zelf te beseffen. Ze wachtte tot ze kon toegeven aan al haar gevoelens van verdriet en verlies, en dat doet ze nu het te laat is om er nog iets aan te doen. Maar goed.' Ze hield haar glas omhoog en tikte het tegen die van hen. 'Op ma, mama, Louise.'

'En wat wil jij zelf?'

'Ik? Ik wil hier zonder kleerscheuren doorheen komen.'

'Nee, serieus. Vertel op.'

'Dat zeg ik toch.'

'Ik geloof er niks van.'

'O, Edie, als ik kwaad of geïrriteerd ben, denk jij altijd dat ik iets opkrop. Dat is het vervelende van familieleden, die denken dat ze je beter kennen dan jijzelf. Nou, echt, ik weet niet wat ik wil. Dat is de waarheid.' Ze nam nog een grote slok wijn en roerde in de kip. 'Dit kan bijna de oven in. Zal ik er een salade bij maken? Ik heb een paar zakken sla bij me.'

'Ik doe het wel,' zei Edie. 'En we moeten bepalen wie wat doet, de komende dagen.' De kat kronkelde rond haar benen en ze bukte om haar onder haar kin te aaien tot ze haar hoorde spinnen.

'De crematie,' zei Stella. 'Die moeten we regelen, en mensen bellen. En Louises spullen uitzoeken, of daar in ieder geval een begin mee maken. En dan is er nog het huis. En haar geld,' voegde ze eraan toe. 'Ik ben executeur-testamentair.'

'En we hebben Ellen,' zei Edie.

'Ja,' zei Jude.

'We vroegen ons af,' zei Stella, 'of we het haar wel moeten vertellen.'

'Vertellen?' Jude trok haar wenkbrauwen op.

'Van Louise.'

'Bedoel je dat jullie serieus overwogen hebben om het haar níét te vertellen?'

'Dat zou misschien wel zo prettig voor haar zijn,' zei Stella.

'Prettig. Onwetendheid is prettig, bedoel je?'

'Ja,' zei Stella. Ze zuchtte. 'Ik weet dat je het makkelijk van me kunt winnen, Jude, en me met je argumenten omver kunt praten. De huisvrouw tegen de filosoof, dat is niet echt eerlijk, hè? Maar ik had gehoopt dat we eens konden praten zonder te kibbelen en samen konden beslissen wat het beste is voor Ellen.'

'Daar gaat het nu juist om, jullie willen voor háár beslissen. Wat geeft je daartoe het recht?'

'Het is geen recht,' zei Edie. 'Maar ze kan nu eenmaal niet meer zelf beslissen.'

'Ze is geen baby.'

'Het lijkt er anders wel op, toch?' Edie dacht aan de teddybeer die ze voor haar grootmoeder wilde kopen, maar ze besloot er nu niet over te beginnen. 'In bepaalde opzichten.'

'Ze begrijpt het toch niet,' zei Stella. 'En als ze het wel begrijpt, breek je haar hart.'

'Ja,' zei Jude. 'Het leven is hartverscheurend. Als je leeft, wordt je hart gebroken. Had jij liever gehad dat niemand je had verteld dat ma dood is, zodat je vrolijk verder had kunnen leven, eenvoudigweg omdat je van niets wist?'

'Dat is wat anders.'

'Oké. En als Bob een ander had, zou je dat dan niet willen weten?'

Stella staarde haar zwijgend aan.

'We hebben te veel gedronken, en toch ook niet genoeg,' zei Edie. 'Ik maak nog een fles wijn open. Morgen haal ik wel nieuwe.'

'Heb ik iets verkeerds gezegd?'

'Laat maar,' zei Stella. 'Ik ga mijn vest halen. Ik heb het koud.'

Edie ontkurkte de tweede fles. 'Ze heeft een zwaar leven,' zei ze. 'En ze had een hechtere band met mama dan wij. Mama hielp haar best veel met Sam. Voor Stella zal het erger zijn dan voor ons om die steun te moeten missen.'

'Oké,' Jude stak haar handen op. 'Sorry.'

Stella kwam terug en ging bij het raam staan. Er hingen twee witte handdoeken aan de waslijn en er stonden een beker en een asbak op het tafeltje buiten. 'Het is net of ze gewoon even weg is, hè?' zei ze. 'Haar boek lag omgekeerd op de leuning van de bank, met haar leesbril erbovenop. De kleren in de wasmand liggen klaar om gewassen te worden.'

'Neem nog een beetje wijn,' zei Edie.

'Dank je.'

Later die avond bekeek Edie haar e-mail.

'*Allerliefste*,' schreef Alex. '*We missen je hier allemaal. Het is zo stil in huis – ook al zijn Gabriel en Leah hier en ben jij de rustigste van ons allemaal. Behalve Kit, natuurlijk, die ongeveer twee lettergrepen heeft gesproken sinds hij thuis is: "ja" en "nee" (hij heeft je een mailtje gestuurd, maar dat mocht ik niet zien). Maar iedereen begrijpt dat je nu daar moet zijn, zelfs Jess, die een kaart voor je aan het maken is (goed, ik weet dat ze eigenlijk in bed hoort te liggen). Je krijgt heel veel groeten van Gabriel en Leah en ze leven met je mee. Ze willen beslist naar de crematie – ik overleg wel met Peggy en dan laat ik het je weten. Maar wat ik je eigenlijk wilde zeggen, is dat je altijd een fantastische dochter bent geweest.*

Denk daar maar aan, ook al ben je verdrietig en somber. Doe Stella en Jude de groeten – en laat Jude niet te veel over je bazen, hè? Pas goed op jezelf. Ik bel je morgen. A xxx.
PS: Wat zullen we in de moestuin planten?'

En Kit: *'Hallo, mama. Je zei dat ik alles moest opschrijven. Ik kan niet zo goed typen. Het duurt uren. Vandaag heeft Robbie me op school een mafkees genoemd en heeft iemand mijn boterhammen in de vijver gegooid. Ik heb niet gehuild, maar ik wilde het wel. Ik heb er niemand over verteld. Dat zou het nog erger maken. Ik had het Lewis willen vertellen, maar die was met al zijn vriendjes en dan is hij heel anders. Ik had trouwens toch geen honger meer. Ik was een beetje misselijk, dus ik hoefde die boterhammen niet. We missen je heel erg. Het is net zoiets als heimwee, alleen ben ik nog thuis. Papa is heel luidruchtig en vrolijk. We hebben Indiaas gegeten en hij heeft een heleboel moppen verteld. Bilbo heeft een muis doodgemaakt en naar me toe gebracht. Hij had geen kopje meer. Nu ga ik naar bed, want het is al laat. Liefs, Kit.'*

Edie ging op Louises bed liggen, nog aangekleed. Het was een warme, zachte avond en ze had te veel wijn gedronken. Vanaf het bed kon ze de trouwfoto zien. Wat moet het vreemd zijn geweest voor Louise, dacht ze, om iedere morgen en iedere avond een foto te zien waarop Vic in vervoering naar een jongere versie van haarzelf keek. Het leek bijna een straf. Ze deed haar ogen dicht.

17

Edie had Alex ontmoet tijdens een wintersportvakantie in Frankrijk, toen zij vijfentwintig was en hij bijna tien jaar ouder. Zij was daar met drie vriendinnen en hij met zijn twee kinderen, van zes en vier. Hij was een paar maanden daarvoor gescheiden. Hoewel hij de hele week energiek opgewekt had gedaan, leek hij soms wat van zijn stuk gebracht, alsof hij een onbekende wereld had betreden en niet precies wist waar hij mee bezig was, avond aan avond aan een tafel in de hoek van het hotelrestaurant, waar hij het eten van zijn kinderen in stukjes sneed en na de maaltijd de kurk weer op zijn fles wijn deed. Misschien, dacht Edie, was ze daarom wel verliefd op hem geworden; zijn flamboyante vrolijkheid vertoonde scheurtjes. Ze had hem bekeken, met zijn zoon en dochter, de manier waarop hij zich bezorgd over hen heen boog en vol respect naar hen luisterde. Het was een grote, stevige, slordige man, en zijn kinderen leken piepklein naast hem. Ze was diep geraakt.

Of misschien hadden ze aanvankelijk wel een band gevoeld omdat ze geen van beiden konden skiën. Ze hadden in het begin van de week allemaal in hetzelfde beginnersklasje gezeten, maar na de eerste dag mocht iedereen door naar de volgende groep, inclusief de kinderen van Alex, terwijl Alex en Edie de hele week in hetzelfde klasje waren blijven steken. Ze vielen om op de oefenpiste en strandden in hopen sneeuw, en één keer, toen ze samen in de skilift stonden, waren hun benen in de knoop geraakt en waren ze gevallen en op hun zij over de bevroren sneeuw naar beneden geschoven. Ze had hem zomaar opeens gevraagd, toen ze in de sneeuw lagen en de vlokjes zachtjes neerkwamen en smolten op hun neus en wangen, waarom hij en zijn vrouw gescheiden waren. Ze had verwacht dat hij haar zou afwimpelen of misschien berouwvol zou vertellen dat hij vreemdgegaan was, maar hij antwoordde: 'Omdat ze teleurgesteld in me was. Ik was te gewoon. Niet ambitieus of dynamisch.' Hij zwaaide een been de lucht in en de ski kantelde boven hem. 'Ik bedoel, moet je mij nu zien. Ik ben wiskundeleraar op een scholengemeenschap en zij is op weg om directeur te worden. Ze is altijd een snelle geweest – zij zou inmiddels op de zwarte piste skiën.'

En ze had haar blik afgewend van de dichte, witte wolken om hem aan te kijken. Hij droeg een te kleine rode muts met een pompon en hij had sneeuwvlokjes in zijn wimpers. Zijn jukbeenderen waren verbrand in de zon en zijn neus glom. 'Vond je het heel erg?'

'Dat is zo grappig aan jou,' zei hij. 'Je lijkt heel stil, maar je bent wel heel direct.'

'Nou, vond je het erg?' drong ze aan.

'Natuurlijk.' Hij lachte, zwaaide zijn benen terug op hun plaats en ging onvast staan. Toen stak hij zijn in handschoen gestoken hand uit. 'Zullen we dan maar?' Hij trok haar naast zich omhoog en zei: 'Zal ik je eens iets bekennen? Ik vind skiën doodeng. Als ik boven aan zo'n verdomde helling sta, kan ik haast niet geloven dat ik wel naar beneden zal móéten. Maar ja, daar gaan we dan.' Hij haalde diep adem en kreeg een berustende uitdrukking op zijn gezicht. Toen zette hij zich stevig af, naar voren geleund in de steeds dikker wordende sneeuw, en ze bewonderde zijn gebrek aan waardigheid. Zijn ski's namen de vorm aan van een asymmetrische sneeuwploeg en hij hield één stok omhoog alsof hij daarmee een ramp kon afweren. Edie keek toe hoe hij steeds sneller ging en ten slotte vreselijk hard onderuitging.

Twee jaar later, toen ze zwanger was, vroeg ze hem eindelijk of hij zijn eerste vrouw ooit ontrouw was geweest.

Hij schudde zijn hoofd. 'Ik heb me altijd voorgenomen om, mocht ik ooit in de verleiding komen, aan de gezichten van mijn kinderen te denken. Ik zou me voorstellen dat ze aan het voeteneinde naar me stonden te kijken.'

'Denk je dat dat werkt?'

'Het is het enige wat ik kan bedenken dat zou kunnen werken.'

'Ik zal het onthouden.'

Hij legde zijn hand op de opgerekte welving van haar buik. 'Jij bent nu niet echt een geschikte kandidaat voor een verhouding,' zei hij.

'En jij?'

'O, ik wel, natuurlijk. Ik heb gelezen dat er diverse risicomomenten zijn voor een man, en één ervan is wanneer zijn vrouw zwanger is. Een ander risico loert vlak na de geboorte van het tweede kind. Daarna de hele periode van zijn veertigste tot zijn vijftigste, om uiteenlopende redenen, zoals verveling, onzekerheid over zijn viriliteit en angst voor de dood. Als hij dat alles heeft doorstaan, gaat hij er vaak nog vandoor zodra het laatste kind de deur uit is.'

'Dus de komende twintig of dertig jaar zijn niet veilig,' zei Edie, en ze glimlachten tevreden naar elkaar.

Ze dacht aan Alex toen ze bij de begrafenisonderneming weggingen. Het was een prachtige ochtend – zo'n blauwe dag met een licht briesje dat alles schoon lijkt te wassen. Hij had haar die ochtend gebeld. Ze had de kinderen gehoord op de achtergrond – Jess die iets riep over een plastic paardje in de doos met cornflakes en Lewis die Alex vroeg waar zijn voetbalschoenen lagen. Alex had boterhammen met banaan gemaakt voor in hun lunchpakketjes, maar Kit kon zijn map voor Engels niet vinden en Jess had verkondigd dat haar boek van de schoolbibliotheek die dag terug moest; of Edie misschien wist waar dat was. En op welke temperatuur moest hij wassen, want de was van gisteravond was helemaal blauw geworden.

'Gaat verder alles goed?' vroeg ze.

'Absoluut.'

'Ook met de kinderen?'

'Yep.'

'Met Kit?' Ze probeerde het nonchalant te laten klinken.

'Stilletjes. Hij mist je.'

'Ik mis hen ook. En jou.'

'Hmm.' Ze hoorde iets vallen. 'O, verdorie. Ik bel je straks terug.'

Nu liep Edie langzaam door de winkelstraat en bekeek op haar gemak etalages met sieraden, kaarsen en vishengels. Ze besefte dat dit de eerste keer was dat ze alleen was sinds de geboorte van Lewis, bijna elf jaar geleden. Het gaf haar een enigszins paniekerig gevoel van bevrijding – alsof ze een paar zware laarzen had uitgetrokken. Ze wilde niet hoeven nadenken over Kit op school, die haar zo miste. Een paar maanden geleden was ze een keer langs het speelplein gereden toen ze terugkwam van de praktijk en had ze door het hek de kinderen op een kluitje zien staan in de lunchpauze. Jess stond boven op een glijbaan en riep bevelen naar een groepje meisjes onder haar. Daarna zag ze Lewis, die met vrienden tegen een bal schopte, zijn gezicht rood van inspanning. Toen Kit, helemaal achteraan op het schoolplein – maar ze zou hem van een kilometer afstand herkend hebben, met zijn afhangende schoudertjes en zijn bos koperkleurige haar. Hij stond daar in zijn eentje, een kleine gestalte in een te lange broek. Ze had met een ruk het hek losgelaten, alsof er stroom op stond. Ze wilde niet dat hij zag dat ze getuige was van zijn eenzaamheid en schaamte. Sindsdien reed ze altijd via een omweg naar huis.

Bij de speelgoedwinkel koos ze een panda uit met zwarte ogen en een zacht, dik lijf. Ze probeerde zich voor te stellen hoe Ellen hem in haar armen zou houden. Op de terugweg naar Louise reed ze langs de delicatessenwinkel, waar ze een punt brie, een bak belachelijk dure zeevruchtensalade, artisjokharten, koffiebonen en ravioli met pompoenvulling kocht. Ze haalde bij de slijter twee flessen witte wijn en een fles malt whisky en bij de bakker een bruin brood, dat nog nadampte van de oven.

Toen ze terugkwam, was Stella mensen aan het bellen over de crematie. Ze was halverwege Louises adressenboekje.

'Het is zo raar,' zei ze toen Edie binnenkwam. 'Net een archeologische vindplaats of zo. Dit adressenboekje had ze al toen ze nog jong was. Het wordt met plakband bij elkaar gehouden. Vics handschrift staat er nog in, kijk maar. Het gaat dertig jaar terug. De helft van de namen is doorgestreept – wil dat zeggen dat die mensen verhuisd zijn, dood, gescheiden, of dat ze gewoon geen contact meer met hen had?'

Edie keek over haar schouder mee. 'Hoe weet je nu wie je moet uitnodigen?'

'Ik bel alle mensen van wie ik weet dat ze nog met hen omging. Ze had hier behoorlijk wat vrienden. Ik heb de mensen van de tekenwinkel gesproken toen jij weg was, en ik denk dat ze allemaal komen. Ze sluiten de zaak een paar uur. Volgens mij mochten ze haar heel graag.'

'Fijn. Ze had het hier naar haar zin.'

'En ik denk dat het belangrijk voor haar was om iedere ochtend de deur uit te gaan en 's avonds weer thuis te komen. Moet je je voorstellen dat ze hier had gewoond zonder te werken. Dan was ze gek geworden. Het was echt een gezelschapsmens.'

'Is het jou al opgevallen?'

'Wat?'

'Dat we al in de verleden tijd over haar praten.'

'Is dat zo? Ja, nou je het zegt. Zal ik de ouders van Rose ook vragen?'

'Alison en Simon? Ging ze nog met hen om? Ze zijn jaren geleden gescheiden, wist je dat?'

'Volgens mij ziet ze hen nog. Zag. Ik zal ze maar uitnodigen.'

'Ik heb ze niet meer gezien sinds... Goh, ik weet het niet eens.'

'Hoe vaak zie je Rose nog?'

'Een paar keer per jaar, meestal wanneer ze in Londen is. Ze is pas gescheiden van haar derde man.'

'Heeft ze kinderen?'

'Nee. Die had ze wel gewild, maar ze heeft ze nooit gekregen. En nu is het te laat, denk ik.'

Edie klopte op de deur van Louises buurvrouw en wachtte. Na een paar minuten hoorde ze voetstappen en zag ze een gestalte door het glas. Toen ging de deur open.

'Ja?' Het was een gezette, knappe vrouw, ongeveer van Louises leeftijd, met staalgrijs haar dat in gelijkmatige krullen was geknipt.

‘Mevrouw Lovell? Ik ben Edie, de dochter van Louise. Ik geloof dat we elkaar jaren geleden een keer ontmoet hebben…’

‘Edie? Ik herkende je niet. Ik had naar je toe willen komen, maar ik wilde me niet opdringen. Kom binnen. Let niet op de rommel.’

Edie liep achter haar aan de smetteloze keuken in.

‘Ik vind het heel erg, van je moeder. Wat een vreselijke schok.’

‘Ja. Dank u wel. We wilden vragen of u op de crematie komt. Die is maandag.’

‘Maar natuurlijk kom ik. We zijn… eens kijken… dertien jaar buren geweest. Zal ik een kopje thee zetten?’

‘Heel graag. Zag u haar vaak?’

‘Nou, ik zág haar natuurlijk wel, maar we hadden niet zoveel contact. Ik pas vaak op mijn kleinkinderen, en zij werkte natuurlijk. En…’ Ze aarzelde.

‘Ja?’

‘Het is niet aan mij om dat…’

‘Vertelt u het alstublieft.’

‘Van de doden niets dan goeds, maar…’

Edie wachtte. Wanneer mensen zeggen ‘van de doden niets dan goeds’, komt er meestal weinig goeds achteraan.

‘Je moeder dronk nogal veel.’

‘Dat wist ik niet,’ zei Edie voorzichtig.

‘Ik drink ’s avonds ook graag een glaasje,’ ging ze verder. ‘Een glas wijn of misschien sherry. Maar je moeder… Ik heb haar ook wel’ – ze ging zachter praten, alsof ze bang was dat er iemand meeluisterde – ‘*’s morgens* zien drinken.’

‘Bedoelt u… echt ’s morgens? Of meer rond lunchtijd?’

‘Bij het ontbijt.’

‘O god, dat wist ik niet.’

‘Het is niet jouw schuld, hoor.’ Mevrouw Lovell kneep haar

lippen samen. 'Maar als je het mij vraagt, was ze eenzaam. Zo helemaal alleen in dat huis, de kinderen ver weg. Heel wat anders dan mijn kinderen.'

'We kwamen wel op bezoek, hoor,' zei Edie. 'Zo vaak mogelijk. En ze logeerde ook bij ons.' Maar het klonk haast als een leugen.

'Hmm,' zei mevrouw Lovell bedenkelijk. 'Suiker in je thee?'

'Oma. Ellen.'

Ze zaten in een van de eetzaaltjes van het tehuis. De zon scheen ongehinderd door de grote ramen en de radiatoren stonden nog aan. Ellen drukte de panda tegen haar borst, haar kin tussen zijn oren. Ze rook naar urine en talkpoeder. Haar roze schedel scheen door haar haar. Ze zaten met zijn drieën om haar heen en Edie hield Ellens hand vast; ze zag dat de nagels van haar oma geknipt moesten worden en dat er nieuwe blauwe plekken op haar benen zaten, boven haar opgezette voeten in de sjofele roze pantoffels.

'Wanneer mag ik naar huis?' vroeg Ellen. 'Vandaag? Ik wil naar huis, Louise.'

'Ik ben Louise niet,' zei Stella hulpeloos. Ze kreeg tranen in haar ogen. 'Ik ben Stella, uw kleindochter.'

'Ik weet heus wel wie je bent. Dat weet ik heel goed,' zei Ellen. 'Het is hier te warm en de mensen maken 's nachts een hoop lawaai.'

'Oma,' zei Edie. 'Oma, we willen u iets vertellen.' Ze keek Jude aan. Per slot van rekening was Jude degene die zo zeker wist dat Ellen het recht had om te weten dat haar dochter dood was. Maar Jude zei niets; haar gezicht was bleek en uitdrukkingsloos. 'Louise heeft een ongeluk gehad,' zei Edie uiteindelijk. Ze kreeg hoofdpijn van de bedompte, warme lucht. 'Een auto-ongeluk.'

‘Auto-ongeluk,’ herhaalde Ellen zachtjes.

‘Ze is dood, oma,’ zei Stella.

‘Louise? Is Louise dood?’

‘Ja.’

‘Mijn Louise?’

‘Uw Louise.’

‘Nee.’

‘Oma...’

‘Nee,’ zei ze nu harder. Ze legde haar hand op Stella’s knie. ‘Kun jij me niet mee naar huis nemen?’ Ze haalde de panda van haar schouder en keek er verbaasd naar. Toen liet ze hem op de grond vallen, waar hij met zijn zwarte kraaloogjes naar hen opkeek.

‘Ik ben Louise niet, oma. Ik ben Stella.’

‘Stella. Stella.’ Ellen sprak het woord uit alsof ze het proefde op haar tong, maar de accu was leeg. Er verscheen geen greintje herkenning op haar gezicht.

‘Louise is dood.’ Dat was Jude, heel zachtjes.

‘Ze heeft gezegd dat ze me mee naar huis zou nemen. Vic vindt het niet erg. Het is op zich een aardige man, ondanks alles. Ik zal onkruid voor je wieden, en het huis mag ook wel eens opgeruimd worden.’

‘De crematie is maandag,’ zei Edie.

Ellen keek eerst naar haar en toen naar Stella. Ze kneep vinnig haar lippen op elkaar. ‘Ik heb het altijd wel gezegd: Stille wateren hebben diepe gronden,’ zei ze. ‘Ik ben niet blind, hoor.’

‘Oma...’

‘Ik wil alleen maar naar huis.’

Ze aten aan de tuintafel brood met brie. Jude droeg een donkere zonnebril, zodat ze haar gezichtsuitdrukking niet konden zien. Ze had haar haar bijeengebonden met een oud sjaaltje van Louise, ter voorbereiding op de schoonmaakbeurt die ze voor die middag hadden gepland.

'Er staan dozen vol spullen op zolder,' zei Stella. 'Ik ben gaan kijken.'

'Ik dacht dat ze zo'n beetje alles had weggegooid toen ze hier ging wonen,' zei Edie, en ze dacht aan het vuur in de tuin waarin Louise boeken en stapels papier had gegooid.

'Helemaal niet. Onze oude schoolrapporten liggen er bijvoorbeeld nog. Prentenboeken. Zakken kleren.'

'We zouden een container moeten huren en alles erin moeten kieperen,' zei Jude. 'En de sieraden, het zilver, foto's en dat soort dingen verdelen, en bekijken wie welke meubels wil hebben. De rest gewoon weggooien. We zitten toch niet te wachten op borden waar stukjes af zijn, alleen vanwege de herinnering dat we er met Kerstmis van gegeten hebben toen we zes waren? Of op boekenleggers en kammetjeshouders die we voor haar hebben gemaakt op de lagere school? Stukken klei met de afdruk van onze handjes en die oude schoolfoto's, ik helemaal achteraan als een zak meel.'

'We kunnen niet alles zomaar weggooien!' riep Edie uit. Ze legde haar brood neer en staarde Jude aan. 'Zulke dingen zijn heel dierbaar. Overal zit een herinnering aan.'

'Precies,' zei Jude. 'Wil je dat dan, je hele jeugd uitpluizen?'

'Misschien wel,' zei Edie. 'Ik weet het niet. Maar ik ga niet alles weggooien. Dat voelt niet goed.'

'Ik ben het met Edie eens. Trouwens, ik heb goede herinneringen aan mijn jeugd.'

'Ja, natuurlijk, jij wel,' zei Jude. 'Ik doe niet mee.'

'Kom op nou, Jude. We doen het samen,' zei Edie.

Jude keek haar chagrijnig aan.

'Het wordt nooit meer zoals nu,' zei Stella. 'Als we hier weggaan, gaat ieder zijn eigen weg en zullen we elkaar de komende jaren zo nu en dan wel zien, maar dit komt nooit meer terug.'

Jude mompelde iets.

'Wat?'

'Ik zei… Ach, laat maar. Herinneringen zijn gevaarlijk.'

'Hoe kan iemand die acht jaar in therapie is geweest dat nou zeggen?'

'Juist daarom kan ik het zeggen. Ik ben een expert. Je moet het nut der ontkenning niet onderschatten.'

18

'HERINNEREN JULLIE JE DEZE NOG?' ZE HIELD EEN STOKoude geruite deken omhoog; de vlokken stof vielen op de grond.

'Ach, ja.'

De deken over de stoelen in de huiskamer, als tent, met daarbinnen de poppen gerangschikt in een cirkel. Picknicks onder de pruimenboom. De kriebelende wol en het prikken van gras op blote benen. De zon die door het raster van takken viel. Slappe thee met veel melk, kopjes die omvielen op de hobbelige grond. Chocoladesoezen en jamdonuts. De cakejes die Stella als tiener maakte, met een aardbei erop. Of met de auto stoppen bij een parkeerhaven op weg naar Wales en dwars door heggen en over hekken heen naar een weiland lopen en daar een kleed over de doornen en brandnetels leggen; broodjes met Marmite en geschrapte worteltjes; loeiende koeien en het zoemen van muggen. Of het strand, met zand in de chips en koekjes en het gekabbel van grijze golven. Vic die met verbrande armen gehurkt bij een getijdenpoeltje zat; Louise die languit lag, haar mooie benen glimmend van de olie, haar hoofd achterover, met gesloten ogen.

'En kijk hier eens!'

'Die hingen op mijn slaapkamer.'

Oude gordijnen, met verroeste haakjes in de geplooide bovenrand. Blauw bedrukt, vaal van de zon en versleten. Edie bracht een hoekje naar haar gezicht en snoof de lucht van mottenballen op.

'En deze hingen op de mijne.'

'God, wat lijkt dat lang geleden. Ik weet nog dat ik ze heb uitgekozen met Louise. Toen kreeg ik ook die gebobbelde gele sprei.'

Ze zaten met zijn drieën in een kring in de huiskamer thee te drinken met de haverkoekjes die mevrouw Lovell vlak na Edies bezoek was komen brengen. Ze hadden het grootste gedeelte van de troep van zolder gehaald. Overal lagen zwarte vuilniszakken waar de inhoud uit puilde door de scheuren in het plastic. Oude lampenkappen en tuinstoelen stonden opgestapeld bij de deur, met de tent die ze vroeger altijd opzetten in de tuin, de kromme haringen in het grondzeil gerold. Hij had altijd gelekt, vooral wanneer je het buitendoek aanraakte. Edie dacht terug aan het geluid van de regen die 's nachts op het doek tikte, en overdag het woeste gezoem van wespen die gevangen waren in het ventilatienet in het dak.

De zon scheen door het raam naar binnen en het stof dwarrelde in de gouden stralen. Vormeloze zakken vol kleding; Louises feestjurken van dertig jaar geleden, zorgvuldig opgevouwen. Een lange zwarte met kanten mouwen; een met zigzagpatronen die pijn deden aan je ogen; een lange, ruisende chiffon rok en een roze geval met zijden voering. Ze stamden uit de tijd dat Louise en Vic etentjes hadden gegeven en Louise zich had opgedoft op een manier die voor haar dochters nu ondenkbaar was: lange jurken, rinkelende oorbellen, een dik uur voor de inklapbare kaptafelspiegel, waarin haar spiegelbeeld zich oneindig verdubbelde. Parfum, lippenstift en haarlak waar Edie van moest niesen.

Er was niets van Vic bij, behalve twee stropdassen, opgerold in een zakje.

Maar ze vonden ook kleren terug die ze als kind hadden gedragen: een brievenbusrode corduroy tuinbroek die Edie helemaal vergeten was en die nu een levendige herinnering opriep. Ze kreeg haast het gevoel alsof ze terugging in de tijd en weer in de regen door de tuin rende. Het gele feestjurkje waar ze zo dol op was geweest, met een wijde tulen rok en bruinfluwelen biesjes. Een roze suède jas met een voering van kunstbont waar Stella zich met een kinderlijke vreugdekreet op stortte. Een door Ellen gebreide trui, rood met blauw, met een glimmend knoopje bij de hals. Een *tie-and-dye* T-shirt dat Jude had gemaakt; ze herinnerden zich nog allemaal hoe ze in de tuin in de plastic teil had staan roeren en paarse verf op de tegels had geknoeid. In een andere zak zaten laarsjes die een van hen gepast moesten hebben toen ze leerde lopen. Ze vonden slabbetjes met vlekken erop, een kanten babydoekje, een piepklein wit vestje, een gehaakte muts en oude, kale teddyberen, een pop met ogen die vinnig openklikten zodra ze rechtop werd gezet, en een poppetje met een verborgen tweede hoofd onder haar rok, dat tevoorschijn kwam zodra je haar omdraaide.

Edie schudde een lange, roestkleurige jurk met een laag uitgesneden hals uit. Een jurk die ze maar één keer had gedragen en toen had opgeborgen. Ze staarde er even naar en liet de herinneringen toe. Toen vouwde ze hem op en stopte hem weer onder in de zak.

'Ze heeft al mijn schelpen bewaard,' zei Stella, met een stem die klonk als een kreun. 'Die ik vroeger verzamelde.' Doffe, kapotte messcheden, gedraaide schelpen die je bij je oor moest houden om de zee te horen, kleine roze schelpjes als gelakte vingernagels die Stella vroeger op doosjes plakte, porseleinslakjes... 'Ik heb nooit geweten dat ze al die spullen bewaard had.'

Louise had ook Edies glazen beestjes bewaard, stuk voor stuk verpakt in vloeipapier en kartonnen doosjes, zelfs de olifant met de gebroken slurf. En het boek waar Jude bloemen in had gedroogd toen ze een jaar of acht was, ereprijs, speenkruid en vergeet-mij-nietjes. Er vielen kapotte bloemblaadjes op de grond, als korreltjes zand. Alle Dr Seuss-boeken en diverse bundels kindergedichten, met kinderlijke krabbels op de bladzijden. Er zaten schoolrapporten tussen, en in dezelfde doos vonden ze hun oude schriften en huiswerk, vanaf de tijd dat ze nog heel klein waren. Stella rolde een zelfportret open dat Jude had gemaakt toen ze een jaar of drie was, met benen die uit de kin kwamen en enorme, scheve ogen helemaal boven in het gezicht. De dikke laag gele en groene plakkaatverf viel in schilfers van het papier.

'Hij lijkt sprekend,' zei Jude sarcastisch, maar zelfs zij liet zich het nostalgische kringetje in trekken.

'Kijk dan,' zei Stella.

'O nee, foto's,' zei Jude. 'Nu is het bekeken. We komen hier nooit meer weg. We blijven hier zitten tot we oud zijn, met herinneringen aan de tijd dat we nog jong waren.'

Ze zaten in schoenendozen. Vic moest de meeste foto's genomen hebben, want de anderen stonden er allemaal op: de drie meisjes en Louise, opgroeiend en steeds ouder. Zwartwit maakte plaats voor kleur. Zij drieën als baby, jong meisje, tiener. Louise met achterovergekamd haar en rokken met een ingesnoerde taille, Louise in badpak, gehurkt op een rots. Zoveel foto's van Louise, alsof Vic zijn ogen niet van haar af had kunnen houden, zelfs niet wanneer hij door de lens keek. En ze lachte naar hem, in de wetenschap dat ze mooi was. De gezusters bladerden door de glanzende afdrukken waarop ze poseerden, grinnikten, verbaasd opkeken, hun blik afwendden, soms bewogen, verschoten of met een verdwaalde duim ervoor, onverwachts gekiekt.

'We zien er allemaal zo gelukkig uit,' zei Stella.

'Ja, dat heb je met familiefoto's,' zei Jude. 'Iedereen lacht er altijd op. Je komt niet veel albums tegen waar huilende mensen in staan, hè. Je moet blij kijken als je poseert voor al die herinneringen. Trouwens, ik vind mezelf niet zo vrolijk kijken, jullie wel?'

'Dit zijn de ouders van Rose Scott,' zei Stella, en ze pakte een overbelicht kiekje van Louise die haar armen om Alison en Simon heen sloeg. 'Ik kan me die dag nog herinneren. Ze kwamen bij ons barbecuen.'

'Ja,' zei Jude. 'Pa liet het vlees aanbranden en Louise schreeuwde tegen hem. Zie je wel? Dat is het ware verhaal achter iedere foto.'

'Hier is er eentje van papa,' zei Edie. 'Dat was waarschijnlijk vlak voor...'

Hij glimlachte, dat onzekere lachje van hem, en zijn zwarte haar hing over één oog. Hij had zijn hand half opgestoken, alsof hij wilde gaan zwaaien of zijn gezicht wilde bedekken. Hij keek hen recht aan.

'Ik geloof dat het tijd wordt om een fles wijn open te maken,' zei Jude, en ze stond abrupt op.

'Het is nog niet eens zes uur.'

'Nou en? Ik verleen je bijzondere vrijstelling, Stella. Als je moeder is gestorven, mag je op ieder moment van de dag of nacht drinken, en dat geldt... Wat zullen we zeggen? Tien dagen lang, oké?'

'Oké.'

Jude verdween naar de keuken en kwam even later terug met een dienblad.

'Alsjeblieft,' zei ze, en ze schonk drie glazen wijn in.

'Ik heb ook sigaretten gekocht,' zei Edie, die daarmee zichzelf verbaasde. Ze had gedacht dat ze ze stiekem zou oproken, als een soort onbeholpen terugkeer naar haar tienertijd. 'Wie wil er een?'

'Waarom niet,' zei Stella. Ze pakte een sigaret en deed hem opstandig in haar mond. 'Bob zou me vermoorden.'

'Ik rookte vroeger shag,' zei Jude. 'Dat is een van mijn sterkste herinneringen aan de tijd dat ik hier woonde toen jullie al weg waren, alleen met ma. Dat ik naar buiten sloop en shagjes draaide; zoals het uiteinde vlam vatte als je het aanstak, en de stukjes tabak die aan je lip bleven plakken. God, dat is jaren geleden.' Ze inhaleerde diep en grinnikte. 'Later sloop ik natuurlijk niet meer de deur uit en ging ik voor ma's neus zitten roken, gewoon om haar te pesten. Die geduldige, treurige blik in haar ogen... En dan stond ze op om het raam wijd open te zetten.'

Stella begon te hoesten. 'Ik heb nooit gerookt,' zei ze.

'Ik rookte alleen maar shag,' ging Jude verder, 'omdat hij dat ook deed.' Ze hield haar glas omhoog, keek Edie uitdagend aan en nam een slok. Haar haar begon los te raken en krulde rond haar ingevallen wangen.

'Wie?'

'Je weet wel. Ricky.'

'O,' zei Edie zwakjes. Ze werd een beetje duizelig. Ze tikte haar as in een schoteltje en nam een slok witte wijn.

'Ik was helemaal weg van hem. Tot over mijn oren.'

'Dat wist ik niet,' zei Edie, maar ze vroeg zich af of dat wel de waarheid was.

'God, wat had ik het zwaar te pakken. Ik geloof niet dat ik daarna nog ooit zoiets heb gevoeld. Zelfs niet voor Euan. Of Robbie. Of die arme Derek. Triest eigenlijk, hè? Ik was een dikke tiener van vijftien en hij was stapelgek op mijn oudere zus, en toch kon ik aan niets anders denken. Ik kon niet slapen als ik aan hem dacht, en als het dan eindelijk lukte, droomde ik de gekste dingen.' Ze lachte. 'Je eerste liefde is een kwelling, vind je niet? Als we ouder worden, vergeten we hoe het is om jong te zijn.'

'Jij schaakte met hem. En jullie praatten over *In de ban van de ring*. Dat weet ik nog wel.'

'Ik heb dat schaakbord nog steeds. Dat was haast heilig voor me. Ik zou alles voor hem gedaan hebben, weet je dat? Zonder enige aarzeling,' zei Jude. 'Alles om hem van je af te pakken. Maar hij zag me niet eens staan. Waarom vertel ik je dit nu allemaal?'

'Arm kind,' zei Stella zachtjes. Ze snuffelde nog steeds tussen de foto's die verspreid lagen op de vloerbedekking. Gezichten schoven voor hun ogen heen en weer.

'Hij mocht je graag,' zei Edie. Ze keek door het raam naar de zon op het keurig onderhouden gazon. De foto's, de wijn en sigaretten en nu dit. De puntjes van hun sigaretten gloeiden op en doofden bij ieder trekje.

'Dat maakte het bijna nog erger. Ik heb hem een brief geschreven. Toen we verhuisd waren en jij hem niet meer wilde zien.'

'Heeft hij daarop gereageerd?' Dat was Stella. Edie wilde het niet eens weten. Ze wilde niet voor zich zien hoe hij daar aan het einde van de laan op haar stond te wachten, met die hoopvolle blik.

'Ik schreef dat ik altijd voor hem zou klaarstaan. Zoals in dat nummer van Carole King. Dat ik er over tien of twintig jaar nog voor hem zou zijn. Ik vond jou zo ongelooflijk stom en keihard,' zei ze. 'Ik verachtte je. Nee, hij heeft er niet op gereageerd.'

'Ik wil niet...'

'Natuurlijk begreep ik het ook wel. Althans, later. Seks en de dood, die twee zijn in je hoofd natuurlijk verstrikt geraakt.'

‘Ja,’ zei Edie. Ze drukte haar sigaret uit. ‘Inderdaad.’ Ze zag tot haar verbazing dat haar glas leeg was. ‘Ik kon niet naar hem kijken of zelfs maar aan hem denken zonder me beroerd te voelen.’

‘Zijn brieven liggen hier nog,’ zei Stella. ‘Op zolder staat een doos spullen van jou die we nog niet naar beneden hebben gehaald. Ik heb ze gezien. Eentje maar,’ voegde ze er haastig aan toe. ‘Ik heb ze niet gelezen.’

‘Het doet er nu niet meer toe,’ zei Edie. ‘Het is zo lang geleden. Ik was nog geen zeventien.’ Ze nam een besluit. ‘Het punt is,’ zei ze toen, ‘dat ik soms denk dat Vic geen zelfmoord gepleegd zou hebben als ik niet met Ricky...’

‘Dat is onzin,’ zei Stella fel.

‘Om niet te zeggen narcistisch,’ voegde Jude eraan toe.

‘Misschien wel.’

‘Hoe kom je daar dan bij?’

‘Ik ben niet bepaald aardig tegen hem geweest,’ begon Edie. ‘Ik was heel gemeen. Vlak voor...’

Ze deed haar ogen dicht en dacht aan Ricky’s zware hoofd tegen haar borsten, en aan Vic die haar door de deuropening aanstaarde. Zijn deemoedige blik. Ze kon haar eigen hatelijke stem nu nog bijna horen. ‘*Vic*,’ had ze gezegd, alsof ze gif spuugde.

‘Dus jij hebt tweeëntwintig jaar rondgelopen met de gedachte dat het jouw schuld is, alleen omdat je onaardig tegen hem bent geweest.’

‘Dat nou ook weer niet, maar ik kan zijn gekwelde blik maar niet uit mijn hoofd zetten.’ Alsof ze hem had geslagen, dacht ze, een schrijnende klap midden in zijn gezicht. ‘Dat zal ik nooit vergeten. En de volgende dag...’

‘Hij keek altijd gekweld,’ zei Stella. ‘Zelfs als we Monopoly speelden.’

‘Hoeveel keer per dag zijn jouw kinderen niet bot of onaardig tegen je?' vroeg Jude. 'En jij pleegt toch ook geen zelfmoord?'

'Dat is heel wat anders.'

'Hij was zijn baan kwijt. Hij was depressief. Dat zijn de ware redenen,' drong Stella aan.

'Wat mij vooral treft, is dat je jezelf wel erg veel macht toekent,' zei Jude, 'als je denkt dat een korte ruzie met je vader – die drie dochters had, vergeet dat ook even niet – zo dodelijk kan zijn.' Ze klonk zo woest dat Edie haar handen opstak.

'Je zult wel gelijk hebben, en ik doe stom en egoïstisch, maar hebben jullie nooit zulke gedachten gehad?'

'Ik vond dat ik nooit het huis uit had mogen gaan,' zei Stella. 'Ik heb heel lang gedacht dat het niet gebeurd zou zijn als ik thuis was gebleven.'

'Ach, natuurlijk dachten we allemaal zoiets. Het was tenslotte zelfmoord, dan krijg je dat. Schuldgevoel.' Judes stem was nog steeds gespannen van woede. 'Hoe zou het bijvoorbeeld zijn gelopen als ik niet dik en ongelukkig was geweest, het koekoeksjong? Je moet je over zulke gedachten heen zetten, Edie. Oorzaak en gevolg zijn niet zo kinderlijk eenvoudig.'

'Hoezo?' zei Edie gekwetst. 'Wou je beweren dat jij nooit zo denkt, of dat jij zo vreselijk rationeel bent? Jij hebt toch ook anorexia gekregen? Je hebt jezelf bijna doodgehongerd. Dat moet er ook mee te maken hebben gehad.'

'Natuurlijk had dat ermee te maken. Ik was verdomme een schoolvoorbeeld.'

'Dus...'

'Ik zeg alleen dat je niet moet denken dat Vic geen zelfmoord gepleegd zou hebben als jij je anders had gedragen. Trouwens, is dit niet een beetje de omgekeerde wereld?'

'Hoe bedoel je?'

'Meestal hebben de kinderen het gevoel dat ze het product

zijn van de fouten van hun ouders, niet andersom.'

'Ik heb nergens last van,' zei Stella. Ze had haar sandalen uitgedaan en de avondzon scheen in haar haar en op haar huid en gaf haar de zachtheid van een ontluikende bloem.

'Ik ga naar huis bellen,' zei Edie, en ze stond op. Ze had behoefte aan de stem van Alex en het gekibbel en de drukte van de kinderen op de achtergrond – om haar te herinneren aan het normale leven waar ze gauw weer naar zou terugkeren.

19

Ze aten die avond buiten. Edie had koude waterkerssoep gemaakt en Stella een hartige spinazie-fetataart. Iedereen was stil. Na het eten gingen ze allemaal naar hun eigen kamer, ook al was het pas schemerdonker en hing de warmte van de dag nog in huis.

Edie stond in Louises slaapkamer. Ze was niet moe. Sterker nog, ze was klaarwakker en rusteloos. Het leek wel of de slaap steeds minder werd naarmate de nacht dichterbij kwam. Ze had geen zin om te lezen, in bad te gaan of het tv'tje in de hoek van de kamer aan te zetten. Ze bleef even bij het raam staan om naar de keurige tuin te kijken. Toen pakte ze de trouwfoto weer en staarde ernaar. Ze trok de kast open, maar deed de deur meteen weer dicht; ze zouden Louises kleren morgen uitzoeken. Toen ging ze op het bed zitten en sloot ze haar laptop aan op de telefoonverbinding naast het bed om te kijken of er e-mail voor haar was.

'Lieve Edie. Ik heb je net gesproken, dus ik heb geen nieuws. Ik wilde je alleen even welterusten wensen. Alex. PS: Heb jij enig idee waar het rekenmachientje van Lewis zou kunnen zijn? En het ziet ernaar uit dat Kits astma terug is. Enig idee waar je die oude inhalator hebt gelaten?'

'Mama, ik mis je heel erg. Vandaag wilde ik heel graag dat ik ergens anders was, maar het is moeilijk om daaraan te denken. Dan lijkt je hoofd wel een bom.'

Edie sloot de computer af en zette hem op de grond, naast de televisie. Toen liet ze het bad helemaal vollopen en goot een flinke scheut van Louises lavendelolie onder de stromende kraan. Twintig minuten lang lag ze in het gloeiend hete water, terwijl de badkamer zich vulde met stoom en de spiegel besloeg. Toen trok ze haar ochtendjas aan en liep ze de gang op. De deuren van Jude en Stella waren allebei dicht. Ze pakte in de keuken een zaklamp en liep zo zacht als ze kon de trap op naar de overloop, waar ze de vlizotrap naar beneden trok. Ze klom naar boven en scheen met de zaklamp in het donker. Helemaal achteraan stonden verscheidene dozen, onder de balken waar de opgerolde schuimrubber matrassen en de kerstspullen lagen, die ze nog niet hadden bekeken. Ze scheen met de lamp in de dozen. In een ervan zaten de dierentijdschriften en posters van Jude, en een aantal bordspellen met gehavende dozen. In een andere zaten grammofoonplaten; elpees en singles. Veel ervan hadden geen hoes meer en zaten vol krassen. En dan was er nog een doos die tot de helft gevuld was met spullen die van Edie waren geweest. Ze ging op haar hurken zitten en zag brieven, ansichten, verjaardagskaarten en zelfs kerstkaarten, en ook nog zwemdiploma's en oude schoolmappen, de naam van het vak er in haar handschrift op geschreven.

En daar was het houten doosje. Ze deed het deksel open en rook de geur van lavendel, uit het katoenen zakje dat ze er zo lang geleden in had gelegd. Er zat nog iets anders in: de verkruimelde resten van een geel herfstblad. Stom dat de herinnering zo haarscherp was.

Ze nam de hele doos mee naar de slaapkamer van Louise,

schoof de trap terug op zijn plaats en deed de slaapkamerdeur met een zachte klik dicht. Toen veegde ze het stof en gruis van haar voeten en kroop met de doos onder het dekbed.

Ze bekeek eerst vluchtig de ansichtkaarten, alleen om haar zenuwen tot bedaren te brengen. Er waren kaarten bij van mensen die ze zich niet meer herinnerde. Wie was Annette of Elaine? De kerstkaarten zou ze ongezien weggooien, net als de verjaardagskaarten. Ze had geen idee waarom ze die destijds bewaard had. De brieven zagen er interessanter uit. Ze pakte een willekeurige envelop; de brief die erin zat was van ene Carol, een vriendinnetje van de lagere school dat naar Amerika was verhuisd toen ze tien was. Edie en zij hadden nog jaren contact weten te houden, maar de periodes tussen twee brieven waren steeds langer geworden en de brieven steeds korter, en tot slot was de briefwisseling gestopt. Er was een brief van Vic bij, zag ze, zijn kriebelige handschrift op een gekreukelde witte envelop. Die had hij haar gestuurd toen ze veertien was en in Frankrijk zat in het kader van een uitwisseling via school, doodongelukkig, met de mond vol tanden en met heimwee. Het was een kort, terughoudend briefje: hij vertelde haar over de opgezette klieren van Jude, over Louise die hard werkte in de winkel, een huis dat hij die dag had verkocht en het buitengewoon grote aantal vlinders in de tuin. Hij eindigde met de mededeling dat ze allemaal uitkeken naar haar thuiskomst en had de brief ondertekend met 'papa' en één scheve kus.

Edie legde de brief apart en pakte het doosje dat naar lavendel geurde. Boven op de stapel lag een ansichtkaart waarvan de foto – zwart-wit, een man in een deuropening – een schok van herkenning teweegbracht. En het handschrift op de achterkant, die puntige letters waarin hij haar vertelde hoe eenzaam hij was zonder haar. Ze herinnerde zich de brief nog; ze kon ze zich nog allemaal herinneren. En ze wist nog precies hoe ze zich had gevoeld toen ze ze las en herlas. Sommige had ze 's nachts onder haar kussen gelegd en bij zich gedragen. Zelfs dat beleefde eerste briefje waarin hij alleen zijn adres had doorgegeven en dat hij had ondertekend met 'liefs' – zelfs dat nietszeggende briefje had ze uitgebreid bestudeerd, en ze had met haar vinger zijn naam nagetrokken.

In één briefje had hij geschreven: '*Ik zie je in mijn dromen.*' Dat kwam uit een liedje, hoewel ze dat destijds niet had geweten. Misschien had hij heel veel songteksten geciteerd terwijl zij dacht dat het zijn eigen woorden waren. Hij had een keer tegen haar gezegd: 'Ik zou je overal volgen, zelfs door gestolde lucht.' Ze had gelachen; het klonk onzinnig. En jaren later, toen ze met een collega in de auto op weg was naar een congres, had ze diezelfde woorden gehoord in een liedje op de radio. Het was alsof alles om haar heen in de verte was verdwenen en alleen nog het verleden aanwezig was geweest; zijn warme adem in haar oor, het gevoel jong en verliefd te zijn, met een mooie toekomst voor zich. Jude had gelijk, dacht ze, niets is te vergelijken met de hunkerende kwelling van je eerste verliefdheid. Ricky kwam al tweeëntwintig jaar in haar dromen voor.

Edie klapte de doos dicht en schoof hem van zich af. Ze dacht aan de kinderen, die nu wel zouden slapen, allemaal in hun eigen donkere woud van dromen. Ze vulde haar gedachten met hun ernstige, gesloten gezichtjes. Ze dacht aan Alex, die voor haar over hen waakte nu ze weg was. Toen bladerde ze, niet echt nieuwsgierig, door de rest van de brieven in de doos en haalde er af en toe willekeurig een uit. Een uitnodiging voor een feestje. Een bedankbriefje. Een valentijnskaart. Diverse brieven van Rose. Waarschijnlijk zou ze ze allemaal weggooien. Er zat één wit vel zonder envelop bij waarvan ze het handschrift niet herkende. '*Mijn liefste,*' las ze. '*Ik moet je zien. Ik word hier gek zonder jou. Bel me alsjeblieft.*'

Ze las het briefje twee keer. Het was niet ondertekend, maar ze wist vrijwel zeker dat ze dit nooit had ontvangen. Misschien was het van Stella en was het in de verkeerde doos terechtgekomen. Of van Jude, hoewel dat haar onwaarschijnlijk leek. Of misschien was het een brief voor Louise geweest, van een bewonderaar uit haar tijd als weduwe, die op de een of andere manier in de verkeerde doos op zolder terechtgekomen was. Maar Edie kreeg er een akelig gevoel van.

Er stond een datum boven: dinsdag 16 september, afgekort en in een kriebelig handschrift, maar zonder jaartal, dus daar had ze weinig aan. Ze legde hem terug in de doos en zette die naast zich op de grond. Toen ze het licht uitdeed en haar ogen sloot, kwam er ongevraagd een andere herinnering naar boven. De ochtend dat de eerste brief van Ricky was gekomen, toen Vic met zijn auto tegen de wagen van de melkboer was gereden. Ze was naar de geschokt toekijkende postbode gelopen en had de brieven uit zijn hand gepakt. Rekeningen voor Vic, iets voor Stella en een brief voor Louise. Ja, het handschrift leek hierop, dat wist ze zeker, in vette blauwe, slordige letters. Wat is het geheugen toch raadselachtig, dacht ze. Je slaat dingen op waarvan je niet eens beseft dat je ze opmerkt.

Ze deed het licht weer aan en keek nog eens door Ricky's brieven, tot ze bij de allereerste kwam. Maar er stond geen datum op en de poststempel op de envelop was niet te lezen. Ze wist alleen dat ze hem half september had gekregen, in 1980. Ze wreef in haar ogen. Waarschijnlijk legde ze de verkeerde verbanden en trok ze lijnen tussen puntjes die ver van elkaar verwijderd moesten blijven, waardoor een plaatje ontstond dat er eigenlijk helemaal niet behoorde te zijn.

Ze bedacht dat ze in haar oude elektronische agenda waarschijnlijk oude jaartallen kon terugvinden. Ze ging weer uit bed, liep naar de hal, waar haar tas onder het tafeltje stond, en nam hem mee naar de slaapkamer. Toen ze met het speciale potlood het minischermpje aanraakte en twintig jaar terug in de tijd klikte, zag ze dat 16 september op een dinsdag was gevallen in 1997, 1986 en 1980.

Edie wist het nu zeker. Eigenlijk had ze het al die tijd al zeker geweten. Zodra ze de brief had gelezen, was het alsof er in haar hoofd een lichtje was gaan branden. Dingen die in de schaduw en in donkere hoekjes hadden gelegen, waren in het volle licht verschenen. Louise in de pub, die avond van het feest, haar hand op die van Simon, voorovergebogen om een trekje van zijn sigaret te nemen; Louise in de tuin, in haar zomerjurk, lachend met Simon, de geur van aanbrandend vlees op de barbecue. Ze ging op haar rug in bed liggen, in het donker, en legde een hand op haar hart.

'O god,' zei ze hardop. 'O, arme stakkerds.'

20

Om half zeven de volgende ochtend, toen Stella en Jude nog vast lagen te slapen en de bladeren en de ruiten nog glinsterden van de dauw, legde Edie een briefje op de keukentafel met de mededeling dat ze nog een paar dingen moest doen maar dat ze niet lang zou wegblijven. Ze zette een kop sterke koffie en dronk die op in de tuin, waar de dauwdruppels door haar sandalen sijpelden. Toen stapte ze in de auto en reed zo zachtjes als ze kon weg.

Het was nog geen uur rijden, maar ze was nooit terug geweest in Baylham. Louise wel. Stella was er die eerste jaren verschillende keren geweest om haar oude schoolvriendinnen te bezoeken. En zelfs Jude had haar verteld dat ze een keer, op de terugweg van een congres, onverwachts op de pas aangelegde rondweg vlak bij het stadje had gereden. In een opwelling had ze de afslag genomen en was ze door de hoofdstraat gereden, langs hun oude school en daarna over de brug, de straat in naar hun huis. Maar ze was niet gestopt, er alleen langs gereden, reikhalzend om de schoorstenen en de rode dakpannen te kunnen zien. Edie had het stadje altijd vermeden, en zelfs het platteland eromheen, alsof ze in gedachten een grote cirkel om het hele gebied had getrokken en er een bord met 'verboden toegang' voor had gehangen.

Toen ze er bijna was, stopte ze langs de weg en belde met haar mobiele telefoon naar huis. Alex was er met zijn gedachten niet bij. Lewis had net verkondigd dat hij zijn huiswerk niet had gemaakt; Kit zei dat hij ziek was en wilde niet uit bed; Jess huilde omdat iedereen zo schreeuwde en er niemand naar haar luisterde. En hij had zelf zijn lessen niet voorbereid en moest voor de verandering eens op tijd op zijn werk zien te komen.

'Wat vervelend nou,' zei Edie, maar wel koeltjes. Ze bedoelde: Ik ga me niet schuldig voelen, ik ben hier omdat mijn moeder dood is; en ze bedoelde ook: Nu weet je eens wat ik iedere ochtend doormaak.

Het eerste wat Edie opviel, was dat de stad haar zo vreemd en onbekend voorkwam na ruim twintig jaar. Hij was aan alle kanten gegroeid. Er was een nieuwe woonwijk op de plek waar ze de ringweg af kwam, waar vroeger weilanden waren geweest. Eromheen waren winkels geopend. Hele gebieden waren ontruimd om plaats te maken voor rotondes en een tweebaansweg naar het centrum. Vóór haar stonden half afgebouwde kantoorblokken, met lege ramen en betonnen balken. Maar langzaam doken de oude herkenningspunten op. De rij Victoriaanse huizen bij het station, de kerk, bijna zwart verkleurd van ouderdom en door de luchtvervuiling, de kantoorboekhandel waar ze altijd inktpatronen en lijntjespapier kochten en de dierenwinkel waar ze elke week kattenvoer haalden.

Het was nu echter allemaal eenrichtingsverkeer, en ze nam een paar keer de verkeerde afslag voordat ze de weg had gevonden die langs hun oude school liep. Ze zette de auto even stil en liet de motor stationair draaien. De gigantische kastanjeboom stond nog steeds voor het grijze gebouw uit 1930, waarvan Louise vroeger altijd had gezegd dat het eruitzag als een verhoorcentrum in het Oostblok. Maar aan de zijkant stond nu nieuwe aanbouw in rode baksteen, met grote ramen. Terwijl ze daar in de auto zat, stopte er achter haar een bus waar kinderen uit stapten met rugzakken, muziekinstrumenten en sporttassen. Ze liepen voorbij in groepjes en alleen, kletsend en elkaar duwend.

Ze keek toe hoe ze achter het schoolgebouw verdwenen, waar zich al andere kinderen hadden verzameld. De meisjes leken wat rustiger; ze praatten met elkaar en lachten. Ze hadden vlechten of gladde paardenstaarten. Maar de jongens holden of sjokten rond en duwden elkaar opzij. Sommigen leken haar verschrikkelijk groot, anderen juist heel klein. Een jongen duwde een andere jongen hard naar achteren, waardoor hij zijn tas liet vallen. Boeken en vellen papier vlogen over het asfalt; de wind sloeg onder een blaadje en blies het een paar passen bij de jongen vandaan. Om hen heen werd gegniffeld door kinderen die met hun handen in hun zakken stonden, en Edie zag het gezicht van de jongen. Hij probeerde te doen alsof het hem niets kon schelen, maar het snelle geknipper van zijn ogen verried hem. Hij kon niemand voor de gek houden. Ze dacht aan Kit, vele kilometers verderop; hij zou nu net naar school vertrekken, met een laatste blik over zijn schouder naar Alex.

Ze reed verder en voor ze het wist, stond ze bij het zwembad. Van buitenaf leek er niets veranderd, maar misschien was het binnen wel een luxueus sportcentrum geworden. Misschien waren er niet langer krappe kleedhokjes, pleisters die boven de turkooizen tegels op de bodem dreven, zwemmers die baantjes trokken, een kapotte klok aan de groezelige wand en knipperende tl-buizen.

Maar ze was nu vlakbij, en hoe dichter ze in de buurt kwam,

hoe vertrouwder alles haar voorkwam, alsof de jaren losraakten als de bast van een tak, tot hij op het laatst weer wit, sappig en nieuw was. Ze kwam langs de bibliotheek waar Jude iedere zondagochtend naartoe was gegaan om zes boeken voor de rest van de week te halen en ter plekke een zevende te lezen; langs de bakkerij waar ze koffiebroodjes kochten voor het ontbijt op zondag; de winkel met tweedehands kleding, het driehoekje groen waar 's avonds dronkelappen met hun flessen cider tussen de bloemen zaten. Nu nam het aantal huizen en winkels langzaam af. Een weiland vol koeien; een stokoude eik met een holte in de stam; een kwekerijtje waar ze tuinplanten en klimrozen verkochten. Aan de linkerkant een laantje dat heuvelopwaarts de stad uit liep.

Ze stopte en parkeerde de auto. Haar telefoon ging, maar ze zette hem uit en legde hem in het handschoenenkastje. Ze zette haar zonnebril op, stapte uit en liep het laantje in. Er stond een rij beuken waarvan de nieuwe blaadjes werden beschenen door de zon, zodat het licht gespikkeld op de grond viel. Vroeger fietsten ze hier met picknickspullen in hun fietsmandjes. Stella kon met losse handen fietsen – Edie herinnerde zich hoe ze kaarsrecht zat terwijl haar benen gestaag de trappers voortstuwden en ze haar armen helemaal strekte, alsof ze vloog, haar abrikooskleurige haar wapperend achter haar. In die tijd hadden ze nog geen fietshelmen gedragen.

Hier stond de kastanjeboom, een schaduw over de weg, het licht golvend tussen de blaadjes. Ze stopte even en zette haar donkere zonnebril af. Ze had keelpijn en een zwaar gevoel achter haar ogen. Haar kaakholtes deden pijn. Ze liep verder, de hoek om, en wachtte op die eerste aanblik. Maar zodra die zich aandiende, ervoer ze een vreemde anticlimax. Het huis was kleiner en rechter dan in haar herinnering, minder rommelig, niet mysterieus vervallen. Het was wit geschilderd, met een blauwe deur, en aan de zijkant was een nieuwe serre aangebouwd die glom in het zonlicht, met chique rieten stoelen en een glazen tafel erin. Ze bleef ernaar staan staren. Alles zag er zo netjes uit: het lichte grind op de oprit, de terracotta potten aan weerskanten van de voordeur en de vakkundig gesnoeide heg langs de hele zijkant van het huis. Er stond geen auto, maar dat wilde niet zeggen dat er niemand thuis was. Ze aarzelde en liep toen dichter naar het huis toe, tot ze bij het raam van de huiskamer stond.

Ze drukte haar gezicht tegen het raam en tuurde door het glas. Er lag geen versleten groene vloerbedekking meer, maar geschuurde planken met een vloerkleed. De muren waren geel geschilderd en er stond een mosterdkleurige bank tegen de wand, onder twee ingelijste botanische tekeningen. Alles zag er netjes uit. Edie vroeg zich af of er kinderen woonden.

Een beetje zenuwachtig liep ze naar de voordeur en ze belde aan; er galmde een drietonig melodietje door de hal. Ze wachtte even, maar toen ze door de brievenbus gluurde, zag ze alleen een reepje van de houten vloer en de eerste traptrede. Er was niemand thuis, maar ze was er nog niet aan toe om weg te gaan. Ze keek nog eens om zich heen of niemand haar zag en liep toen snel het pad aan de zijkant van het huis op, langs de nieuwe serre. Haar voeten knerpten hard op het grind.

Maar wat was dat? Toen ze door een gietijzeren hekje liep, dat er mooi oud uitzag maar er in haar tijd nog niet had gestaan, blijf ze stokstijf staan. Niets was zoals ze het zich herinnerde. Zelfs de vorm van de tuin, nu afgebakend door een groot houten hek, leek veranderd. De golvende lijnen waren allemaal verdwenen, net als het gevoel van de wilde natuur die van buitenaf oprukte en al Vics moeizame pogingen om orde te scheppen de kop indrukte. Er was een pad aangelegd over de lengte van de tuin, met een lattenboog vol klimop. Er was een decoratief vijvertje waarin Edie het gouden geglinster van vissen zag tussen de waterlelies. Bij de keuken stonden potten met kruiden en in het midden van een groot geplaveid terras stond een grote tafel met een uit de kluiten gewassen ingeklapte parasol. Een minifietsje met zijwieltjes stond tegen de muur onder het keukenraam, en aan de andere kant, waar ze zich vroeger verstopten in de dichte struiken, stond een droogmolen met een aantal kruippakjes aan de lijn.

Als verdoofd liep Edie het tuinpad op. Ze kon alleen maar zien wat er níét meer was. De oude schuur had plaatsgemaakt voor een glimmende alles-in-één schommel met glijbaan en klimrek. Geen oude schommel met een rafelig touw en een zitplankje vol mos. Geen afbrokkelende muur, dus ook geen klimrozen met dikke takken, scherpe doornen en rode, blozende bloemen. Geen stokoude seringen, met hun koele schaduwen. Geen borders die overwoekerd waren met munt en de mierikswortel die ze altijd raspte als ze rosbief aten; haar knokkels geschaafd en haar ogen prikkend.

En geen pruimenboom. Er raasde een onredelijke woede door haar lijf. Ze liep het pad af het gras op, dat nog nat was van de dauw. Je zou niet zeggen dat de boom er ooit had gestaan. Er groeide gras op de plek waar hij vroeger zijn dikke vruchten op de grond liet vallen. Ze dacht aan Vics uitgestoken handen vol pruimen. Ze ging op de plek staan waar Ricky haar tegen de stam had gedrukt en haar had gekust, de plek waar de as van Vic was verstrooid.

Of misschien was het niet precies die plek geweest. Ze wist het niet meer. Alles was verschoven in haar hoofd. Herinneringen die helder en duidelijk waren geweest, waren nu zwak en onzeker. De keurig onderhouden, zonnige tuin kreeg iets van een nachtmerrie. Ze drukte haar vingers tegen haar slapen in een poging haar gedachten helder te krijgen. Beelden uit het verleden gleden over het landschap, zodat ze dubbelzag. Barbecues in de tuin, Louise in een dunne jurk met haar

haar in haar gezicht en die gouden huid, lachend, haar gezicht open als een bloem. Louise die een arm om Vics schouder sloeg en naar hem toe leunde, en Vic die blindelings naar haar opkeek. De schuin geschreven woorden op ruw papier: '*Ik moet je zien. Ik word hier gek zonder jou.*' Vics stilte, waarvan het huis steeds meer vervuld raakte. Zijn gezicht toen hij naar haar had gekeken in de deuropening van haar slaapkamer en ze minachtend zijn naam had gezegd.

Vic was zijn baan al kwijt geweest en had zijn vrouw aan een ander verloren. Zijn oudste dochter was het huis uit en de middelste – die altijd inschikkelijk en lief voor hem was geweest – had zich tegen hem gekeerd. Zijn jongste dochter propte zich in het donker vol met junkfood. En de bomen waren kaal, de wind guur en het licht kleurloos. De winter was in aantocht. Dus was hij de hoge brug op gelopen en eraf gesprongen, omdat hij niet wist wat hij anders moest.

Edie strompelde naar het pad, maar haar armen en benen voelden onmogelijk zwaar aan en trilden. Ze haalde het bankje op het bestrate terras nog net en liet zich erop vallen. Toen ze een hand naar haar gezicht bracht, voelde ze dat haar wangen nat waren. Ze legde haar hoofd in haar handen en stond zichzelf eindelijk toe te huilen, tot ze een snotterig, dik gezicht had, haar huid prikte en haar keel rauw aanvoelde. Ze snikte met horten en stoten en haar hele lijf schudde mee. Ze legde haar gezicht op de tafel en voelde de ruwe nerven van het hout tegen haar wang. Toen viel er een schaduw over haar blikveld.

'Wat krijgen we nou?'

Edie keek op, nog altijd onbeheerst snikkend. Ze zag onscherp de gestalte van een vrouw met een buggy. Jong, verbaasd en een beetje bang.

'Het spijt me,' zei ze tussen de snikken door. 'Het spijt me zo.'

‘Wie bent u?’ De stem van de vrouw klonk fel van angst en ze legde instinctief een hand op de buggy, alsof ze haar kindje wilde beschermen.

‘Je zult wel denken dat ik gek ben.’

‘Wat doet u in onze tuin?’

‘Ik heb hier gewoond. Ik wilde graag zien...’ Edie kon de zin niet afmaken.

‘Ik begrijp het niet.’

De vrouw kwam een stap dichterbij. Edie deed haar haar achter haar oren en veegde met haar handen haar gezicht af, maar de tranen bleven over haar gezicht stromen en haar adem was hortend en stotend. Ze stelde zich voor hoe ze eruit moest zien: een vrouw van middelbare leeftijd met rode ogen en een dik gezicht die huilde als een kind van drie.

‘Ik maak je kindje nog wakker,’ zei ze na een hele tijd.

‘Wie bent u?’ vroeg de vrouw nogmaals.

‘Edie Jennings. Dokter Jennings,’ voegde ze er potsierlijk aan toe, alsof haar titel haar iets respectabels zou geven, haar minder gestoord zou doen overkomen.

‘En u zei dat u hier hebt gewoond?’

‘Zevenentwintig jaar geleden. O, sorry. Sorry, ik kan maar niet ophouden met huilen.’

‘Hier.’ De vrouw deed een stap naar voren en gaf haar een stapeltje papieren zakdoekjes.

‘Dank je.’ Edie droogde haar wangen af en snoot luidruchtig haar neus. ‘Alles is veranderd. Zelfs de pruimenboom.’ Er hoopten zich nog meer snikken op in haar keel. Ze drukte de natte tissues tegen haar ogen.

‘Wilt u soms een glaasje water, of thee of zo?’

‘Een glaasje water misschien.’

De vrouw aarzelde even en zei toen: ‘Waarom komt u niet even binnen? Dan kunt u uw gezicht wassen en een beetje tot bedaren komen.’

'Ik moet gaan,' zei Edie, en ze deed haar best om op te staan. De wereld draaide voor haar ogen.

'Zo kunt u niet vertrekken,' zei de vrouw. 'Kom.' Ze glimlachte plotseling. 'Dan kunt u binnen ook even rondsnuffelen.'

Beneden was een toilet waar de grote kast was geweest. Edie maakte haar gezicht nat met koud water en leunde naar voren om naar zichzelf te kijken. Ze raakte met een grimas de crêpe-achtige huid onder haar ogen aan. Haar gezicht was opgezwollen van de tranen. Ze zag er mager en oud uit. Afgetobd, dat was het woord.

'Ik heb thee gezet,' zei de vrouw toen ze terugkwam. 'Ik ben trouwens Caroline. Caroline Revel. En dit,' ze wees op de slapende baby in de buggy, 'is Angela.'

'Je neemt het heel goed op, moet ik zeggen. Normaal gesproken doe ik zo niet, hoor.'

'Ik schrok eerst even, dat is alles. Hoe lang hebt u hier gewoond?'

'Mijn hele jeugd. Nou ja, zo'n beetje.'

'Dan zal er wel veel veranderd zijn.'

'Ja,' zei Edie, en ze keek om zich heen in de keuken, waar het oude bijkeukentje bijgetrokken was. Glanzende pannen hingen in rijen boven een enorm fornuis. De werkbladen waren schoon. Toen ze haar blik zag, veegde Caroline een denkbeeldig kruimeltje van de tafel. 'Heel veel.' Ze nam een slokje thee.

'Wij wonen hier nu zeven jaar. Wilt u de rest van het huis ook zien?'

'O, ik geloof niet...'

'Toe maar, u bent er nu toch.'

'Wil ik dat wel?'

'Nou ja, u moet het zelf weten.' Caroline leek haast beledigd.

'Even snel dan.'

Edie stond op. Ze voelde zich broos en verdrietig en heel moe. De trap leek steiler dan ze zich herinnerde. Ze aarzelde op de overloop en liep toen naar de deur van haar slaapkamer. Ze deed hem open en bleef op de drempel staan. Hij was hemelsblauw geschilderd, met gesjabloneerde wolken op het plafond en blauw-witte gordijnen. De kamer van een jong kind. Een dekbed met vissen erop. Ze liep naar het raam en keek uit over de tuin. Niets was hetzelfde. Iedere scheur was dichtgesmeerd en behangen, elk uitzicht was anders gerangschikt.

'Bedankt voor de thee en de zakdoekjes.'

'Graag gedaan.' Caroline leek op iets anders te wachten.

'Je hebt er iets moois van gemaakt,' wist Edie uit te brengen.

'Wij zijn er zelf heel tevreden mee. Het was helemaal vervallen toen we het kochten. Armoedig, kun je wel zeggen.'

'Ja,' zei Edie. Ze wilde alleen maar weg.

21

Er waren drie berichten voor Edie op haar mobiele telefoon. Een was van Alex, die zei dat het hem speet dat hij tijdens hun vorige gesprek zo kortaf had gedaan. Een van Jude: Stella en zij gingen de deur uit om de laatste dingen voor de crematie te regelen, en was ze soms vergeten dat de makelaar later zou langskomen? En er was een bericht van Rose, die zei dat ze het zo erg vond van Louise; ze had het van haar moeder gehoord. Ze logeerde het komende weekend bij haar moeder in Birmingham en hoopte dat ze maandag met haar mee kon komen naar de crematie. Misschien konden ze van tevoren iets afspreken. Edie schakelde de telefoon uit, zette haar zonnebril op en reed langzaam terug naar de rivier, naar een parkeerplaats met een parkeermeter die er vroeger niet was geweest.

Ze bleef even in de auto zitten en deed haar ogen dicht in de warmte. Ze had het gevoel alsof haar lichaam plotseling alle veerkracht had verloren. Haar handen trilden, haar ogen klopten en ze had vlinders in haar buik. Het bange voorgevoel bezorgde haar een droge mond. Ze stond op het punt iets stoms te doen.

Ze stapte eindelijk uit de auto, betaalde twee pond parkeergeld en liep toen naar de stenen trap die naar de oever van de rivier leidde. Hoewel het nog niet eens tien uur was, waren er al veel mensen, aangetrokken door de milde warmte en de wolkeloze lucht. Ze droegen vrolijk gekleurde jurken, katoenen overhemden met de bovenste knoopjes open, sandalen en zelfs hoeden tegen de felle zon, en ze liepen met verende tred. Op het water lagen kano's en roeibootjes, en een groep felle zwanen viel de wilde eenden aan. Moeders gaven hun kleine kinderen korstjes brood om in het water te gooien.

Edie liep over het pad dat al snel minder druk werd, tot er vóór haar niemand meer te zien was, op de steeds kleiner wordende gestalte van een jogger met hond na. Hier was alles vertrouwd. De rivier was nog net zoals altijd: bruin, met hoog water, vol halfgezonken rommel. Ze bleef even staan kijken naar de troebele stroom en luisterde naar het aritmische gekabbel van de golfjes op de oever.

Vlak achter haar stond een bankje, en voordat ze erop ging zitten, las ze de inscriptie. Zodra ze de woorden zag, herinnerde ze ze zich van al die jaren geleden: 'Ter nagedachtenis aan onze geliefde Gareth, 1949–1970, die niet langer de hitte van de zon vreest.' De tranen die ze sinds haar vertrek uit het huis had ingehouden, begonnen weer te stromen. Ze deed geen poging ze weg te vegen. Deze keer was de warme vloed op een vreemde manier rustgevend. Ze huilde niet alleen om Vic of om Louise, maar ook om Ellen, die in een steriel, recht kamertje droomde van thuis; om Alex en zijn geestdrift en vertrouwen, om Ricky met zijn goedkope kleren, zijn slecht geknipte haar en zijn jonge, romantische ziel; om zichzelf, het meisje dat ze destijds was geweest en de vrouw die ze was geworden; om haar kinderen, die dit alles in hun tijd ook zouden moeten doormaken.

Een paar honderd meter verderop boog de rivier af naar het oosten en zag ze de brug. Het duurde nog een kwartier voordat ze er was, want ze liep langzaam, en toen klom ze vanaf de oever de weg weer op. Hier had Vic zijn auto geparkeerd en de sleutels veilig opgeborgen achter het klepje van de spiegel aan de passagierskant. Ze haalde diep adem en liep naar de brug. Eerst kwam het hek, tot aan haar middel, en toen de reling met scherpe punten. Een bordje waarschuwde ouders om hun kinderen er niet op te laten klimmen. Ze wist het natuurlijk niet, maar ze had zich altijd voorgesteld dat Vic van het hoogste punt was gesprongen, in het diepste gedeelte van de rivier, waar de stroming het sterkst was. Ze drukte haar gezicht tegen de reling en hoewel ze wist dat ze geen gevaar liep, bezorgde de diepte haar een huivering en deed ze een stapje terug.

Het zou niet gemakkelijk zijn geweest om erop en eroverheen te klimmen. Hij had de punt van zijn schoen op het hek moeten zetten, zich omhoog moeten hijsen, de reling vast moeten houden en dan op de een of andere manier over de scherpe punten moeten klauteren, zoals je over een hek van prikkeldraad klimt. Iedere stap moest hem veel inspanning hebben gekost – tot het moment dat hij aan de verkeerde kant van het hek stond. Daarna was het voor hem waarschijnlijk moeilijker geweest om terug te keren dan om zich gewoon te laten vallen.

Ze pakte de reling met beide handen beet en zette met gestrekt been haar rechtervoet op het hek. Ze hees zichzelf omhoog; het deed pijn aan haar armen. De bovenkant van het hek kwam nu nog maar tot haar heupen. Als ze naar voren leunde, was het water pal onder haar. Een stuk ontwortelde boom zocht dobberend zijn weg, de takken als gestrekte armen in de lucht. Hier boven likte de wind aan Edies gezicht en waaide haar haar voor haar ogen, zodat ze haast niets meer zag. Vanaf dit punt zou het gemakkelijk genoeg zijn, zag ze nu, om eroverheen te klimmen. Gewoon op haar tenen gaan staan en haar been eroverheen scharen – en Vic was natuurlijk groter geweest dan zij. Ze tilde haar been op, alleen om het even te proberen. Nu zat ze schrijlings op de reling. Als ze naar beneden keek, draaide haar maag om, begon haar hoofd te tollen en kroop de angst in iedere vezel van haar lichaam. Maar als ze omhoogkeek, voorbij de steunen van de brug die zich eindeloos in haar richting leken te buigen, naar de zachte, onmenselijke lucht met dat schapenwolkje aan de horizon, dan was ze niet bang meer. Zelfs haar treurigheid was pijnloos. Misschien was dit wat Vic op het allerlaatst had gevoeld, hier in de wind, met de lucht om hem heen en de wereld ver beneden, mensen gekrompen tot het formaat van een luciferdoosje, de bruine rivier rimpelig en alle hopeloze verwikkelingen in zijn leven onbelangrijk. Zonder angst.

'Jezus! Jezus, niet doen! Mevrouw, blijf staan.'

Edie keek stomverbaasd om. Een lange man met een baksteenrood gezicht en haar als een enorme bos stro pakte haar been aan de andere kant van het hek met twee grote handen vast.

'Ik laat u niet gaan,' zei hij. 'Mooi niet.' Hij droeg ondanks het zachte weer een dikke tweedjas die opbolde in de wind.

'Niks aan de hand, ik spring heus niet. Ik wilde alleen weten hoe het was.'

'Klim nou maar deze kant op. Deze kant op, meid. Ja, rustig maar. Ik hou je wel vast. Goed zo. En nu springen, dan vang ik je op.'

'Ik kan het heel goed zelf. Ik was niet van plan om domme dingen te doen.'

Ze sprong van het hek en wankelde bij het neerkomen, en hij ving haar op in zijn armen. Ze rook de verschaalde lucht van alcohol, sigaretten en opgedroogd zweet.

'Hebbes!' riep hij. 'Mijn god! Tjonge, zeg, je hebt me bijna een hartverzakking bezorgd.'

'U begrijpt het niet,' zei Edie. 'Ik was niet van plan...'

'Niet huilen, het is al goed. Ik heb je gered, meid.'

'Ik huil niet.' Maar toen ze haar hand naar haar wang bracht, merkte dat ze dat wel deed. Nog steeds.

'Kom maar,' zei hij, en hij trok aan haar arm. 'Je moet de brug af.'

'Ik red me prima,' drong ze aan. 'Mijn auto staat verderop.'

'Ik loop wel mee.'

'Maakt u zich maar geen zorgen.'

'Maak je geen zorgen, zegt ze.' Hij lachte schor. 'Ik heb je leven gered en jij zegt dat ik me geen zorgen moet maken. Dat komt niet iedere dag voor, dat je een leven redt.' Hij keek haar wantrouwend aan. 'Je gaat het toch niet nog een keer proberen, hè?'

'Maar ik...' Ze gaf het op. 'Bedankt,' zei ze gedwee. 'Nee, het gaat nu wel weer.'

Hij wilde per se met haar naar de auto lopen. Ze probeerde hem geld te geven, maar daar wilde hij niets van weten. 'Nee, dat zou niet goed zijn,' zei hij. 'Niet als je iemands leven hebt gered. Misschien brengt het wel geluk.' Maar hij nam wel een half pakje sigaretten aan en stopte het in zijn jaszak.

'Was het een man?' vroeg hij toen ze het contactsleuteltje omdraaide en het portier wilde dichtdoen.

'Een man?'

'De reden dat je er een eind aan wilde maken.'

'O, dat.' Ze keek naar zijn ingevallen borstkas en de onnatuurlijke kleur rood van zijn gezicht; zijn groezelige kleren. 'Zoiets,' zei ze.

En hij knikte, alsof het antwoord hem tevredenstelde. 'Dacht ik al,' zei hij. 'De liefde.'

Zelfs toen ging Edie nog niet meteen terug, hoewel ze dat van plan was geweest tot aan het moment dat ze niet links maar rechts de ringweg op ging. Ze reed naar een gehucht dat Kelsey heette, en hoewel ze er pas één keer was geweest, wist ze Beckett Road meteen te vinden, en waar sommige gemeenteflats inmiddels gesloopt waren, stond dit gebouw er nog. Ze gunde zichzelf geen tijd om na te denken. Ze stapte uit en klopte op de deur van nummer 19. Natuurlijk wist ze dat het absurd was; ze waren natuurlijk jaren geleden al verhuisd. Dus zelfs toen er een magere vrouw met het gegroefde gelaat van een roker in de deuropening verscheen, stond ze zichzelf niet toe na te denken over wat ze deed.

'Ja?'

'Sorry dat ik u stoor. Ik ben op zoek naar mevrouw Penrose.'

'Ja?'

'Ik bedoel... bent ú mevrouw Penrose?'

'Ja.'

'De moeder van Ricky.'

'Inderdaad. Kennen wij elkaar?'

En pas toen drong het echt tot Edie door waar ze mee bezig was. Ze voelde haar gezicht gloeien alsof ze een puber van zestien was.

'Ik... ik...' stamelde ze.

'Wie bent u?'

'Ik ken Ricky van vroeger,' zei ze uiteindelijk schor. Ze wilde hier alleen maar weg. 'Heel lang geleden. En ik was in de buurt, dus toen dacht ik, nou ja, ik ben gewoon op de gok langsgekomen.'

'Hij woont hier niet, hoor. Al jaren en jaren en jaren niet meer.'

'Nee, dat zal ook wel niet. Ik moet maar weer eens gaan.'

'Hoe heet u?'

'Edie Jennings. Dokter,' voegde ze eraan toe, maar ze besefte meteen dat ze daardoor waarschijnlijk nog idioter klonk. 'Mijn moeder is dood,' zei ze er dwaas achteraan, en ze kreeg weer tranen in haar ogen. 'Daarom ben ik in de buurt. Ik logeer in haar huis in Shrimpley, niet ver hiervandaan. Het is een minuutje of veertig rijden en... ach, al die herinneringen opeens. U kent dat wel.'

De moeder van Ricky keek haar met samengeknepen ogen aan. Ze droeg haar donkergrijze haar in een knotje en liep op pantoffels. Haar handen waren rood en ruw, haar nagels afgekloven. Ze had ontevreden rimpels rond haar mond. Edie begreep opeens hoe vreselijk arm Ricky was geweest. Dat had ze destijds niet geweten, niet echt. Er waren veel dingen die ze niet had geweten.

'Er was vroeger wel een Edie,' zei mevrouw Penrose na een lange stilte.

'Ik moet gaan.'

'Maar dat is lang geleden.'

'Ik had u niet mogen storen. Het was een vergissing.'

'Zal ik zeggen...?'

'Nee! Nee, echt niet! Het spijt me. Sorry.'

Ze draaide zich om, klam van schaamte. In de auto draaide ze zich om om verontschuldigend te zwaaien naar Lesley Penrose, de moeder van Ricky, die haar in de deuropening na stond te staren.

22

'*Lieve mama*,' TYPTE KIT, NAUWGEZET MET ÉÉN VINGER. '*Het gaat*...' Hij stopte en beet op zijn lip. Hij wist niet wat hij moest schrijven. Edie had gezegd dat hij kon opschrijven wat hij voelde, maar hij wist niet wat hij voelde. Niet goed, dat waren de enige woorden die hij ervoor kon bedenken. Hij voelde zich niet goed. Alsof zijn borstkas hol was en zijn hoofd vol zat met akelige, gonzende gedachten. Alsof alles binnen in hem op losse schroeven stond. '... *prima*,' schreef hij. Hij staarde naar de leugen.

Maar hij kon niet aan Edie vertellen wat hij voelde. Als ze hier was geweest, had hij het misschien gekund. Maar als ze hier was geweest, zou dat niet nodig zijn geweest. Ze zou hem aankijken en er zou een wanhopige blik op haar gezicht verschijnen, maar ze zou zich vermannen en bij hem neerknielen, zijn handen in de hare nemen, diep in zijn ogen kijken en zeggen dat alles goed zou komen. Dat moest hij geloven. Ze had een speciale stem voor die keren dat hij zich rot voelde, en soms voelde hij zich dan nog rotter omdat ze een beetje bang klonk. Alsof ze dacht dat het misschien wel helemaal niet goed zou komen. Trouwens, als ze hier was geweest, zou hij zich nu niet zo rot hebben gevoeld.

'Kijk eens Kit, ik heb een boterham voor je gemaakt. Je hebt vanavond niet gegeten.' Alex kwam op zijn hurken naast hem zitten met een bord in zijn uitgestrekte hand. 'Ham met komkommer.'

Kit schudde zijn hoofd.

'Geen trek?' Alex wachtte, maar Kit gaf geen antwoord. Hij schudde alleen nog een keer zijn hoofd. 'Ben je Edie aan het schrijven?' vroeg Alex geforceerd opgewekt. Toen pakte hij Kits koude handen en zei: 'Waarom vertel je me niet wat er is? Je hebt nog geen woord gezegd sinds je uit school bent gekomen. Is er iets gebeurd? Heeft iemand iets vervelends gedaan? Je kunt het me gerust vertellen. Je kunt me alles vertellen. Zodra je het hardop zegt, wordt het minder erg.' Dat zei hij vaak tegen zijn leerlingen, de kinderen die tijdens het speelkwartier schoorvoetend zijn lokaal in kwamen, hun gezichten vol angst en schaamte. Dat had hem altijd zo kwaad gemaakt, de schaamte van een slachtoffer. 'Of komt het doordat oma zo onverwachts is gestorven en Edie ineens weg moest?'

Kit haalde zijn schouders op en staarde naar zijn schoot. Volwassenen dachten altijd dat er overal een reden voor was, en dat je alles kon oplossen als je die reden maar wist. Hij zou kunnen zeggen: 'Ken heeft me opgesloten op de wc,' en dan zouden ze weer naar het hoofd van de school snellen om te gaan klagen en zou Ken een paar dagen binnen moeten blijven tijdens de pauze. Of hij kon zeggen: 'Ik voel me anders dan de andere kinderen,' en dan zou Alex zeggen dat anders zijn juist goed was, maar dat veel mensen er niet mee konden omgaan en daardoor angstig en vijandig deden. Hij zou zeggen dat ze trots op hem waren. Misschien zou hij vertellen hoe hij zelf vroeger op school was gepest door een jongen die Peter heette. Of als Kit zou zeggen: 'Ik mis mama,' zou Alex hem stevig vastpakken en zeggen dat mama hem ook miste en dat ze haar nu gauw zouden zien. Nog maar een paar dagen.

Maar wat nu als het allemáál waar was, maar hij nog steeds niet begreep dat hij zich daarom zo rot voelde? Dat het eerder zo was – en hij worstelde met die gedachte tot hij er duizelig van werd – dat zijn gevoel al die andere dingen waar maakte. Hij schopte met zijn hielen tegen de stoelpoten en staarde naar de monitor. '*Lieve mama, het gaat prima.*'

'Weet je wat?' zei Alex, en toen hij Kits haar naar achteren streek, viel hem op dat zijn gezichtje magerder was geworden en hij koortsige vlekken op zijn wangen had. 'Je ziet er heel moe uit. Verstuur je bericht maar en trek je pyjama aan. Ik ga warme chocolademelk voor je maken, dan mag je die in bed opdrinken. En naar je bandjes luisteren. Je mag ook in bed eten, en je hoeft vandaag je tanden niet te poetsen. Maar dat moet je niet tegen Edie zeggen, hoor. En morgen neem je maar een dagje vrij van school. Lezen, tv-kijken en computerspelletjes doen. Ik laat Kirsty wel een dagje komen, goed?'

Kit knikte.

'Marshmallows in je chocomel, voor deze ene keer?'

Kit keek hem aan. Hij glimlachte bijna en deed toen zijn mond open. 'Dank je wel, papa.'

Stella en Edie waren aan het bakken voor na de crematie: citroencake, havermoutkoekjes en een donkere gembercake met stroop en specerijen. Jude maakte verse mayonaise voor hun avondeten, voor bij de gegrilde garnalen. Ze had koppig volgehouden dat ze die zelf moest maken, ook al wilden ze juist de koelkast en de voorraadkastjes leegmaken. Nu scheidde ze de eieren met haar handen en hield ze de glibberige dooiers in haar lange vingers. De geur van gebak vulde de keuken. De laagstaande zon scheen door het raam. De klok tikte, de wasmachine pufte geruststellend en ergens in de verte hoorden ze een grasmaaier. Edie, leeg van vermoeidheid, liet zich troosten door de vreedzame huiselijkheid van het tafereel.

Ze was rond lunchtijd teruggekomen, met een bleek gezicht en dikke ogen, en had met trillende handen thee voor hen gezet. Stella en Jude hadden niet naar haar ochtend geïnformeerd; ze hadden alleen gevraagd of het wel goed met haar ging. Edie knikte alleen maar en zei dat het een rare tijd was. Ze hadden samen Ellen bezocht in het tehuis en zich gehaast om op tijd terug te zijn voor de makelaar, die in Edies ogen nog een schooljochie was. Nu raspte ze citroenschil in de gezeefde bloem en liet ze de wervelwind in haar hoofd tot rust komen. Ze had hun willen vertellen over de brief die ze gisteravond had gevonden, de liefdesbrief aan Louise, maar er kwam geen geschikt moment. De woorden bleven in haar keel steken. Ze zou het pijnlijke ongeloof op Stella's gezicht niet kunnen verdragen, of de minachting van Jude. En ze had niet verteld dat ze naar hun oude huis was geweest, dat ze in die keurige tuin had gezeten en over de brug was gelopen. Nog niet, nu alles nog zo vers was. Ze zou het Alex vertellen als ze hem belde. Maar wanneer ze aan Alex dacht, die grote, slordige, vriendelijke Alex, zo vol vertrouwen, dan voelde ze zich zo schuldig dat ze ineenkromp. Want ze zou hem niet over haar bezoek aan de moeder van Ricky vertellen; nu niet, nooit. Niemand zag haar ooit als het type vrouw dat geheimen en verborgen verlangens had.

De telefoon ging. Stella nam op, maar ze kwam vrijwel onmiddellijk terug, schouderophalend. 'Niemand,' zei ze.

'Heb je op de nummermelder gekeken?'

'De nummerweergave was geblokkeerd.'

'Dat vind ik altijd iets engs hebben,' zei Jude. Ze goot langzaam een straaltje olijfolie bij de eierdooiers, het mengsel intussen verwoed kloppend; haar gezicht geconcentreerd vertrokken.

'Ik ook,' zei Stella. Het was alsof ze een besluit nam. 'Ik wil je iets vertellen,' zei ze ineens tegen Jude. 'Edie weet het al en ik dacht... Nou ja, hoe dan ook: Bob heeft een verhouding.'

Heel even ging Jude gewoon door met kloppen. De pezen in haar onderarm bewogen en ze beet op haar onderlip. Toen zei ze luchtig: 'Arm kind.'

Stella staarde naar haar, afwachtend, maar Jude zei verder niets.

'Straks,' zei Stella na een beladen stilte, 'zijn we hier allemaal weg, terug naar ons eigen leven. Dan zullen we nooit meer samen zijn zoals nu; dan hoef je je om ons niet meer druk te maken. Ik vond gewoon dat ik het...' Ze maakte de zin niet af. Ze pakte een houten lepel en staarde naar de berg bloem en geraspte gember in de mengkom. Ze zag er ongelukkig uit; haar gezicht helemaal slap.

Jude legde haar garde neer. Ze doopte het topje van haar pink in de mayonaise, likte het af en knikte goedkeurend. 'Oké,' zei ze toen. 'Ik heb ook een verhouding. Met een getrouwde man. Dus jij bent de in de steek gelaten echtgenote en ik de slechte minnares.' Ze grinnikte vreugdeloos. 'Alweer.'

'O,' zei Stella traag. 'Nou ja, dat zijn natuurlijk jouw zaken. Maar ik zie niet in waarom je mijn situatie dan moet afdoen als iets onbelangrijks. Het zou eerder andersom moeten zijn. Je zou je toch minstens moeten kunnen voorstellen hoe ik me voel.'

'Luister,' zei Edie, geschrokken van de plotseling omgeslagen stemming. 'Jullie maken allebei een traumatische periode door, en nu is mama...' Ze legde een hand op Stella's arm, de arm met de houten lepel die nu stil hing boven de kom, en een wolkje bloem steeg op en kwam neer op het aanrechtblad. 'Dus jij voelt je rot, Jude, als je dat van Stella hoort, omdat jij de andere partij bent. Maar aan de andere kant...'

'O, alsjeblieft, zeg! Waarom moet jij altijd ergens in het midden staan?' snauwde Jude. 'Waarom kies je nooit eens partij? Het is altijd "aan de ene kant dit, aan de andere kant dat". Zeg nou gewoon dat ik een trut ben. Zo is het nu eenmaal. Maar jij moet je weer voorstellen hoe het voor iedereen voelt. Je wilt de pijn van anderen voelen. Hoe kun je zo leven? Je zult er wel knettergek van worden.'

'Ik zou niet weten hoe ik níét met anderen moest meeleven,' pareerde Edie. 'Zo ben ik nu eenmaal. Maar we hadden het over Stella, niet over mij.'

'O, het geeft niet,' zei Stella. 'Laten we geen ruzie maken. Niet nu.'

'Wanneer dan wel?' Jude liep met tikkende hakken de keuken door en zette de mengkom in de gootsteen. 'Morgen? Volgend jaar? Wanneer dan ook, als het maar niet nu is.'

'Jij moet wel heel ongelukkig zijn,' zei Stella. 'Om je zo te gedragen.'

'O, rot toch op,' zei Jude. 'Wat weet jij nou helemaal?'

'En om wie geef jij echt iets, behalve om jezelf?' ging Stella verder. Ze ging kaarsrecht staan en wees met de houten lepel naar Jude.

'Sodemieter nou maar op,' herhaalde Jude, expres grof. Toen begon ze te giechelen. Ze sloeg haar hand voor haar mond. 'Sorry,' zei ze met verstikte stem van achter haar hand. 'Moet je ons nu eens zien. Drie volwassen vrouwen die als kleine kinderen staan te kibbelen in de keuken van hun dode moeder.'

'Ik kibbel niet,' zei Stella nuffig.

Jude giechelde nog steeds. Ze kreeg tranen in haar ogen. 'Ik kibbel niet,' deed ze Stella na.

'Niet doen,' zei Stella met verstikte stem. 'Hou op.'

Ze ging aan de tafel zitten. Haar schouders schokten en ze had tranen in haar ogen. Edie wist niet of ze lachte of huilde. Jude ging naast haar zitten, sloeg een arm om haar schouder en kuste haar op haar kruin.

'Natuurlijk ben ik ongelukkig,' zei ze door het gesnik heen. 'Maar zoals Edie het zegt: Zo ben ik nu eenmaal. Ik zou niet weten hoe ik anders kon zijn. Maar huil nou niet. Ik vind het rot voor je, van Bob. En al die andere dingen.'

Edie keek toe. Ze voelde zich op een vreemde manier buitengesloten, maar ze had geen tranen meer over. Ze liep naar de oven om de havermoutkoekjes eruit te halen, goudbruin met omgekrulde randjes. Ze duwde met haar vinger op de bovenkant van de citroencake. Nog een paar minuten voordat hij gaar was. Ze veegde de bloem van het aanrecht.

'Ik ga Alex bellen,' zei ze.

Ze keken niet op toen ze de keuken uit liep. Ze belde in Louises kamer en luisterde liggend op bed naar de kiestoon.

'Hallo, met wie spreek ik?' zei Jess.

'Met mij. Hallo, lieverd.'

'Mama? We hebben vandaag geoefend voor sportdag en ik heb gewonnen met zaklopen én ik mag samen met Kelly meedoen aan de driebeenswedloop, tenzij zij liever samen doet met Chloe, en juffrouw Friars vraagt of jij meedoet aan de wedstrijd voor de ouders.'

'Mij best, maar dan moet je het niet erg vinden als ik verlies.'

'Ga je dan verliezen?'

'Ik zal heus niet winnen. Sommige moeders zijn de helft jonger dan ik.'

'Maar je valt toch niet, hè?'

'Vallen? Nee, dat denk ik niet.'

'Dat zou ik niet leuk vinden.'

'Gaat het goed daar?'

Maar er kwam geen antwoord. Jess was kennelijk weggelopen. Edie hoorde haar in de verte Alex roepen. Ze lag met haar ogen dicht op het kussen en wachtte op zijn stem.

‘Edie?’ Hij klonk alsof hij heel blij was om haar te horen.

‘Hallo. Gaat het goed met jullie?’

‘Ja, hoor. Ik ben aan het koken. Jess maakt een tekening voor je en Lewis is buiten aan het voetballen. Het is hier een beetje een troep, ben ik bang. Nou ja, wel meer dan een beetje.’

‘Dat maakt helemaal niks uit. Gaat het een beetje met Kit?’

‘Hij is, eh...’

‘Wat? Wat is er gebeurd?’

‘Er is niks gebeurd. Hij is vandaag alleen nogal van slag. Hij praat niet.’

‘Hij zegt nooit veel.’

‘Nee, hij praat écht niet. Hij heeft vandaag misschien tien woorden gezegd.’

Edie drukte de hoorn tegen haar voorhoofd. Ze was rillerig, alsof ze iets onder de leden had. Haar huid was gevoelig alsof ze vol blauwe plekken zat.

‘Edie, ben je daar nog?’

‘Ja. Zal ik eens met hem praten?’

‘Hij eet in bed een gekookt eitje. Ik heb gezegd dat hij morgen niet naar school hoeft.’

‘Maar...’

‘Ik los het wel op. Binnenkort ben je weer thuis, dan kunnen we erover praten.’

‘Alex?’

‘Ja.’

‘Je bent een ontzettend aardige man, weet je dat?’

‘Welnee,’ protesteerde hij lacherig.

‘En ik hou heel veel van je.’

Ze zou hem een andere keer wel alles vertellen.

Ze klikte haar mail aan. '*Lieve mama, het gaat prima*,' las ze. Meer niet.

Ze belde Rose bij haar moeder en kreeg haar zelf aan de lijn.

'Ik vind het zo erg voor je,' zei Rose.

'Dank je.'

'Ze leek altijd zo jong.'

'Ik weet het.'

'Dat zet je toch aan het denken...' zei Rose. 'Het kan ieder moment afgelopen zijn. Zomaar ineens.' Haar stem klonk nu ernstig. 'We moeten er iedere dag het beste van maken, vind je niet?'

'Ja,' zei Edie opgelaten.

Ze spraken af voor de volgende dag. Rose zou om elf uur koffie komen drinken.

Jude zette kaarsen op tafel en een vaasje waar één roos in dreef. Ze zette voor ieder van hen een kommetje warm water neer, zodat ze hun handen konden wassen na het pellen van de garnalen.

'Gezellig,' zei Edie. Stella was op de gang Sam aan het bellen.

'Ik wil het goedmaken.' Judes toon was droog.

Ze deed zes reuzengarnalen in een hete pan, wentelde ze in de knoflook-chiliboter en keek toe hoe ze donkerroze kleurden. Ze hoorden Stella's stem veranderen van aandachtig in verontrust bazig: ze had nu Bob aan de lijn.

'Kook jij iedere avond?'

'Als ik alleen ben, bedoel je?' zei Jude. 'Nee. Als ik alleen ben, honger ik mezelf uit.' Ze keek Edie aan. 'Jij bent degene met wie het goed gaat, hè? Van ons drieën, bedoel ik. Jij bent gelukkig geworden.'

'Nou, gelukkig...' zei Edie nerveus.

'Ik had altijd gedacht dat Stella het zou zijn,' zei Jude. 'Omdat zij niet zulke hoge verwachtingen had.'

Stella kwam de keuken weer in.

'Tijd voor wijn, geloof ik,' zei ze. En toen zei ze vaag, alsof ze hardop dacht: 'Misschien moet ik maar bij hem weggaan.'

'We zaten al op je te wachten.' Edie schonk drie glazen witte wijn in en ze hieven hun glazen naar elkaar. Ze dacht: Nu vertel ik over de brief. Als ik het weet, moeten zij het ook weten. Vooral nu. Ze nam een slok wijn en schraapte haar keel. 'Hebben jullie je nooit afgevraagd...?' begon ze.

Toen ging de telefoon.

'Jij bent aan de beurt om op te nemen,' zei Jude tegen Edie. 'Wij hebben de halve dag aan de telefoon gezeten. Waarschijnlijk gaat het weer over maandag.'

Half opgelucht liep Edie de hal in, waar ze de hoorn naar haar oor bracht.

'Hallo?' zei ze.

Het bleef stil, op het zachte geluid van iemands ademhaling na.

'Hallo?' zei ze nog een keer.

'Edie.'

'Ja. Met wie spreek ik?' Alsof ze het niet meteen had geweten. Alsof ze er niet op had gewacht.

'Met Ricky.'

23

'RICKY,' ZEI ZE. ZE WIERP EEN SCHUINE BLIK OP DE KEUKEN. De deur stond op een kiertje en ze hoorde Stella en Jude praten, en het gesis van de garnalen.

'Mijn moeder vertelde dat je bij haar aan de deur bent geweest.'

'Ja.'

'Waarom?'

'Ik weet het niet,' zei ze met een klein stemmetje. 'Mijn moeder is onverwachts gestorven en dat was een hele schok. Toen ik in de buurt van jouw huis was, dacht ik min of meer...' Ze stopte. 'Ik weet niet. Hoe kom je aan dit nummer?'

'Inlichtingen. Wat kwam je doen?'

'Niets. Het was stom van me, sorry.' Ze zweeg even en voegde er toen aan toe: 'Ik denk dat ik gewoon wilde horen dat alles goed met je ging.' Aan de andere kant van de lijn klonk een soort onderdrukt minachtend gesnuif. Ze nam een grote slok wijn. Het snoer van de telefoon zat helemaal gedraaid. Na dit gesprek zou ze het ontwarren en dan ging ze haar garnalen opeten. 'En, gaat het goed met je?'

'Prima,' zei hij beleefd maar vol afkeer.

'Goed, dan hang ik op. Sorry. Tot ziens.'

'Wacht.'

'Ja?'

'Wil je iets afspreken?' Hij klonk onverschillig, om haar te laten merken dat het hem niets kon schelen.

'Dat was niet mijn bedoeling.'

'Maar wil je het of niet?'

'Ik geloof van niet.'

'Oké. Maar voor de zekerheid: ik woon in Kingley, tussen jullie en Baylham in. Er is een pub die The Bell heet. Ik ben er vanaf negen uur.'

'Het lijkt me niet zoveel zin hebben,' zei Edie. Ze fluisterde bijna.

'Dan niet. Je ziet maar.' En hij hing op.

'Wie was dat?' vroeg Jude. Ze schoof de garnalen op een schaal en legde er partjes citroen op.

'Rose.' Edie ging zitten. 'Ze is het weekend hier en blijft misschien voor de crematie. Morgen komt ze koffie drinken.'

'Ik heb haar al jaren niet gezien,' zei Stella. 'Wat doet ze tegenwoordig?'

'Dat weet ik niet precies,' zei Edie. 'Ze verandert zo vaak van baan.'

'Is ze nog getrouwd met hoe-heet-ie?'

'Richard? Nee, ze zijn jaren geleden al gescheiden.'

'Is ze nu alleen?'

'Ja,' zei Edie afwezig.

Ze pakte een garnaal, boog het rugschildje naar achteren tot hij brak en haalde de schaal eraf. Het vlees was dampend lichtroze. Ze doopte het in de gele mayonaise. Ze keek naar de klok aan de wand. Het was vijf voor acht, en buiten begon het donker te worden.

Ze bespraken de volgorde van de uitvaartdienst. Ze wisten nog geen van drieën wat ze zouden voorlezen. Stella had die ochtend in een boekwinkel in de stad een gedichtenbundel over rouw gekocht, die ze nu doorbladerde. Ze maakte vetvlekken in de kantlijnen. Jude zei dat ze vond dat ze geen zwart moesten dragen. Stella was het niet met haar eens: ze moesten beslist in het zwart. Ze had haar zwarte pak meegebracht, en een hoed die er mooi bij paste. Edie wist het niet; het leek haar niet veel uit te maken.

'Nee, natuurlijk maakt het niet uit,' zei Jude. 'Voor Louise niet.'

'In ieder geval donkere kleding,' zei Stella bezorgd.

'In India dragen ze wit.'

'We zijn hier niet in India. Er komen veel vriendinnen van haar die wat ouderwetser zijn. Wat zullen die wel niet denken als ze jou hier in het wit zien rondhuppelen?'

'Ik was niet van plan om in het wit te gaan. Ik heb niet eens witte kleren. Bovendien huppel ik niet. Ik wil alleen maar zeggen dat we ons niet hoeven conformeren aan...'

'Volgens mij is het geen kwestie van conformeren,' viel Edie haar in de rede. 'Het is een kwestie van rituelen, denk je ook niet?' Ze wierp nog een blik op de klok.

Het was bijna negen uur toen ze de borden afruimden. Edie liep naar boven en ging in de slaapkamer van Louise voor de spiegel staan. Ze staarde naar zichzelf: haar smalle schouders, haar bruine haar en de rimpels die haar gezicht kenmerkten: lachrimpeltjes, diepe groeven van bezorgdheid en de haken naast haar mond. De vermoeide huid onder haar ogen. Ze boog zich naar de spiegel toe en zag de grijze haar in haar wenkbrauw. Ze dacht aan de vullingen in haar mond, het litteken op haar buik en de groeistrepen op haar borsten.

Over een paar maanden werd ze veertig. Ze had altijd gezegd dat ze dat niet erg vond, maar nu besefte ze plotseling dat dat niet waar was. Het meisje dat ze was geweest toen ze zestien was – zo hoopvol, zo onbeschreven, met zo weinig bagage – was verdwenen, en in haar plaats was een vreemde gekomen met een gezicht als een landkaart en haar halve leven achter zich. Binnenkort, dacht ze, zou ze oud zijn. Haar kinderen volwassen en het huis uit. Ze zouden om de paar dagen opbellen en haar vriendelijk vragen hoe het met haar ging. Misschien zouden ze in het weekend naar huis komen, met een ingepakte bos bloemen en vakantiefoto's, en op zondagmiddag zouden ze hun koffertjes pakken en terugkeren naar hun eigen leven. Het huis zou opgeruimd en stil zijn, vol schimmen uit het verleden.

'Het gaat zo snel,' zei ze hardop. 'Hoe kan het toch zo snel gaan?'

'Ik ga een eindje lopen,' zei ze toen ze met haar jas over haar arm de trap af kwam. 'Het is zo'n schitterende avond.' Ze wachtte tot een van hen zou aanbieden mee te gaan en hoopte min of meer dat dat zou gebeuren. Maar Jude zat werkstukken na te kijken en Stella was nog op zoek naar een passend gedicht, dus ging ze alleen de deur uit. Op de stoep bleef ze even besluiteloos staan. Ze keek op haar horloge. Tien voor half tien.

Toen ze in de auto stapte, hield ze zichzelf voor dat het puur een kwestie van nieuwsgierigheid was en dat Ricky toch allang weg zou zijn tegen de tijd dat ze in Kingley aankwam, dus wat kon het voor kwaad? Ze stippelde de route uit op de kaart en reed extra langzaam om hem de tijd te geven te vertrekken.

Het was druk in The Bell, warm en rokerig, en het rook er naar bier. De mensen zaten tot in de kleinste hoekjes en in het achtertuintje. Het rumoer was oorverdovend. Edie baande zich zoekend een weg door de menigte. Hij zat niet aan de bar, niet aan een tafeltje en speelde ook geen snooker achterin. Hij was niet buiten, in de drukte in het donker. Misschien was het maar beter ook, want ze was vandaag zichzelf niet. Toen ze zich omdraaide om weg te gaan, zag ze hem aan een tafeltje zitten. Er stond een glas bier voor hem, halfleeg, en hij draaide met één geoefende hand een shagje. Ze moest hem al eerder gezien hebben, maar ze had hem niet herkend. In haar verbeelding was hij langer geweest, steviger, knapper en jonger. Niet deze tengere man met dunner wordend haar en stoppels van vele dagen op zijn wangen, die hier ondanks zijn dromen nooit weggekomen was en op vrijdagavond in een pub bier zat te drinken, een paar kilometer van zijn geboorteplaats. Ze staarde verbouwereerd naar hem, naar die smalle, witte hals boven zijn T-shirt en de vlokjes schuim op zijn bovenlip. Aarzelend draaide ze zich al half om om weg te gaan.

Maar toen keek hij op en was het te laat. Zijn ogen waren donkerbruin, met dikke wenkbrauwen. Hij stond op, pakte de jas die over de rugleuning van zijn stoel hing en wurmde zich zonder iets te zeggen langs de andere mensen die aan dezelfde tafel zaten te drinken.

'Hallo,' zei ze, en ze verlangde naar huis.

'Hallo.' Hij keek zonder te glimlachen op haar neer.

'Dat is lang geleden.'

'Ja.'

'Eh...' Ze had deze man helemaal niets te zeggen.

'Wil je iets drinken?' vroeg hij na een hele tijd, en hij stak zijn hand in zijn zak en rammelde met wat kleingeld.

Ze kon hem bijna niet verstaan in het kabaal. 'Nee. Ik blijf niet lang.'

'O, je bedoelt dat je me even komt bekijken en dan weer

maakt dat je wegkomt? En, wat vind je ervan? Valt zeker een beetje tegen? Ik zie er niet geweldig uit, hè? Een beetje te armoedig voor jou, neem ik aan.'

'Nee,' protesteerde ze. 'Dit was gewoon heel stom van me. Ik weet niet wat ik hier kom doen.'

'Wat zeg je?'

'*Ik weet niet wat ik hier kom doen*,' herhaalde ze luid.

Iemand boerde tegen haar rug en ze voelde een scheut bier over haar schouder gutsen.

'Kom mee,' zei hij. Hij pakte haar stevig bij haar arm, net boven de elleboog, en leidde haar naar de deur. Zijn vingers knepen in haar vlees.

'Waar gaan we heen?'

'Weg hier.'

'Ik geloof niet...'

'Wat?' zei hij te hard. 'Wat geloof je niet?'

Ze keek geschrokken naar hem. Een blauwe ader klopte op zijn slaap en zijn ogen waren enigszins bloeddoorlopen.

'Ik had dit niet moeten doen,' zei ze zachtjes.

Ze stonden buiten in de kou en hij hield nog steeds haar arm vast. Hij begon haar de straat over te sleuren, langs het gokkantoortje, het postkantoor en de ijzerwarenwinkel met de legermessen in de etalage.

'Tweeëntwintig jaar,' zei hij.

'Ja.'

'Je bent niet veel veranderd.'

Edie bracht een hand naar haar gezicht. 'Ik hoop dat dat niet waar is.'

'Ik zat daar te denken: Hoe zal ze eruitzien? Zal ik haar wel herkennen? Telkens als er een vrouw binnenkwam, dacht ik: Misschien is ze dat wel, die dikke met dat vette haar, die uitgemergelde blonde of die vrouw die eruitziet als vijftig, of die ene met dat roodgeverfde haar en al die make-up. Ik dacht:

Misschien is ze wel heel erg veranderd, is er niets van haar over. Maar je bent nog steeds dezelfde slanke Edie met het bruine haar. Jij bent er en ik ben er, en wat zullen we gaan doen?'

'Waar gaan we naartoe?' Ze probeerde haar arm terug te trekken, maar hij hield stevig vast.

'En ik? Ik ben wel veranderd, hè? Ik zag hoe je naar me keek. Je wilde gauw weggaan, of niet? Is het zo erg gesteld met me?'

'Dat is het niet,' zei ze, en ze bleef staan en keek hem aan. Hier stonden geen lantaarnpalen, en ze voelde zich niet op haar gemak in het donker. Ze haalde diep adem. 'Ricky.' Ze zei zijn naam om zich ervan te verzekeren dat dit echt was. 'Ik wilde je zien omdat ik je slecht heb behandeld. Ik heb veel aan je gedacht, waarschijnlijk omdat ik een rotgevoel had.' Ze vertelde er niet bij dat ze tweeëntwintig jaar lang minstens één keer per week over hem had gedroomd – verontrustende erotische dromen waaruit ze met een ruk ontwaakte, om haar hand uit te steken naar de brede, warme rug van Alex en te wachten tot de beelden uit haar hoofd verdwenen.

'Dus je bent gekomen om te zeggen dat het je spijt?' Zijn stem was neutraal. Hij klonk bijna weer verveeld.

'Zoiets, ja.' Ze ploeterde voort: 'Ik voel me ontzettend idioot. We staan hier als twee mensen van zo'n beetje middelbare leeftijd en ik weet dat je waarschijnlijk jaren en jaren niet meer aan me hebt gedacht.' Ze wachtte even, maar hij zei niets. 'Maar voor mij is het nooit afgesloten. Mijn leven liep helemaal fout en ik was de weg kwijt. Ik was ziek van ellende en schuldgevoel. Ik dacht dat het allemaal mijn schuld was.'

'Je zegt het al, het is lang geleden,' zei hij na een korte stilte. 'We waren zo jong. Het voelt meer als een droom.'

'Gek. Ik herinner het me als de dag van gisteren,' zei Edie met een lachje. 'Ik herinner me zelfs de kleren die je droeg en de dingen die je tegen me zei.' Ze wist dat ze zulke dingen niet zou moeten zeggen en ze slikte. 'Ik heb al je brieven nog,' zei ze.

'Ik was gewoon een dom joch. Een dromer.' Hij haalde een blikje shag uit zijn zak en draaide in het schemerlicht een sigaret. 'Ik dacht dat ik een ander leven zou kunnen krijgen. Belachelijk, hè? Ik had het idee dat ik de dingen kon veranderen. Dat begrijp jij natuurlijk niet, hè? Het is anders voor mensen zoals jij, in die grote huizen aan de rand van de stad. Jij zou altijd al weggaan en dokter of iets dergelijks worden. Ben je dat geworden? Ja? Zie je wel. En ik zou hier blijven, wat ik ook mocht denken.'

'Het spijt me.' Er viel niets anders te zeggen.

Hij gaf haar een dun shagje en ze boog zich naar de lucifer die oplichtte in het halfdonker. Ze zoog de scherpe rook in haar longen.

'Maar goed,' zei ze. 'Je zult wel terug willen naar je vrienden.'

'Niet echt.' Hij nam een trek en het puntje van zijn sigaret gloeide fel. 'Natuurlijk heb ik wel aan je gedacht, Edie. Ik haatte je. Je had me verraden. Ik gaf jou de schuld van alles wat er daarna gebeurde, alles wat misliep in mijn leven. Ik vond je bang, zwak en sentimenteel. Een lafaard die het niet waard was dat ik me druk om haar maakte. Ik minachtte je, en mezelf, omdat ik je had geloofd. Al je mooie woorden over liefde betekenden helemaal niets.'

'Dat is niet waar,' zei ze. 'Ze betekenden wel iets.' Het leek van groot belang dat hij dat wist. Ze legde haar hand op zijn schouder en herhaalde het nog eens: 'Ze betekenden wel iets.'

'Dat doet er nu niet meer toe. Het is allemaal verleden tijd, toch? Ik mis je helemaal niet.'

'Ik moet terug,' zei ze, en ze liet haar hand zakken. Ze huiverde van de plotselinge kou.

Hij schokschouderde. 'Oké.'
'Mijn auto staat bij de pub.'
'Ik loop met je mee. Ik kan nog wel wat te drinken gebruiken.'
Ze liepen zwijgend terug. Een groep tieners passeerde hen van de andere kant, hard lachend en pratend, tot ze uiteindelijk buiten gehoorsafstand waren.
'Wat doe je tegenwoordig?' vroeg ze. De pub was eindelijk in zicht.
'Ik werk voor een verwarmingsbedrijf.'
'O.'
'Je weet niet eens wat je daarop moet zeggen, hè?'
'Nee,' gaf ze toe.
'Het is wel wat anders dan regisseur. Dan had je kunnen zeggen: O, wat fantastisch, interessant, heb je iets geregisseerd wat ik gezien zou kunnen hebben, dat soort dingen. Ja, toch? Maar een verwarmingsbedrijf in de buurt van Birmingham, tja, dat is zo'n beetje het einde van het gesprek.'
'Hier staat mijn auto,' zei ze opgelucht. Ze haalde haar sleutels uit haar jaszak en maakte het portier open.
'Ze mocht me niet, hè?'
'Wie?'
'Je moeder. Louise.'
'Ik denk dat ze zich zorgen maakte,' zei Edie. Ze stapte in.
'En gelijk had ze. Een jongen zoals ik. Een proleet.'
'Dag, Ricky.'
'Dag,' zei hij, maar hij pakte het portier vast toen ze het dicht wilde trekken. 'Edie?'
'Ja?'
'Ik... O, ik weet niet. Het is gek, vind je niet?'
'Ja,' zei ze zachtjes. Ze stak haar hand uit en raakte zijn stoppelige wang aan. 'Het is gek.'
'Mag ik even bij je komen zitten en nog één sigaretje ro-

ken? Ik heb eigenlijk toch geen zin in die pub, en ook niet om naar huis te gaan. Nog niet.'

'Goed.'

Ze leunde naar voren en deed het portier voor hem open, en hij kwam naast haar zitten. Hij draaide zonder het te vragen twee shagjes, zoals hij vroeger altijd had gedaan, en stopte er een in haar mond. Toen streek hij een lucifer aan, en in het plotselinge schijnsel zag ze zijn gezicht zoals het was geweest toen hij jong was. Haar hart klopte in haar keel, net als toen.

'Niets loopt zoals je denkt dat het zal lopen,' zei hij. 'Plotseling is het te laat. Je beseft dat je de laatste trein hebt gemist. Maar je merkt het pas als het te laat is om er iets aan te doen.'

'Ach, het is toch nooit te laat?' zei ze onbeholpen.

'O, jezus,' zei hij, en hij deed zijn ogen dicht en leunde met zijn hoofd tegen de rugleuning van de autostoel. 'Jezus.'

Zij zette de eerste stap. Ze zou zich naderhand niet eens kunnen troosten met de gedachte dat hij begonnen was. Ze haalde de sigaret uit zijn mond, boog zich over de versnellingspook heen, legde haar vrije hand achter zijn hoofd en kuste hem op zijn mond. Ze herinnerde zich nog hoe hij voelde en hoe hij smaakte. Tabak en bier. Zijn stoppels schuurden over haar wang. De sigaretten brandden in haar vingers. De jaren gingen in rook op.

Lang geleden had Alex tegen haar gezegd dat hij aan zijn kinderen zou denken als hij ooit in de verleiding mocht komen ontrouw te zijn. Hij zou zich hun gezichtjes voorstellen, hoe ze toekeken. Edie dacht aan haar kinderen. Ze deed haar ogen dicht en liet hun gezichten haar gedachten vullen. Lewis. Kit. Jess. Ze lagen nu waarschijnlijk te slapen, hun lippen een beetje van elkaar, hun ogen bewegend, meegesleurd door de rivier der dromen. En Alex zou ook wel in bed liggen, met haar lege plek naast hem. En Louise, in de rouwkapel, met gesloten ogen en gevouwen handen, alsof ze lag te bidden. Ze zag hen voor zich terwijl ze daar in de autostoel lag, haar blouse liet losknopen door Ricky en hem zijn hoofd tegen haar borsten liet leggen.

24

'Wat heb ik gedaan?' fluisterde ze in zichzelf toen ze in Louises bed lag te wachten tot het ochtend werd. Buiten werd het langzaam licht – van donkergrijs naar donkerblauw naar dof grijsblauw – en opeens zongen de vogels, eerst alleen individuele klanken en uithalen om de stilte te testen, en daarna het volledige opgewekte gekwetter. Ze rook tabak op haar huid en proefde het in haar mond. Ze had een doffe hoofdpijn, hoewel ze gisteren maar één glas wijn had gedronken bij het eten.

Waarom had ze het gedaan? Niet uit simpel verlangen of op zoek naar theatraal genot. Ook niet omdat ze dronken was geweest. Niet uit ontevredenheid met Alex – ze had nog nooit zoveel liefde voor hem gevoeld als nu. Kwam het door zoiets goedkoops als nostalgie? Was trouw zo broos? Jaar in jaar uit denk je dat je een bewuste keuze maakt, dat je wilskracht hebt, dat je voor de liefde kiest, maar dan blijkt het niet meer dan een gewoonte te zijn. Je komt elke dag thuis bij je man en kinderen en je denkt: Dit is het leven dat ik heb opgebouwd. Je wijkt zelden af van je dagelijkse gewoontes. Je wordt naast hem wakker, jullie koken samen, op zondag ga je wandelen in het park, jij bakt een cake en hij maakt curryschotels. Om het weekend en iedere woensdagavond komen de kinderen uit zijn eerste huwelijk en zet je bloemen neer om ze het gevoel te geven dat het ook hún huis is. Je vertelt elkaar over de problemen op het werk. Je bespreekt andere stellen. Af en toe hebben jullie ruzie, altijd om dezelfde dingen; dat hoort bij het patroon dat jullie ontwikkeld hebben. Jullie hebben verhalen te vertellen als stel en maken vaak elkaars zinnen af. Hij masseert je zere rug en jij knipt zijn nekharen en strijkt zijn overhemden. Hij zet de afwas in de vaatwasmachine en jij zoekt de kleren van de kinderen uit. Een van jullie drinkt en de ander rijdt. Jullie poetsen om beurten de tanden van de kinderen. Heel soms gaat een van jullie alleen op stap met vrienden of vriendinnen, maar je gaat altijd samen naar bed en vaak vrijen jullie dan, samen in het donker, en je weet inmiddels waar de ander van geniet. Jullie hebben een gezamenlijke bankrekening en een gezamenlijke voorraad herinneringen. Je bouwt een leven op, steen voor steen.

En dan, op een dag, zit iemand over wie je hebt gedroomd naast je in de auto. Je bent ver van huis en hebt je anker ingehaald, en dan buig je je over hem heen en kust hem zachtjes op zijn mond, en hij doet zijn ogen dicht, net als vroeger. Blindelings maakt hij je blouse los en kust hij je borsten. Hij trekt je spijkerbroek omlaag. Zijn handen voelen koud aan op je lijf en zijn gezicht is bleek en mager. En hoewel hij zo vertrouwd is, is hij een vreemde, waardoor jij ook een vreemde wordt, en als twee gretige tieners vrijen jullie op de autostoelen, met jullie kleren als dwangbuizen, de versnellingspook die in je ribben port, tussen het stuur geklemd, met de handgreep van het portier tegen je kruin, terwijl de maan toekijkt door het vlekkerige raampje. In minder dan vijf minuten heb je de wereld die je had geconstrueerd helemaal overhoopgehaald.

Edie ging rechtop in bed zitten. Ze kon de lijdende vorm gebruiken: het was iets wat haar was overkomen, als een aardverschuiving, krankzinnigheid of het weer. Dat hoorde ze anderen vaak genoeg zeggen. 'Ik kon er niks aan doen, het gebeurde gewoon, ik werd helemaal gek...' En er was wel degelijk sprake geweest van stress. Haar moeder was onverwachts gestorven en ze was weer achtervolgd door herinneringen aan de zelfmoord van haar vader, ruim twintig jaar geleden. Voor een korte periode was ze zichzelf niet geweest. Maar ze had dat soort excuses altijd als smoesjes beschouwd, waarmee mensen kwamen aanzetten als ze de verantwoordelijkheid voor hun eigen fouten niet wilden nemen.

Edie ging op de rand van het bed zitten. Het was half zes en al licht. Vanochtend zou de afvalcontainer komen die ze hadden besteld, en een vriend van Louise kwam langs met zijn bestelwagen om diverse ladingen spullen die niemand wilde naar de stort te brengen. Ze moesten Louises kleren uitzoeken. De bloemen en de drank ophalen. En om elf uur kwam Rose. Ze douchte kort, trok haar spijkerbroek en een T-shirt aan en ging naar beneden, door de gang die vol stond met vuilniszakken en dozen, de muren ontdaan van de schilderijen. In de keuken waren de meeste kastjes leeg – er stonden alleen nog wat potten en pannen en genoeg borden en bestek voor de komende dagen. Kartonnen dozen vol kaasraspen, citroenpersen, houten lepels, Tupperware-bakjes en crèmebrûléeschaaltjes stonden bij de deur. Ze hadden het onderling verdeeld. Stella wilde de porseleinen merel die Louise vroeger altijd in het midden van de appeltaart had gezet om het deeg als een tent omhoog te houden; Edie de grote mok die ze helemaal achter in de kast had gevonden, de mok waaruit Vic altijd thee had gedronken.

Ze zette een ketel water op en maalde koffiebonen; Jude wilde ze per se in het vriesvak bewaren omdat ze dan langer vers zouden blijven. Er lag nog maar weinig in de koelkast: alleen melk en boter, vier eieren, een bosje lente-uitjes en een paar tomaten. Ze zou vandaag eten moeten kopen voor vanavond – het laatste etentje van de drie zussen samen, zonder anderen erbij – en voor morgen, als Alex en de kinderen er waren. Haar hart sloeg over. Wat moest ze tegen Alex zeggen? Hij zou naar het huis toe rennen, met zijn armen vol kinderslaapzakjes en een gretige glimlach op zijn gezicht, maar hoe kon ze hem recht in de openhartige, oprechte ogen kijken?

Het water kookte. Ze maakte de koffie sterk, bijna dik, en roosterde een snee bruin brood waar ze boter en dikke, goedgevulde marmelade op deed. Ze voelde zich hol en leeg, maar ook misselijk en bibberig. Ze vouwde haar handen om de mok en boog zich over de damp heen. Ze zou het hem moeten vertellen, maar de gedachte daaraan bezorgde haar maagkramp en een droge mond van angst. Ze wist precies hoe hij zou kijken. Zijn gezichtsuitdrukking zou niet veranderen, maar het zou zijn alsof het licht uitging. Daarna zou zijn gezicht net zo afzakken als zijn brede schouders. Zo had ze hem wel eens gezien toen zijn oudere kinderen vervelend tegen hem deden. 'Wat weet jij daar nou van?' had Gabriel een keer geschreeuwd, met een hoge, overslaande puberstem. 'Je bent een sukkel, een mislukkeling!' Edie was naar Alex toe gesneld en had een hand op zijn schouder gelegd om hem te troosten, en hij had zich omgedraaid en haar dankbaar aangekeken. Maar nu was zij degene die hém kwetste, en er was niemand om hem te troosten. Misschien moest ze het hem toch maar niet vertellen. Het zou haar geheim zijn. Als ze dan bespraken van wie van hun vrienden ze zeker wisten dat ze elkaar trouw waren en tegen elkaar zeiden dat ze nooit een ander wilden, zou haar huid prikken en haar hart bonzen. Maar ze zou niets zeggen, en langzaam – hoe lang duurden die dingen? – zou het schuldgevoel wegebben en zou het gewoon een stommiteit van lang geleden worden.

Ze dronk haar koffie op. Het was kwart over zes. De hemel was helder lichtblauw en de kou was al bijna uit de lucht. Edie nam een paar lege dozen mee naar de grote voorraadkast in de hoek en begon aan de blikken bonen, maïs en tonijn, de zakken risottorijst, noedels en bloem. Van de helft was de uiterste verkoopdatum verstreken, dus dat gooide Edie rechtstreeks in een vuilniszak, die ze bij alle andere zakken naast de uitpuilende minicontainer zette. Daarna ging ze naar de boeken en maakte stapels van de exemplaren die Jude en Stella hadden uitgezocht. De boeken die ze zelf wilde deed ze samen met de mok van Vic en een keukenmixer in een doos, en de rest pakte ze in voor een goed doel. Ze deed foto's in noppenfolie en rolde glazen in repen oude kranten.

Om acht uur, toen Stella nog lag te slapen en Jude zo te horen in bad zat, kwam de grote container, waar Edie vast spullen naartoe bracht. Ze werkte door zonder te stoppen, blij met de pijnlijke spieren in haar armen, haar rugpijn en het zweet op haar voorhoofd en tussen haar borsten.

'Mag ik de trouwfoto van papa en mama?' vroeg ze later, toen ze samen koffie zaten te drinken in de tuin en de container buiten propvol zat. 'Die op de slaapkamer.'

Ze wist dat ze hun niet zou vertellen over de brief aan Louise. Nu niet. Het was Louises geheim, een geheim waarvan ze zou willen dat ze er niets van wist.

Ze bekeken Louises kleren. Het kostte niet veel tijd. Sommige kledingstukken gingen in zakken voor de tweedehandswinkel in Shrimpley. Maar Stella hield Louises goede zwarte jas, haar lange blauwfluwelen jurk, de oranje blouse, een linnen pak en diverse schoenen. Edie koos een geel vest waarvan ze zich herinnerde dat Louise het had gedragen in Baylham – ook al wist ze dat ze het zelf nooit aan zou doen – verschillende sjaaltjes en een zwarte clochehoed. Jude hoefde niets. Telkens als er een kledingstuk omhooggehouden werd, schudde ze haar hoofd en wendde ze haar blik af.

'Ik ben gisteren naar ons oude huis geweest,' zei Edie terwijl ze T-shirts opvouwde.

'Mijn god! Dus daar zat je terwijl wij hier liepen te sloven! Waarom? En waarom zeg je dat nu pas?'

'Sorry. Ik... Ach, het werd me gisteren allemaal een beetje te veel.'

'Hoe was het?'

'Anders. Gemoderniseerd. Misschien wel mooi, maar het voelde zo ontzettend vreemd.'

'Dat kan ik me voorstellen.'

'Ik heb de vrouw gesproken die er nu woont. Ze heeft me binnengelaten.'

'Ik wou dat ik erbij was geweest.'

'Ik ook,' zei Edie. 'Ik had nooit alleen moeten gaan. Ik was mezelf niet.'

Mezelf niet, herhaalde ze in gedachten. Zo moet je het zien. Houd je daaraan vast. Ik was het niet, niet echt. Niet in die auto, met zijn mond op de mijne, zijn handen op mijn borsten, zijn tranen in mijn hals, zijn geur van eenzaamheid. En dwars door het schuldgevoel heen kronkelde een vreselijk verlangen door haar lijf.

'Hier,' zei ze. 'Wat doen we met dit jasje? Jude?'

Rose kwam even na elf uur. Ze stapte uit haar auto met een enorme bos bloemen. Ze had een strakke leren broek en een hagelwitte katoenen blouse aan, en haar geelblonde haar was kunstig opgestoken. Ze droeg make-up – foundation om haar rimpels te verdoezelen, eyeliner, mascara, rouge op haar wangen en lippenstift – en ook parfum. Edie liep nog in haar oude T-shirt en de spijkerbroek die vormeloos was geworden van het vele dragen. Ze had haar schoenen uitgetrokken en er zat een gat in de teen van haar sok. Haar haar was schots en scheef opgestoken en was vies van het werk van die ochtend.

'Moet je ons nu eens zien!' zei ze met een spottend lachje. 'Het is net of jij op weg bent naar een feestje en ik al een week slecht heb geslapen. Echt Rose, je bent mooier dan ooit! Hoe doe je dat toch?'

'Doe niet zo gek,' zei Rose, maar ze keek blij.

Ze hield een donkerrood vingertopje tegen haar wang. 'Het is allemaal nep. Iedere morgen smeer ik mijn gezicht erop; niemand ziet ooit mijn ware gezicht. Hieronder val ik langzaam uit elkaar.'

'Ik geloof er geen woord van,' zei Edie liefdevol. 'Jij was vroeger altijd het mooiste meisje van de klas. Ik voelde me onzichtbaar naast jou. Kom, dan kun je me bij een kop koffie vertellen wat er allemaal met je is gebeurd.'

'Gebeurde er maar iets. Ik sta voortdurend in de wacht.'

Ze gingen in de tuin zitten. Rose keerde haar gezicht naar de zon en zuchtte.

'Heerlijk, deze tijd van het jaar,' zei ze. 'Dan voel ik me zo vol leven en hoop. Alsof ik ieder moment weer verliefd zou kunnen worden. Of op zijn minst een prachtige nieuwe jurk zou kunnen kopen. Het lijkt allemaal een stuk minder erg als de zon op je blote huid schijnt.'

'Ik weet het niet. Ik word altijd een beetje zenuwachtig van de lente, alsof hij ieder moment weer voorbij kan zijn. Het voorjaar is zo snel weer weg dat ik er enigszins van in paniek raak.'

'God, jij verandert ook nooit! Moet je nou eens horen, jij

kunt zelfs melancholiek doen over de lente! Ja hoor, zeg het maar. Zeg maar dat de lente je doet denken aan de vluchtigheid van het leven, aan onze sterfelijkheid, dan geloof ik zo dat we allebei weer zestien zijn en jij op het punt staat een gedicht te citeren waar ik niets van begrijp.'

Edie lachte. 'Sorry.'

'Ik vind het wel leuk. Het is fijn dat sommige dingen hetzelfde blijven. Weet je nog dat we vroeger de slappe lach kregen als we op school in de rij stonden?'

'Ja. Dat heb ik al jaren niet meer gehad, de slappe lach tot je er buikpijn van krijgt.'

'Hmm.' Rose nam een slokje koffie en liet een rode halve cirkel achter op de rand van het kopje. Edie zag, hier buiten in het felle zonlicht, dat ze er onder de make-up en haar glanzende haar moe en afgetobd uitzag. 'Trouwens, ik vind het heel erg van je moeder.'

'Dank je.'

'Ze was altijd zo aardig voor me. Ze was mijn grote voorbeeld, weet je dat? Altijd mooi en levendig. Daarom wilde ik graag op de crematie komen, hoewel ik haar al jaren niet meer heb gezien. Ik kan gewoon niet geloven dat ze dood is. Kun je het wel aan?'

'Het kan beter,' zei Edie behoedzaam. 'Ik was hier niet op voorbereid. Maar misschien ben je dat wel nooit. Je denkt altijd dat wanneer je ouder bent, je sereen en verstandig zult worden, en dat je je de dingen minder erg zult aantrekken. Maar ik heb ineens geen moeder meer. Het is belachelijk, maar dit is misschien wel de eerste keer dat ik begrijp dat ik geen kind meer ben.'

'Ik kan het me niet voorstellen,' zei Rose.

'We hebben ook wel problemen gehad. Na papa's dood, bedoel ik. Het leek wel of ze zich voor ons allemaal afsloot. Het was natuurlijk het ergst voor Jude, die heeft hier langer gewoond. Helemaal alleen, en ze moest overal voor vechten. Maar mama moet het gevoel gehad hebben dat haar fijne, gewone leventje ineens een nachtmerrie werd. We hebben er nooit over gepraat. Het was een soort ongeschreven afspraak. Ik heb altijd gedacht dat het nog wel een keer zou komen, maar nu is het te laat.'

'Ik weet zeker dat je hebt gedaan wat het beste was,' zei Rose. 'Relaties zijn toch nooit perfect? Ik bedoel, als er iemand doodgaat, heeft iedereen het altijd maar over de dingen die hij verkeerd heeft gedaan, maar misschien moet je je meer richten op de dingen die goed zijn gegaan.'

'Daar heb je wel gelijk in, denk ik. Weet je, Rose, ik vind het zo erg voor haar.'

Ze dronken koffie en Rose stak een sigaret op. Ze leunde met een zucht achterover. 'Hoe is het met Alex?'

'Goed,' zei Edie op haar hoede.

'Jullie doen het prima samen, hè? Ik heb altijd het idee dat het heel goed gaat. Jullie zijn zowaar aardig tegen elkaar, na al die jaren. Ik snap niet hoe je dat doet.'

Even stokte Edies adem van paniek. 'Het gaat best,' wist ze uit te brengen, met het akelige gevoel dat ze de boel bedroog.

'Kom op, hij is gek op je. Dat ziet iedereen.'

'Ik heb geluk gehad,' zei Edie. Ze pakte haar zonnebril van tafel en zette hem op.

'Ik bedoel, neem mij nu. In de eerste fasen van een relatie lukt het nog wel, maar ik kom nooit verder dan vijf jaar. Ach, nou ja.' Rose blies een wolkje rook de lucht in. 'Ik wijt het aan mijn ouders, die mijn hele jeugd ruzie hebben gemaakt en toen gingen scheiden. Waarschijnlijk leek het hen verstandig om te wachten tot ik bijna volwassen was. Ik wou verdomme dat ze het eerder hadden gedaan en me dat geschreeuw 's nachts hadden bespaard. Maar misschien zeg ik dat alleen maar om mijn eigen scheidingen goed te praten.'

'Waarom zijn ze uiteindelijk toch uit elkaar gegaan?' vroeg Edie.

'Los van het feit dat ze niet met elkaar konden opschieten? God, wie zal het zeggen?'

'Was er een ander in het spel?'

'Of een van hen een verhouding had, bedoel je? Nou, mijn moeder vast niet. Of misschien ook wel. Je weet nooit waartoe mensen in staat zijn. Maar ik kan het me niet voorstellen, jij wel? Van pa weet ik het niet, hoewel ik het van hem eerder zou kunnen geloven. Ik denk niet dat ik het wil weten, zelfs niet nu ik bijna veertig ben, en zij tegen de zeventig. Als het om je ouders gaat, word je nooit echt volwassen, hè? En je wilt al helemáál niet over hun seksleven nadenken.'

'Nee,' zei Edie. 'Dat is waar. Mag ik?' Ze pakte een sigaret van Rose en stak hem op met de aansteker die op tafel lag.

'Ik dacht dat jij niet rookte.'

'Doe ik ook niet. Alles is een uitzondering nu ik hier ben. Komen je ouders allebei op de crematie?'

'Ik denk het wel. Ze vinden het niet erg om samen in één ruimte te zijn of zo. En ze zijn een tijdje heel goede vrienden van je ouders geweest, nietwaar?'

'Hmm.' Edie concentreerde zich op het roken. Het gesprek leek haar zo veelzeggend dat ze Rose net zo goed had kunnen vragen een en een bij elkaar op te tellen. 'Ik ben gisteren naar ons oude huis geweest,' zei ze om op een ander onderwerp over te gaan.

'Nee, echt? Voor het eerst?'

'Ja. In tweeëntwintig jaar.'

'Ben je er ook binnen geweest?'

'Ja. Niets is nog zoals ik het me herinnerde. Maar misschien zou ik dat ook wel hebben gevonden als ze niets veranderd hadden.'

'God, wat hebben we het daar leuk gehad, hè? Ik denk er

nog vaak aan. Weet je nog, dat feest van ons?'

'Natuurlijk weet ik dat nog.'

'Matt, zo heette hij.' Ze giechelde als een tiener. 'En jij was met die Ricky.'

'Ja,' zei Edie. Ze deed haar ogen dicht achter de donkere zonnebril en zoog rook in haar longen. 'Klopt.'

'En nu zijn we bijna van middelbare leeftijd.'

'Ja.'

'Ik ben toch liever zeventien,' zei Rose. 'Volgens mij is dat mijn ware leeftijd. Zeventien. Of zestien, dat was nog beter. Niet te geloven dat die tijd nooit meer terugkomt.'

25

'*LIEVE MAMA*,' SCHREEF KIT MET ÉÉN VINGER. '*IK HEB OVER je gedroomd en je kwam nooit meer terug. En ik probeerde je te vinden, maar ik zocht en zocht maar ik zag je nergens. Toen ik wakker werd...*'

Hij stopte even en fronste zijn voorhoofd. Hij zou haar niet vertellen over de natte lakens of de manier waarop Lewis vol afschuw zijn neus had opgehaald toen hij hem in de badkamer aantrof terwijl hij zijn natte pyjama afstroopte.

'*Het leek nog heel lang echt, niet zomaar een droom. Papa en ik hebben net uitgerekend dat het nog tweeëntwintig uur en twintig minuten duurt tot we je weer zien. Dat is 1320 minuten. Het klinkt lang en tegelijkertijd kort. Maar Lewis zegt dat het langer duurt, want papa komt altijd minstens een uur te laat. Ik hou van je en ik ben blij dat het maar een droom was.*

Kit xxx'

Edie zag hem toen ze Rose uitzwaaide. Hij stond helemaal aan het einde van de straat te kijken, met zijn handen in zijn zakken. Ze wendde abrupt haar hoofd af en zwaaide nog één keer naar Rose. De auto reed weg en ze bleef daar maar staan.

Alles leek onwerkelijk. De manier waarop de zon op de auto's glinsterde en weerkaatst werd in de ramen. De schaduwen van de bomen, waardoor de weg een geometrisch patroon kreeg. Het daglicht was opeens te fel en ze voelde zich bekeken.

Toen ze weer opkeek, stond hij er nog. Hij stak een hand op. Ze keek om; de voordeur stond half open. Binnen was het donker en koel. Jude belegde broodjes met parmaham. Stella pakte de glazen uit die gebracht waren en poetste ze op met een zachte doek. Edie aarzelde en liep toen naar hem toe, in haar groezelige kleren en met een schoolmeisjesachtige paardenstaart.

'Hallo,' zei hij.

'Hallo.'

Hij droeg dezelfde kleren als gisteravond. Ze zag dat hij vlekken op zijn vingers had en dat zijn tanden verkleurd waren.

'Wat kom je doen?'

Hij haalde zijn schouders op en deed zijn handen in zijn zakken. Ze zag nu duidelijk hoe mager hij was, bijna ondervoed. Zijn huid was wit, alsof hij nooit buitenkwam, en zijn nek dun, met een uitstekende adamsappel. Hij keek van onder zijn dikke wenkbrauwen naar haar.

'Zullen we een eindje lopen?'

'Goed,' zei ze, met een sterk gevoel van onheil. 'Maar niet meer dan een paar minuten, want ik moet terug.'

Ze liepen bij het huis vandaan. Het was heet en drukkend; het asfalt glinsterde.

'Het was een vergissing,' zei ze na een tijdje. 'Ik snap niet hoe het heeft kunnen gebeuren. Het was een grote vergissing.'

'Een vergissing,' herhaalde hij, alsof het een vreemd woord was dat hij moeilijk kon uitspreken.

'Ik heb een man. Kinderen.'
'Ja,' zei hij.
'En jij?'
'Niet meer. Niet meer bij me.'
'Ik heb het verpest,' zei ze, meer tegen zichzelf dan tegen hem. Ze voelde zich slap en doodmoe en had plotseling het gevoel dat ze geen stap meer kon zetten. Hij stak een arm uit om haar steun te bieden en ze liet hem begaan. Ze liepen langzaam over de weg in de richting van de open velden aan de rand van de stad.
'Wanneer ga je terug?' vroeg hij.
'Dinsdag, denk ik. De crematie is maandag.'
'En wanneer komen je man en kinderen?'
'Morgen.'
'Ga je het hem vertellen?'
'Dat weet ik nog niet. Ik denk het wel.'
'Waarom?'
'Vertrouwen?'
Hij keek even opzij naar haar en toen weer voor zich uit. 'Soms is het goed om geheimen te hebben. Eerlijkheid kan ook een mooi woord voor wreedheid zijn.'
'Misschien wel.' Ze zweeg even. 'Ik moet terug, Ricky. Jude en Stella zullen zich wel afvragen waar ik uithang.'
'Oké.'
Maar ze liepen door tot er bijna geen huizen meer waren, en toen hij bij een weiland bleef staan, deed zij dat ook. Ze wachtte. Toen hij zijn hand op haar achterhoofd legde, dat warm was van de zon, liet ze dat toe. En ze wist dat ze niet wilde dat hij haar aanraakte, dat ze het niet moest laten gebeuren, maar ze deed het toch. Hij maakte het houten hek open, dat dichtgebonden was met een stuk oranje touw, deed het zorgvuldig achter zich dicht en ging haar voor langs de heg, tot ze uit het zicht van de auto's waren.

'Ik vergeef het mezelf nooit,' zei ze hardop, en hij kuste haar ruw op haar mond terwijl ze de woorden uitsprak. 'Niet doen,' zei ze. Maar ze liet zich door hem op het gras duwen en haar broek uittrekken, en toen lag hij op haar, zijn mond op de hare, tanden tegen tanden, zijn borst op haar borsten, zijn beukende lichaam tegen dat van haar, distels op al haar blote plekjes en een brandnetel die in haar onderarm prikte, en de brandende zon en haar ogen die pijn deden in het felle licht.

Ze stond op, trok haar spijkerbroek omhoog en haar blouse naar beneden en plukte het gras uit haar haar terwijl hij toekeek, zwijgend. Toen draaide ze zich om en liep weg, en deze keer keek ze niet om, niet één keer, ze liep gewoon de weg af, over de top van de heuvel, de doodlopende straat in naar haar moeders huis, waar de deur nog op een kier stond en haar zussen in de tuin op haar zaten te wachten, zonder zich te realiseren dat ze weg was geweest.

Ze aten voor het laatst samen – een afhaalmaaltijd van het Indiase restaurant in het centrum, omdat Edie geen boodschappen meer had gedaan. Brokken vlees in oranje, vette sauzen; hele chilipepers in een spinaziedrab; slijmerige okra's en gespikkelde rijst. Twee flessen rode wijn. Ze aten langzaam. Hun gezichten glommen in het kaarslicht van de warmte en de vettigheid; hun voorhoofden waren klam van het zweet.

Edie keek naar haar twee zussen. Stella had één dikke vlecht, zoals al die jaren geleden, toen ze nog jong en ongedwongen was geweest.

Ze droeg een roze katoenen blouse, de bovenste knoopjes open. Haar huid was glad en zacht. Ze zag er nog net zo uit als vroeger, wanneer ze naar beneden kwam na een warm bad, met een gezonde, jeugdige rode kleur. Net zoals Louise er vroeger uitgezien had wanneer ze zich naar Vic toe boog, met een hand op zijn arm, en haar borsten tegen de dunne stof van haar jurk drukten en haar rode lippen glimlachten. Jude was net een beeldhouwwerk. Haar hals was lang, haar voorhoofd hoog en haar jukbeenderen geprononceerd. Haar ogen glinsterden in de schemerdonkere kamer. Maar zodra ze lachend haar hoofd in haar nek wierp, zag Edie weer iets van het onhandige, klunzige, stuurse meisje dat ze vroeger was geweest.

'Een toost,' zei Edie, en ze pakte haar glas en hield het in de lucht, zodat het kaarslicht erin viel. 'Op ons.'

'Daar drink ik op,' zei Jude, bijna zonder een spoortje ironie in haar stem.

'En op Vic en Louise,' zei Stella dringend. 'Op de familie.'

Ze klonken met hun drie glazen en dronken.

'Lieve Edie, het lijkt wel of je weken weg bent in plaats van dagen. Maar ik zie je morgen. Welterusten mijn lief. Alex.'

26

'Oma.'

Ellen verroerde zich niet. Ze zat in de leunstoel in haar veel te warme kamer, met de panda stevig in haar armen geklemd, haar rug naar het raam. Edie had een bosje lathyrus uit Louises tuin meegebracht en legde het op tafel; een vochtige, pastelkleurige massa.

'Ellen.'

Ze draaide zich om en keek naar Edie.

'Ja?'

'Ik wil u iets vertellen. U bent de enige tegen wie ik kan praten. U zou het wel begrepen hebben. Dat weet ik zeker.'

Ze pakte de hand van haar oma. De gouden ring aan haar ringvinger zat heel los, maar door de opgezwollen gewrichtsknobbel viel hij er niet af. Haar vel was te ruim en hing los om haar botten, als een slecht passende handschoen. Ellen liet haar hand even in die van Edie liggen en trok hem toen fronsend terug.

'Niet doen,' zei ze op scherpe toon, die zo sterk deed denken aan de kordate, efficiënte Ellen van vroeger dat Edie even stil bleef zitten. Ze staarde in die troebele ogen. Stel je voor dat Ellen achter dat wazige gezicht en in dat verschrompelde lijf precies wist wat er allemaal gebeurde? Stel dat ze gevangen was in haar eigen verval, terwijl al die domme mensen met luide babystemmetjes tegen haar praatten en haar geprakt babyvoedsel voerden, haar luiers omdeden en knuffelbeesten in de handen duwden.

'Ik weet niet waar ik moet beginnen,' zei ze.

'Het is een verhaaltje,' zei Ellen hoopvol.

'Ja, eigenlijk is het een verhaaltje.'

Een verhaaltje over een stille man, over gewone mensen die fouten maken in hun leven en daar wreed voor worden gestraft. Over leugens, verraad, een verkeerd gelopen liefde en het verleden dat weigert om geleidelijk aan verleden tijd te worden waarmee te leven valt. Een verhaal over patronen die in volgende generaties herhaald worden.

Ze begon bij Louise en Vic die verliefd op elkaar werden. Ze beschreef hun trouwdag: hoe Louise eruitgezien had, de witte jurk die haar als een cocon omsloot. Hoe verbijsterd van vreugde Vic was geweest, omdat hij wist dat hij een saaie, gewone, schuchtere man met weinig verwachtingen was, en daar stond hij dan, zijn arm om een prinsesje geslagen, zijn vingers in de plooien van haar satijnen jurk, zijn neusvleugels vol van haar geur. Dat ze een oud huis hadden gekocht en de kamers hadden gevuld met dochters. Maar het leven is geen kinderverhaaltje. Vic had een baan waar hij een hekel aan had en waar hij niet goed in was. Ze hadden altijd geldzorgen. Louise werd ontevreden met haar rol als echtgenote en moeder, en met haar introverte, stille man. Ze beschouwde Vic als een mislukkeling. De teleurstelling was langzaam het huis binnengeslopen en had zich als optrekkend vocht verspreid.

Ellen liet haar kin op het hoofd van haar panda rusten en zei niets. Edie vertelde en verzon erbij wat ze niet wist. Ze beschreef de buitenechtelijke verhouding van Louise, die een zomer en een herfst had geduurd. De heimelijke ontmoetingen, de leugens die ze Vic had verteld, de opwinding van het stiekeme. Ze wist dat ze ermee moest stoppen, maar ze kon het niet. Ze deed gemeen tegen Vic omdat ze zich schuldig voelde. Ze haatte hem bijna, omdat ze zag hoeveel pijn ze hem deed.

Edie vertelde over haar eigen gezin, over haar zwijgzame middelste zoontje dat dezelfde ogen had als Vic. Ze ging over op wat er was gebeurd tussen haar en Ricky. Ze luisterde naar de klanken van haar eigen stem, nauwgezet en zonder drama. Het duurde een halfuur voor ze het hele verhaal had verteld. Toen ze klaar was, bleef ze even zwijgend zitten. Toen voegde ze eraan toe: 'Alex en de kinderen komen hierheen. Wat zal ik doen?'

Ellen antwoordde niet. Ze staarde naar het gazon, waar een vrouw in een rolstoel langzaam over het pasgemaaide gras werd geduwd door haar dikke zoon van middelbare leeftijd. Haar benen hingen als roze worstjes omlaag; het zweet druppelde over zijn rode voorhoofd.

'Ik wil gewoon naar huis,' zei Ellen. 'Breng me toch naar huis.'

'We kunnen haar daar niet laten zitten.'

'Heb jij een beter voorstel?'

'Ik weet het niet. Ik heb geen voorstel, ik zeg alleen dat ze daar niet kan blijven. Ze vindt het er vreselijk. Ze is ongelukkig.'

'Ik kan niet voor haar zorgen. Niet met Sam.'

'Ik geloof ook niet dat ze bij iemand in moet trekken. Ze heeft dag en nacht verzorging nodig. Maar als ze daar blijft, wie gaat er dan nog bij haar op bezoek? Niemand, alleen wij een paar keer per jaar. Dan zit ze dag in dag uit in die kamer een beetje uit het raam te staren.'

'Het zegt haar helemaal niks als wij haar bezoeken,' zei

Stella. 'Ze weet niet eens dat we er zijn, niet echt, en zodra we de deur uit gaan, is ze ons weer vergeten.'

'Wou je zeggen dat het er niet toe doet? Dat niets in haar leven er nog toe doet?'

'Nee,' zei Stella. 'Dat weet je best. Alleen tillen wij er misschien zwaarder aan dan zij. Zij maakt dat we ons schuldig gaan voelen.'

'Wat vind jij ervan?' vroeg Edie aan Jude, die nog niets had gezegd en alleen maar op haar onderlip zat te bijten.

'O, ik ben het met jullie eens,' zei Jude gewichtig. 'Ik was alleen nog moed aan het verzamelen om te zeggen dat ze wel met mij mee kan.'

'Met jou!'

'Ik zie niet in waarom je daar zo verbaasd over moet doen. Waarom níét?' Jude trok een wenkbrauw op naar Edie. 'Ik loop er al over te piekeren sinds ma dood is.'

'Maar hoe pas je haar in in je leven? Ik bedoel...'

'Ik ben niet van plan om haar in mijn flat te laten wonen en te stoppen met werken om haar te voeren en naar de wc te dragen. Ik denk alleen dat als ze dichter bij een van ons zou wonen, ze het beste naar mij kan komen. Ik heb geen andere verantwoordelijkheden, zoals jullie.'

'Maar jij loopt altijd te schelden op al die familieplichten.'

'Dan heb ik nu iets om op te schelden, iets waar ik alles wat misloopt aan kan wijten.'

'Ik weet het niet, hoor,' zei Stella. Het lijkt me niet eerlijk dat een van ons die last op zich moet nemen.'

'Misschien is het niet zo'n last,' zei Jude. 'En als ik geen kinderen krijg – en daar ziet het niet naar uit, hè, zoals de zaken er nu voor staan – dan heb ik in ieder geval nog een omaatje om voor te zorgen. En de luiers, de doorligplekken en teennagels en zo hoef ik niet te doen. Daar ben ik geloof ik niet zo goed in.'

Edie keek naar haar zus. Ze droeg een gele jurk met een lage taille en korte mouwen en haar glanzende haar zat achter haar oren. Haar slanke benen waren gestrekt, de voeten in lichte sandalen, teennagels bruin gelakt. Ze zag eruit alsof ze van een heel andere soort was.

'Hoe moet het dan met je vrijheid?' vroeg ze. 'Je spontaniteit?'

'O, volgens mij wordt vrijheid overschat,' zei Jude zorgeloos. En ze voegde eraan toe: 'Trouwens, zo lang zal ze toch niet meer leven?'

'Jude!' Stella keek geschokt.

'Wat nou? Het is een broze oude vrouw met suikerziekte, hartruis en een slechte bloedsomloop. Ze sterft binnen een paar jaar, en dan voel ik me nobel en deugdzaam. Dat is voor mij een ongebruikelijke emotie.'

Edie giechelde. 'Oké,' zei ze. 'Als het jou een goed gevoel geeft.'

Jude rekte zich uit in haar stoel en keek op haar horloge. Ze zei tegen Edie: 'Alex komt zo.'

'Over een halfuur, als hij op tijd is vertrokken. En dat gebeurt nooit.' Edie stond op. 'Ik ga even douchen en dan de lunch klaarzetten. Ik heb kaas en vleeswaren gehaald toen ik van oma hierheen reed, en spullen om een salade te maken.'

Na het douchen kleedde Edie zich aan met meer zorg dan anders. Ze trok een dun getailleerd rokje tot net onder de knie aan, en een wijde blouse die ze van Alex had gekregen. Ze föhnde haar haar, bond het in een staart en deed oorknopjes in en een drupje parfum op haar polsen. Voor het eerst sinds de dood van Louise gebruikte ze make-up – niet zoveel dat je het zag, maar genoeg om haar het gevoel te geven dat ze haar uiterlijk onder controle had. Ze deed een stapje terug van de lange spiegel, die Stella mee naar huis zou nemen, en bekeek zichzelf aandachtig. Ze zag er vrij normaal uit: een frisse, nette vrouw van tegen de veertig met bruin haar. Ze leek niet het type dat 's nachts huilde, de paniek door haar lijf voelde gieren, haar man bedroog en seks had in een weiland, met haar spijkerbroek op haar enkels, een paar meter van de openbare weg. Ze deed weer een stap naar voren en keek zichzelf recht aan, maar haar ogen verrieden niets.

Om twee uur waren ze er. Ze rolden uit de warme, krappe auto met rode wangen en kleren vol kruimels. Alex had zweetkringen onder zijn armen en zijn voorhoofd was nat.

'Je kunt beter niet te dichtbij komen,' zei hij tegen Edie, maar hij keek haar stralend aan.

'O, jawel,' antwoordde ze, en ze nam zijn gezicht in haar handen en kuste hem op zijn mond. 'Hallo.' Ze werd verlegen van zijn blik.

Ze omhelsde de kinderen. Lewis stribbelde een beetje tegen, maar Jess en Kit drukten zich tegen haar aan met hun warme, plakkerige lijfjes en hun zijdezachte hoofden. Ze sloegen hun armen om haar nek, trokken haar naar zich toe en wreven met hun gloeiende wangen tegen de hare.

'Ik heb jullie zo gemist,' zei ze, en ze voelde meteen het gewicht van de claim die ze op haar legden; ze besefte hoe hun liefde op haar drukte, vasthoudend. 'Jess, je bent een tand kwijt!'

'En die verdomde tandenfee vergat steeds om een muntstuk onder haar kussen te leggen,' zei Alex. 'Kom, dan breng ik onze spullen naar binnen. Ik heb zelfs aan je kleren voor de crematie gedacht.'

'We logeren op de kamer van Louise. De kinderen slapen in de huiskamer, op de grond. Het is maar voor een nachtje, dus we kunnen hun slaapzakken en kleren daar wel vast neerleggen. Heb je een goede reis gehad?' Ze praatte te snel, glimlachte te veel. Hij zou het zo doorhebben.

'Ach, je weet hoe het gaat. Jess moest al plassen toen we drie minuten onderweg waren. Kit heeft cola geknoeid bij Lewis op schoot. Lewis gaf hem een klap. Ik ben uitgevallen tegen Lewis. Jess begon te huilen. Het oude liedje.'

'Wanneer komen Leah en Gabriel?'

'Morgen om half elf. Is dat goed? De crematie is toch pas om twee uur?'

'Ja, dat is prima. Ik denk dat er verder weinig te doen is. We nemen de mensen mee hierheen, als ze willen. Er is thee en mousserende wijn met chips en cake.'

Ze liepen samen naar binnen, door de lege, galmende hal, naar boven, naar de slaapkamer van Louise.

'Het lijkt eeuwen geleden dat ik je heb gezien,' zei Alex. 'Maar dat heb ik je al geschreven.' Hij sloeg zijn arm van achteren om haar heen en kuste haar op haar hoofd.

'Hmm.' Edie leunde tegen hem aan. Ze hoorde de kinderen in de tuin, en toen ze uit het raam keek, zag ze Lewis zijn voetbal tussen de erwtenplanten schieten.

'Heb je een vreselijke week gehad?'

'Niet vreselijk, maar wel vreemd. Goed voor ons als zussen, denk ik. Ik moet je zoveel vertellen. Dingen die ik niet door de telefoon kon zeggen.'

Ze draaide zich om in zijn armen en keek naar zijn open gezicht. Ze zou het nu kunnen zeggen. Meteen recht voor zijn raap. Hij glimlachte naar haar en deed een los plukje haar achter haar oor. 'We hebben de tijd.'

'Mama!' Kits stem klonk onvast. 'Mama, waar ben je?'

'Ik kom eraan,' riep ze. Ze maakte zich los uit Alex' omhelzing. 'Jullie zullen wel rammelen van de honger. Er staat eten op tafel. Ik roep de kinderen wel.'

'Ik ga even douchen. Dan kan ik je beter knuffelen.'

Edie ging met een boek op de bank in de huiskamer zitten en Jess plofte bij haar op schoot, in de cirkel van haar armen. Haar haren kriebelden op Edies wangen. Haar adem was warm en ze zat geen seconde stil. Kit zat naast hen. Zijn hoofd lag op Edies schouder en zijn been drukte tegen dat van haar. Hij had zijn ogen dicht. Hij luisterde niet naar het verhaal dat ze voorlas; hij liet zijn gedachten afdwalen in de soezerige middag. Maar af en toe deed hij zijn ogen open om zich ervan te verzekeren dat ze er echt was. Ze had een grasprietje in haar haar en een vage rode uitslag op haar arm. Ze rook anders dan in zijn herinnering. Alsof ze bij een kampvuur had gestaan. En ze had een geurtje op dat ze anders alleen 's avonds gebruikte, als ze uitging met Alex. Lewis en Alex waren buiten aan het voetballen op het grasveldje. Hij hoorde zo nu en dan hun stemmen: gejuich of een protesterende kreet. Jude en Stella waren boven kleren aan het uitzoeken voor de crematie.

Kit wilde hier nooit meer weg. Hij wilde doezelig tegen de schouder van zijn moeder liggen en haar stem in zijn oor horen. En wanneer hij zijn ogen opendeed, zou ze naar hem glimlachen en misschien zijn haar van zijn warme voorhoofd vegen of een kusje op zijn wang geven.

'Kit?'

Hij keek op.

'Waarom ga je niet voetballen in de tuin? Dan krijg je een beetje frisse lucht, na die hele ochtend in de auto.'

Hij schudde zijn hoofd en deed zijn ogen weer dicht. Edie ging verder met voorlezen. Hij hoorde ergens een bij tegen het raam zoemen. Gelach in de verte, de geur van het geroosterde brood van de lunch nog zwaar in de lucht. Als hij zich niet verroerde, als hij hier bleef zitten met zijn moeder dicht tegen zich aan, was hij veilig. Niets kon hem ooit nog deren.

'Mama heeft een verhouding gehad.'

'Nou, dat is toch fijn voor haar?' Ze waren in de slaapkamer, vroeg in de avond. Alex trok schone kleren aan voor het avondeten en Edie maakte drie glimmende hoopjes van Louises sieraden. Ze aarzelde bij een ring met maansteen die ze alledrie wilden hebben. Toen legde ze hem op het hoopje van Jude.

'Nee, ik bedoel in de tijd dat papa doodging.'

'O.' Alex fronste zijn wenkbrauwen en liet het even tot zich doordringen. 'Hoe weet je dat?'

'Ik heb een liefdesbrief gevonden.'

'Maar weet je zeker...?'

'De datum klopt. Het klopt allemaal, en het is achteraf akelig duidelijk. En als Vic erachter gekomen is...'

'Op die manier.'

'Het plaatst alles in een ander licht.'

'Ja, natuurlijk.'

'Je denkt dat je het verleden begrijpt, maar dan realiseer je je ineens dat er honderden manieren zijn om het te bekijken. Alles verandert voortdurend.'

'Verandert het jouw kijk op Louise? Ben je kwaad op haar?'

'Ik weet het niet. Ze is nu dood. Ze zijn allebei dood. Al dat onbesuisde gedoe is voorbij. En het is zo lang geleden. Ik heb voornamelijk ontzettend met haar te doen, met hen allebei.' Ze pakte een zilveren armband en friemelde aan het slotje.

'Wel een erg zware straf, vind je niet?'

'Dat hij zelfmoord heeft gepleegd, bedoel je?'

'Ja. Hoe heeft ze het zichzelf ooit kunnen vergeven?'

'Of hém.'

'Ja, hem ook. Het moet gek voor je zijn geweest om er na haar dood achter te komen. Nu zul je nooit weten hoe het in elkaar zat. Je hebt een fragment uit een verhaal en je weet het einde niet.'

‘Het is inderdaad gek. Heel verwarrend.’

‘Wat zeggen Jude en Stella ervan?’

‘Ik heb het niet verteld.’

‘Waarom niet?’

‘Ik dacht... O, ik weet het niet. Ik wilde het vertellen, maar toen bedacht ik dat het haar geheim was, niet het mijne. En ze heeft er tweeëntwintig jaar lang over gezwegen. Misschien heeft ze het wel helemaal niemand verteld. Heb ik dan het recht om het tegen de anderen te zeggen?’

‘Ik weet het niet,’ zei Alex langzaam. ‘Maar als ze iets te kiezen hadden, zouden ze het willen weten. Vooral Jude.’

‘Natuurlijk. Bijna iedereen wil die dingen weten. Als ik zou zeggen...’ Ze slikte iets weg en ging verder. ‘Als ik zou zeggen dat ik een geheim heb, iets wat jij niet leuk zult vinden, zou je het dan toch willen weten?’

Ze had zich dit gesprek met Alex voorgesteld toen ze de brief net had gevonden – de vurige analyse van de implicaties; de opluchting het te kunnen vertellen aan iemand die het zou begrijpen. Maar nu voelde ieder woord bedrieglijk en vol gevaren. Ze probeerde zich voor te stellen wat ze gezegd zou hebben als er niets was gebeurd met Ricky en die woorden te herhalen, maar ze was net een actrice die haar tekst niet goed had geleerd en nu stamelend op het toneel stond en geen kant op kon.

‘Ik weet het niet.’

‘Jij zou het willen horen, toch? Vast wel.’

‘Ik weet het niet. Er zijn dingen die je beter niet kunt weten.’

‘O,’ zei Edie weifelend.

‘Stel,’ zei Alex opgewekt, ‘dat jij bijvoorbeeld vreemdgegaan zou zijn.’

‘Ja?’ Ze lachte naar hem met het gevoel alsof haar knieën het zouden begeven, terwijl ze zichzelf eraan herinnerde dat ze dit soort dingen heel vaak tegen elkaar zeiden – stel dit, stel dat, hoe zou jij je voelen, hoe zou ik me voelen?

'Zou ik dat willen weten? Als ik moest kiezen tussen weten of niet weten, en niet weten zou inhouden dat ik kon vergeten dat ik ooit in de positie was geweest om erachter te komen, als je begrijpt wat ik bedoel...'

'Ja.'

'Dan zou dat misschien het verstandigst zijn. Weet je, ik denk wel eens dat er in relaties twee soorten mensen zijn: degenen die niet genoeg willen weten over het leven van hun partner en degenen die te veel willen weten, die alles willen weten. De onverschilligen en de geobsedeerden. Je kunt wel gek worden als je precies wilt weten wat er in het hoofd van je geliefde omgaat.'

'Dat is wat anders. Je hoeft dan misschien niet te weten wat er de hele dag in mijn hoofd speelt, maar over mijn leven...?'

'Nou ja, gelukkig is het allemaal puur theoretisch, want ik weet dat je geen verhouding hebt met een ander. Dan zou ik heus niet zo rationeel redeneren. Ik denk dat ik gek zou worden.'

Edie probeerde naar hem te glimlachen. 'We dwalen af. Het ging over Louise.' Het verbaasde haar hoe natuurlijk haar stem klonk.

'Hoe ouder ik word,' zei Alex, 'hoe sterker ik het gevoel krijg dat het geen zin heeft om mensen te veroordelen. Je hoeft ze alleen maar te begrijpen. Jij krijgt toch vanzelf medelijden met je ouders? Ze waren gevangen in hun eigen tragedie.'

'Ja,' zei Edie. 'Daar heb je misschien wel gelijk in.'

'Kom op.' Hij pakte haar hand en trok haar van Louises bed. 'We gaan het avondeten klaarmaken. Ik schenk voor iedereen wat te drinken in. En jij gaat vroeg naar bed, want je ziet er doodmoe uit.'

'O ja?'

'Uitgeput.'

Ze werd om één uur wakker en luisterde een tijdje naar Alex' ademhaling. Ze staarde naar het donker buiten. Toen stapte ze uit bed, heel zachtjes om hem niet wakker te maken, en ging bij het raam staan om naar de vage contouren van de tuin te kijken, het massieve zwart van de bomen.

Ze had dorst, dus liep ze naar de badkamer en ze luisterde intussen of ze misschien een van de kinderen hoorde, maar alles was rustig. Ze dronk een glas water en keek naar buiten. Heel even dacht ze een gestalte te zien, bij de lantaarnpaal, maar toen ze weer keek, stond er niemand. Ze verbeeldde het zich maar. Ze sloop terug over de overloop en stapte in bed. Toen ging ze met haar ogen dicht liggen wachten tot het ochtend werd.

27

De volgende morgen stond Alex erop om voor iedereen een uitgebreid warm ontbijt klaar te maken, hoewel Jude haar neus ophaalde bij de gedachte en Stella protesteerde dat ze net de koelkast leeggemaakt hadden. Nu zou hij hem weer volstoppen.

'Jullie krijgen vanmiddag niets meer te eten tot na de crematie,' zei hij vastberaden. 'En vet is goed voor sterke emoties, vind ik.'

Om acht uur was hij terug met zijn inkopen, en hij legde spek, eieren, knoflookworstjes, champignons, tomaten en zelfs – dat laatste haalde hij met een triomfantelijk gebaar tevoorschijn – bloedworst klaar.

'Het geheim zit hem in de timing,' zei hij.

Hij stelde Lewis en Kit aan als hulpjes. Algauw rook de hele keuken naar gebakken eten en zat het pas geboende aanrecht vol vetvlekken. Lewis draaide het spek en de worstjes om en Kit schonk vers sinaasappelsap in zeven glazen en telde messen en vorken uit. Alex maalde koffiebonen, sneed tomaten in plakjes en bestrooide ze met kruiden, roosterde bruin brood en liet plakken bloedworst sissen in de pan. Hij brak behendig eierschalen en bedroop de eieren met spekvet.

'Perfect!' riep hij uit. 'Kom, je moet het eten als het gloeiend heet is.' Hij schoof het eten op de borden.

Edie maakte de dooier kapot met een korst brood en keek toe hoe het kleverige eigeel over haar bord liep. Ze sneed een stukje spek af, doopte het erin en stopte het in haar mond. Ze had geen trek. Ze nam een slok koffie om het eten weg te spoelen. Ze voelde zich heel ver weg, in een droom die ze zelf had gecreëerd. Morgen zou ze hier weg zijn. Dan zouden ze zich allemaal verspreiden, en er zou geen reden meer zijn om nog bij elkaar te komen. Het zou slechts een herinnering zijn, als een vakantiekiekje dat langzaam vergeelde. Ze zou aan deze tijd terugdenken zoals je aan de vakanties van vroeger denkt: stralende plaatjes, en daaromheen mist en stilte. Ze prikte een schijfje worst aan haar vork. Een brug. Een vreemde van lang geleden.

Ze kromp even ineen en keek toen om zich heen. Iedereen concentreerde zich zwijgend op zijn ontbijt. Kit had donkere vlekken onder zijn ogen. Lewis' haar stond recht overeind, als de veren van een uil. De lippen van Jess waren gulzig geel. Ze had kuiltjes in haar polsen; de laatste sporen van haar peuterjaren. Jude zat nog in haar ochtendjas. Haar sleutelbeenderen waren scherp en haar gezicht was bleek, en ze speelde met haar ontbijt. Stella zat tevreden te eten. Ze leek jonger en mooier dan een week geleden. En Alex – Alex prikte zorgvuldig worst, spek, bloedworst en champignon aan zijn vork en bedekte het geheel met eigeel. Jess zei iets tegen hem en hij boog zich eerbiedig naar haar toe, de vork halverwege zijn mond. Toen moest hij Edies blik hebben gevoeld, want hij keek met een lachje naar haar op.

'Eet nou door,' droeg hij haar op. 'En jij ook, Jude! Ik ben hier om jullie allemaal de dag door te helpen.'

Het was een komen en gaan in huis. Alex, die de hele ontbijtboel had afgeruimd en het gras had gemaaid, raasde te laat de deur uit om Leah en Gabriel van het station te halen. Een halfuur later kwam hij met hen terug. Edie had ze leren kennen toen ze nog heel klein waren, maar nu waren ze bijna volwassen. Gabriel zat in de fase van jeugdpuistjes, slungelige armen en benen en een stem die halverwege de zin oversloeg. Hij was langer dan Alex en had schuine, donkere ogen en een kaalgeschoren hoofd. Leah had een gave huid en haar lange, donkere haar droeg ze kunstig in de war. Nu begon ze te klagen over de zwarte rok die ze van haar moeder had moeten aantrekken, en de lelijke schoenen waarin ze zere tenen kreeg. Ze sloeg haar armen om Edie heen. Gabriel had de oordopjes van zijn draagbare cd-speler in. Toen hij haar op haar wangen kuste, hoorde ze de blikkerige tonen van de muziek.

Toen kwamen Bob en Sam. Stella had gelijk: Sam was een lange, logge jongeman geworden, die voor zich uit staarde en voetje voor voetje schuifelde. Met hem vergeleken was Bob klein. Edie keek hoe ze elkaar bij de deur begroetten. Stella deed zo koel en beheerst. Ze wendde haar hoofd af voor Bobs kus, zodat zijn lippen langs haar wang gleden.

Toen ging ze samen met Jude Ellen ophalen bij het tehuis. Er was gezegd dat ze klaar zou staan, maar toen ze aankwamen, troffen ze haar aan in een wollen rok vol vlekken en een lelijk bruin vest waar meerdere knopen aan ontbraken. Ze droeg dikke steunkousen met ladders erin en roze pantoffels en ze rook naar urine.

'Ze zal het wel snikheet hebben,' zei Edie.

'En ze ziet er vreselijk uit. Alsof het niemand wat kan schelen.'

Jude haalde de klerenkast overhoop. Er lag maar weinig kleding en het meeste was oud en vormeloos; dikke rokken en sombere jurken in bruintinten, donkerblauw en donkergrijs.

'Verdomme!' zei Jude vol afkeer. 'Het lijkt wel of ze haar nog onzichtbaarder willen maken dan ze al is.'

Ze pakte een muisgrijze hemdjurk en hield hem omhoog. 'Wie zou zoiets nou vrijwillig dragen? Het verbaast me dat ma dat toegelaten heeft.'

'Wat vind je hiervan?' Edie haalde een lichtroze blouse uit een lade. 'Dit lijkt er meer op.'

'Moet je ons nu eens horen,' zei Jude. 'We doen net alsof ze er niet bij is.' Ze knielde neer voor Ellen en hield de blouse omhoog. 'Wat vindt u ervan, oma? Is dit wat?'

Ellen stak een hand uit en raakte het katoen aan. 'Roze,' zei ze.

'Juist. Wilt u het aan?'

Toen Ellen geen antwoord gaf, gooide Jude de blouse op bed.

'Wat dacht u van een broek, in plaats van zo'n duffe rok met een dikke, oranje panty eronder? Ja? Kijk, deze zwarte pantalon is best mooi. En dan mag u er straks een zwart colbert van Louise bij aan. Die heb ik in een zak voor het goede doel gestopt. Samen wordt het een soort broekpak. U zult er prachtig uitzien.' Ze legde een hand op Ellens arm. 'Oma? Een broek?'

'Broek,' herhaalde Ellen, en Jude vatte het op als een bevestiging.

Ze trokken het kriebelvest en haar dunne blouse uit. Ze droeg er een groezelig zijden hemdje onder. Haar huid hing in losse vellen om haar magere armen heen.

'We doen een ander hemd aan, goed? Til uw armen eens op. Goed zo.'

Het voelde op de een of andere manier ongepast om naar haar gekrompen lijfje en haar verschrompelde borsten te kijken. Dat gevoel had Ellen waarschijnlijk ook, want ze sloeg haar armen voor haar naakte borstkas.

'Zo, trek maar aan.'

Ze trokken een hemdje over haar hoofd en knoopten vervolgens de roze blouse dicht.

'Wilt u even opstaan, oma?'

Ze trokken haar overeind, deden haar rok uit en stroopten haar dikke panty af. Ze keek verward om zich heen. Ze had adertjes op haar benen en dikke enkels, en haar voeten waren paarsig, met gele nagels. Edie dacht aan het prachtige lichaam van Jess, en haar schone geur.

'Ik ga haar wassen,' zei ze.

Ze liet de wasbak vollopen met lauw water en veegde met een warm washandje tussen Ellens benen.

'En dan doen we haar nu een luier om voor de crematie.'

'Moet dat echt?'

'Ja. Ik doe het wel. Geef maar. En dan zo'n grote onderbroek.'

'We behandelen haar als een baby.'

'Het is beter zo. En we nemen een paar reserveluiers mee.'

'Broek,' zei Jude. 'Goed zo. Trek maar aan.'

Ze knoopten de broek dicht over haar luierbillen en haar dikke buik en schoven instappers aan haar voeten. Edie borstelde haar dunne haar en Jude haalde een flesje parfum uit haar tas en deed een beetje op Ellens polsen en achter haar oren.

'Kijk eens!' zei Jude, en ze zette Ellen voor de spiegel.

Ze loodsten haar de trap af en de voordeur door. Ze glimlachte toen ze de frisse lucht op haar gezicht voelde.

'Gaan we naar huis?'

'U gaat vandaag met ons mee,' zei Edie. Ze wachtte even en voegde er toen aan toe: 'Louise wordt gecremeerd.'

'Gecremeerd?'

'Louise is dood, oma,' zei Jude.

'Mijn dochtertje Louise?'

'Ja, uw dochter. Ze is verongelukt. Ze wordt vandaag gecremeerd. We gaan afscheid van haar nemen.'

'Nee. Nee, dat is niet waar. Ik zie je toch?'

'Kom, hier staat de auto. Pas op voor uw hoofd.'

Ze ging voorin zitten, naast Jude, en ze maakten haar veiligheidsgordel vast.

'Naar huis,' zei ze weer.

'Ik ben geen dochter meer. Ik ben mijn hele leven dochter geweest, en nu ben ik alleen nog moeder. Er liggen zoveel dingen achter me die nooit meer terugkomen.'

'Moeder. Echtgenote. Zus. Vriendin. Je bent verschillende dingen voor verschillende mensen.'

'Ik ben naar ons oude huis geweest.'

'Echt? Ik vroeg me al af of je dat zou doen.'

'En naar de brug waar... Je weet wel.'

'Ja.'

'Het leek allemaal zo ver weg en tegelijk zo dichtbij. Het is nog even gevoelig alsof het gisteren gebeurd is. Ik besefte dat ik er nooit overheen zal komen.'

'O, Edie,' zei Alex teder.

Het had geen zin. Ze kon het nu niet vertellen. Ze zag dat hij een plekje had vergeten bij het scheren, dat zijn overhemd half uit zijn broek hing en er een vlek op zijn manchet zat. Zijn schoenen hadden kale neuzen. Ze stond op en liep naar hem toe. Ze sloeg haar armen om zijn nek en kuste zijn oogleden, de ader in zijn hals en zijn lippen. Ze ging met haar handen door zijn zachte haar.

'Ik heb nog nooit van iemand gehouden zoals ik van jou houd,' zei ze. 'Jij bent mijn ware.'

'Echt?'

'Ik verdien jou helemaal niet.'

'Zeg dat nou niet.'

Hij sloeg zijn armen om haar heen en ze hielden elkaar vast. Beneden riep Lewis haar, maar ze verroerde zich niet en pakte Alex alleen nog steviger vast.

28

Er rolden een paar tranen over Stella's wangen, maar alleen Jude huilde echt. Ze zat kaarsrecht in de kerkbank, haar handen gevouwen in haar schoot, met de maanstenen ring van Louise aan haar vinger en een zwierige baret op haar stugge zwarte haar. Haar ogen bleven droog en haar gezichtsuitdrukking veranderde nauwelijks, maar haar lichaam schokte krampachtig. Edie legde een hand op haar schouder. Ze was een en al bot, pees en spier; niets aan haar was zacht of buigzaam. Ze werd overmand door verdriet, maar ze keek voor zich uit, zwijgend, tot het gesnik langzaam afnam en ze weer stil was.

Edie had gedacht dat zij ook zou huilen, en ze kreeg inderdaad pijn in haar keel bij de aanblik van de doodskist, maar ze bleef grotendeels kalm. Ze was helemaal op na de afgelopen dagen, uitgeput als een verslaafde die moest bijkomen van een uitspatting. Ze wilde naar huis. Ze stond zichzelf toe eraan te denken hoe het zou zijn om 's morgens wakker te worden met Jess tussen haar en Alex in. Of om met Lewis aan de keukentafel te zitten en toe te kijken hoe hij koekjes in zijn thee doopte en dan aan het slappe gedeelte zoog terwijl hij haar vertelde hoe zijn dag was geweest. Met Kit op de fiets donuts gaan kopen, met de avondzon achter hen. Alex die uit zijn werk kwam en voor hen allebei een glas wijn inschonk. Samen van de ene naar de andere kamer gaan om de kinderen een nachtzoen te geven en in de deuropening naar hen kijken terwijl ze lagen te slapen.

Ze nam een besluit. Ze zou Kit meteen van deze school halen en een andere voor hem zoeken. Het maakte niet uit hoe lang het zou duren. Ze zou hem niet dwingen nog één keer die schoolpoort door te lopen, met die doodsbange blik, zijn hele lijfje trillend, alleen omdat hij zo nodig moest doorbijten. Hij moest opnieuw beginnen op een plek waar de jongens hem geen 'mietje' noemden, waar hij niet in de pauze werd opgesloten in de toiletten, een plek waar het falen niet als een vieze lucht om hem heen bleef hangen. Ze keek om naar de kerkbank achter haar en ving zijn blik. Ze glimlachte naar hem en hij lachte ernstig terug. Er was al te veel verdriet geweest. Ze had een keuze.

Stella stond op en liep naar voren. Het boek in haar handen trilde, maar ze las met geheven hoofd en heldere stem. Nadat ze zich er uren het hoofd over had gebroken, had ze gekozen voor een gedicht dat altijd werd gebruikt voor crematies. Haar lage, aangename stem vulde de kerk. 'Als ik dood ben, mijn liefste,' begon ze, en er viel een gesmoorde stilte in de kerk. Hier was men voor gekomen. Er klonk een snik. Maar Edie hoorde de woorden van het gedicht dat Stella had uitgekozen amper. Ze werd erdoor meegesleurd als door het terugtrekkende water.

Over een paar maanden zou Edie veertig worden. Ze was net zo oud als Louise was geweest toen Vic zelfmoord pleegde. De tweede levensfase, werd het wel genoemd. Of de middenjaren, tussen het begin en het einde in. In haar werk noemden ze het vaak de gevaarlijke jaren – mannen die totaal ontspoorden, voor een jongere vrouw vielen en het leven dat ze hadden opgebouwd vaarwel zeiden; vrouwen die in stilte en onzichtbaar instortten, alsof ze van binnenuit werden aangevreten door de roest van het verdriet. Bij mannen werkt het van buiten naar binnen, bij vrouwen van binnen naar buiten, zeiden ze, en Edie was het daar altijd mee eens geweest, zelfgenoegzaam en zich niet bewust van de emotionele wervelstorm die haar te wachten stond. Vic en Louise hadden allebei schipbreuk geleden aan het begin van hun middenjaren; de een was naar de bodem van de oceaan gezonken, de ander was lek geslagen en versplinterd en had slagzij gemaakt tot ze in de zestig was. Nu was het haar beurt. Deel twee.

Stella was klaar met haar gedicht en ging zitten. Edie liep naar voren, haar gezicht naar de kerkbanken. Voor haar zaten vele rijen mensen die ze kende, mensen die ze een beetje kende en mensen die ze was vergeten of die in de loop der jaren zo veranderd waren dat ze hen alleen herkende aan de manier waarop ze naar haar lachten. Oude vrienden van haar ouders, van wie ze sommigen voor het laatst had gezien op de crematie van Vic. Mensen die ze nog nooit had gezien. Collega's, buren, verre familieleden aan wie ze jaren niet meer had gedacht. Rose was er ook. Ze zat naast haar moeder en droeg een lange zwarte jurk en een grote barnstenen ketting, en haar lippen waren vuurrood. De tranen stroomden over haar wangen en lieten sporen achter in haar make-up. Tijdens crematies huilen mensen om hun eigen leven; alle gestrande verwachtingen. Achter in de kerk, ver van zijn ex-vrouw, zat de vader van Rose, met zilverkleurig haar en het te bruine gezicht van een zware drinker; een gin-tonicman.

'Dit is ter nagedachtenis aan mama en papa,' hoorde ze zichzelf zeggen. 'Omdat ze me ooit hebben verteld dat ze het samen hebben geleerd toen ze elkaar pas kenden, en als kind kenden wij het ook allemaal van buiten. Het hoorde echt bij ons gezin. En omdat het me mooi leek om ook terug te denken aan de fijne momenten, en niet alleen de verdrietige. Dus...'

Ze ving Alex' blik en hield die even vast voordat ze wegkeek. Haar ogen gingen over Lewis, Kit, en Jess en bleven toen rusten op de gezichten van haar twee zussen; Stella zag er rustig en warm uit, Jude broodmager en eenzaam als een kraai. Naast haar was Ellen in slaap gevallen; haar hoofd hing slap naar voren. Edie voelde zich opzwellen van liefde voor hen, zwaarbeladen, als een schip dat tot onder de lastlijn lag. Ze glimlachte naar hen allemaal.

'De uil en de poes gingen naar zee,' begon ze. 'In een mooie groene boot...'

Ze kende het uit haar hoofd. Ze las het ook vaak voor aan haar kinderen, om het aan hen door te geven. Zo ging dat in families, dacht ze, terwijl ze de bekende woorden voordroeg. Je herhaalt dingen en geeft ze door, al die rituelen en gebruiken; de diepe structuren van het leven, onder je overtuiging, gezond verstand en wilskracht. Alle verhalen die je karakteriseren; de tirannieke, liefhebbende, onopgesmukte anekdotes die je op je plaats houden. Alle leugens en geheimen. Je denkt dat je een individu bent, vers van de pers, fundamenteel en alleen, en dan kom je tot de ontdekking dat je toch een schakeltje in de keten bent. Zelfs de strijd om vrij te kunnen zijn maakt onderdeel uit van het patroon dat je bindt.

'Ze voeren weg voor een jaar en een dag...' Onder haar eigen stem hoorde ze de stem van Vic. Voor zo'n schuchtere man was hij verrassend theatraal geweest. Hij had altijd op luide toon voorgelezen, onbekommerd personages uitgebeeld en overdreven met zijn armen gezwaaid, alsof hij zichzelf even kon vergeten en iemand anders werd. Louise was altijd verlegener geweest. Ze had het heerlijk gevonden om bekeken en begeerd te worden, maar ze vond het altijd zeer belangrijk hoe ze bij anderen overkwam. In haar leven hadden spiegels een grote rol gespeeld. Edie herinnerde zich dat ze op weg naar de voordeur altijd bleef staan in de hal om te kijken hoe ze eruitzag; dat ze de binnenspiegel altijd naar zich toe draaide om naar haar spiegelbeeld te kijken voordat ze uit de auto stapte, of kritisch naar zichzelf keek in etalageruiten. Ze wilde controle uitoefenen op het beeld dat de buitenwereld zich van haar vormde. Haar schoonheid bevatte een element van angst, dacht Edie. Ze was altijd bang haar schoonheid te verliezen en niet langer beminnelijk te zijn. Misschien had ze daarom een verhouding gehad met een man als de vader van Rose. Begeerd worden kan de sterkste vorm van verleiding zijn, die je weer tot leven wekt.

'Ze aten muizen en stukjes kweepeer, met een lepel die leek op een vork...'

Ze dacht aan Ricky zoals hij vroeger was, een romanticus die ervan overtuigd was dat liefde de sleutel was, de ladder om aan zijn leven te ontsnappen. En nu werkte hij voor een verwarmingsbedrijf, was zijn huwelijk stukgelopen en had hij een bittere lach, en liet hij schokschouderend blijken dat hij niet anders had verwacht. Of zelfs Rose, die een paar rijen van haar vandaan zat met het gezicht dat ze die ochtend hoopvol had aangebracht, en die nu haar ogen bette tot er grote mascarakringen omheen zaten: zij was het meest bewonderde meisje van de hele school geweest, met geelblond haar en een giechelende lach als een ondiep beekje.

Kit keek naar zijn moeder. Ze zag er anders uit, al wist hij niet precies waarom. Misschien kwam het door het gekleurde licht en haar onbekende kleding: de zwarte zijden blouse op een zwarte rok, haar bruine haar in een strakke rol op haar hoofd. Haar gezicht was bleek en leek smaller dan anders, terwijl haar ogen groot en helder waren. Er lag een gloed over haar heen. Hij wist niet of hij haar zo wel lief vond, zoals ze daar kaarsrecht stond terwijl iedereen naar haar keek, en ze door iedereen heen keek alsof ze iets zag wat zij niet konden zien.

Hij staarde naar de kist. Hij probeerde er niet aan te denken hoe zijn oma daarin zou liggen, al zes dagen dood. Hoe zag ze eruit? Daar moest hij niet aan denken. Hij probeerde zich te herinneren hoe ze er vroeger altijd uitgezien had, maar hij merkte dat dat niet lukte, niet echt. Hoe kon dat nou? Ze was nog maar net dood en nu al begon ze te vervagen, net als zijn dromen wanneer hij 's morgens wakker werd en probeerde ze terug te halen. Hij deed zijn ogen dicht om haar weer in zijn gedachten te krijgen: glanzend haar met grijs erin, een lekkere geur als ze hem omhelsde, trieste ogen, zachte huid, poeder en lippenstift. Als zijn moeder doodging, zou hij haar dan ook vergeten en haar onder water laten wegzinken, tot ze naar de bodem zakte? Nee! Hij deed zijn ogen open en keek nog een keer indringend naar haar, en haar gestalte glinsterde door zijn tranen. Haar stem klonk nu zachter. Ze was bijna bij het einde.

'En hand in hand, aan de rand van het strand, dansten ze in het licht van de maan.'

'Dansten ze in het licht van de maan,' zei Ellen, en ze tilde plotseling haar hoofd op. 'De maan, de maan, de maan.'

29

De zon scheen volop en de gasten liepen vanuit de keuken en de huiskamer het gazon op, dat Alex die ochtend had gemaaid. Ze trokken hun zwarte colbertjes uit en zetten hun grote hoeden af; de mannen maakten hun stropdas los en rolden de mouwen van hun overhemd op. Naaldhakken zakten weg in het hete zand. Lucifers lichtten op achter gevouwen handen. De kinderen liepen rond met dienbladen vol drankjes en schalen chips. Geroezemoes, bulderend en hoog gelach, knallende kurken en klinkende glazen. Het was een feestje.

Edie ging van groepje naar groepje. Ze had haar warme zwarte kleren verruild voor een dunne blauwe rok en een T-shirt. Haar voeten waren in sandalen gestoken en ze had haar haar losgedaan; het hing in vochtige slierten langs haar wangen. Ze nam behoedzaam een slokje van haar mousserende wijn. Haar hoofd bruiste. Het licht scheen fel in haar ogen, die pijn deden. Ze voelde een lichte pijn door haar slapen kronkelen. Ze zou willen dat ze haar spijkerbroek en een oud T-shirt aanhad, dat ze alleen door de groene weilanden liep, met de wind in haar gezicht. Ze keek even naar Ellen, die bij de tuindeur zat, en liep toen naar Rose en haar moeder.

'Fijn dat jullie gekomen zijn,' zei ze.

Rose sloeg haar armen om haar heen. 'Ik had het voor geen goud willen missen,' zei ze, en ze begon weer te huilen. Weelderig dikke tranen rolden over haar wangen. 'Sorry, ik ben hopeloos slecht in dit soort dingen.'

Alison pakte Edies hand. 'Gecondoleerd met je verlies,' zei ze formeel.

Edie keek haar aan. Het was vele jaren geleden dat ze haar had gezien, en ze was kleiner dan in haar herinnering, met stijve schouders en een mager, zorgelijk gezicht.

'Het was een schok,' zei ze. 'Ik geloof dat het nog niet helemaal tot me doorgedrongen is.' Ze nam nog een slok van haar wijn.

'Je hebt zo mooi voorgelezen,' zei Rose emotioneel. Ze sloeg een arm om Edies middel. 'Gaat het een beetje?'

'Ja, hoor. Prima.'

'Prima! En je hebt niet gehuild, hè? Ben jij altijd zo beheerst?'

'Nee, ik geloof het niet. Ik voel me in ieder geval niet beheerst.'

'Zij was altijd mijn leukste vriendin, vond je niet, mam?' Rose was hard op weg om behoorlijk dronken te worden.

'Je was een stil, heel beleefd meisje, herinner ik me vooral.' Er kon een glimlachje van af bij de moeder van Rose.

'Ik was verlegen, denk ik. Dat is niet hetzelfde.'

'Kom op, Edie! Je was ontzettend braaf.'

'Dat klinkt verschrikkelijk.'

'Nee, maar we vonden je allemaal zo onschuldig.'

'Dat was ik ook. Dat waren we allemaal.'

'Edie!'

Toen Edie zich omdraaide, zag ze een gezicht dat ze niet herkende. Ze lachte vaag.

'Ik ben het, Ken. Ken je me niet meer? We woonden twee deuren verderop. Zo'n lieve vrouw, je moeder... We wilden er vandaag beslist bij zijn.'

Een warm handje gleed in de hare en ze keek naar beneden. Het was Kit, nog in zijn rouwkleren, met het zweet op zijn voorhoofd.

'Ga binnen maar een korte broek aantrekken, lieverd.'

'Ik wil bij jou blijven.'

'Kit...'

'Ik ga niet weg. Ik wil de hele tijd bij jou blijven.'

'Ik zou je overal herkend hebben.'

'Echt waar?'

'Je bent bijna niet veranderd. Nou ja, je bent natuurlijk ouder geworden. We zijn allemaal ouder, nietwaar?' Simon Scott zuchtte luidruchtig. Edie rook alcohol in zijn adem, en iets pepermuntachtigs, mondwater of iets dergelijks. 'Neem mij nu. Iedere haar op mijn hoofd is grijs en ik moet er 's nachts drie of vier keer uit om te plassen. En moet je kijken.' Hij stak een hand uit en ze keken samen naar zijn trillende vingers. 'Maar we hebben het leuk gehad samen, hè? Alison en ik, Louise en Vic en jij en Rose. Ik herinner het me als de dag van gisteren, en hier staan we dan. Vic en Louise zijn dood en Alison en ik praten niet meer met elkaar. Iedereen is dood of uit elkaar. Wie had dat gedacht, hè?'

Edie mompelde iets onsamenhangends.

'Je moeder was een fantastische vrouw,' ging hij sentimenteel verder. 'Zo zijn er niet veel.'

Ze staarde hem aan. Als ze nu zou zeggen: 'U hebt een verhouding gehad met mijn moeder en toen heeft mijn vader zelfmoord gepleegd,' wat zou hij dan doen? Tekeergaan? Huilen? We hebben allemaal een immens vermogen om onszelf te vergeven, dacht ze. De tijd heelt wonden als een nieuwe huid die langzaam dikker wordt, tot er niet meer overblijft dan een ruw litteken, een verhaal dat je kunt volgen door met je vingers over de bleke rand te gaan. Ze deed haar mond open om iets te zeggen, maar ze kon het niet. Ik heb mijn recht om over anderen te oordelen verspeeld, dacht ze. Ik mag alleen mezelf veroordelen.

'Ze was heel mooi,' zei ze instemmend.

'Ze is nooit over de dood van Vic heen gekomen.'

'Hoe had ze dat ook gekund?'

'Zo jammer.'

'Ja. Neem me niet kwalijk, ik moet nu gaan. Al die mensen...'

Jude stond alleen in een hoekje van de tuin, met een sigaret in de ene hand en een glas mousserende wijn in de andere. Ze had haar lange colbert uitgetrokken; de zoom van haar glanzende grijze rok hing op de grond. In haar mouwloze zwarte truitje waren haar armen dun en wit; haar sleutelbeenderen staken uit. Haar lippenstift was bijna verdwenen. Zonder zag ze er bloot uit. Edie liep naar haar toe.

'Gaat het wel?'

Jude draaide zich om. Haar gezicht stond uitdrukkingsloos. 'Na die jankbui, bedoel je?'

'Hoe is het met je?'

Ze haalde haar knokige schouders op.

'Jude?'

'Ik ben misschien een beetje dronken.' Ze goot het laatste beetje wijn naar binnen om haar uitspraak kracht bij te zetten en zoog met holle wangen aan haar sigaret.

'Ach ja, waarom niet.'

'Ik heb ze allebei de dood in gejaagd, weet je dat?'

'Wat?'

'Ik heb ze gedood.'

'Jude, waar héb je het in godsnaam over?'
'Hem, en haar ook.'
'Jude, lieve Jude, dat is flauwekul.'
'Nee.' Jude gooide haar sigarettenpeuk op het keurige gazon van Louise en trapte hem fel uit. 'Nee, dat is het niet. Ik heb het hem namelijk verteld, snap je?'
'Nee, ik snap er niks van. Wie? Wat heb je verteld?'
'Over ma en die patserige sukkel.' Jude gebaarde bruusk met haar hoofd in de richting van Simon. 'De dag voor zijn verdwijning. Zo. Je hoeft je dus niet meer druk te maken omdat je een beetje onaardig tegen hem bent geweest.'
'Hallo.' Alex sloeg een arm om hen beiden heen. 'Ik stond naar jullie te kijken. Gaat het wel goed hier?'
'Ja.'
'Nee.'
'Nou, dat antwoord hoort precies bij een dag als deze. Zal ik iets voor jullie halen? Een borrel? Thee?'
'Nee,' zei Jude nors.
'Ik hoef niks,' zei Edie. 'Gaat het goed met de kinderen?'
'Ja. Ze zijn binnen – ze zitten tv te kijken. Bob is bij Sam.'
Edie zei tegen Jude: 'Dat is niet waar.'
'Wist jij het ook? Jij wist ervan! Hoe lang al?' Haar gezichtsuitdrukking veranderde plotseling. 'Jezus! Verbeeld ik het me nou of staat daar wie ik denk dat er staat?' vroeg ze, met een blik over Edies schouder. 'O, hij is het!' Ze grinnikte schor. 'Daar zaten we net op te wachten.'
'Wat is er?'
Maar Edie wist het al voordat ze haar hoofd omdraaide en Judes blik volgde. Een enorme angst trok als ijswater over haar huid. Alex' hand voelde zwaar op haar schouder.
'Wat moet hij hier, verdomme?' ging Jude hardop verder, zodat verschillende mensen hun kant op keken.
Hij zag eruit alsof hij net uit bed kwam en het eerste het bes-

te had aangetrokken dat voorhanden was geweest: een spijkerbroek met een scheur op de knie, een verkreukeld T-shirt waar in roze letters 'Waarom ik?' op stond en afgetrapte gymschoenen. Hij stond bij de keukendeur met een scheve grijns om zich heen te kijken. Zo te zien was hij dronken.

'Wie?' vroeg Alex. 'Over wie heb je het?'

'Iemand die we van vroeger kennen,' zei Jude. 'Ja toch, Edie?' Ze keek nu naar Edie; haar ogen glinsterden.

'Dat is Ricky,' zei Edie zachtjes tegen Alex. 'Je weet wel, de jongen...'

'Jouw oude vlam?'

'Ja.'

'Hoe wist hij hiervan?'

'Ik weet het niet,' zei Edie. Ze begreep niet dat ze nog gewoon rechtop stond en begrijpelijke woorden gebruikte. Haar gezicht voelde helemaal verstrakt, vol tics en zenuwtrekken. 'Hij zal wel iemand tegengekomen zijn die... Ik kan maar beter even, eh...'

'Mama.'

Dat was Kit weer. Hij pakte haar hand vast met zijn klamme vingertjes. 'Mama, ik kon je niet vinden.'

'Ik ben hier,' zei ze.

Ricky had hen nu gezien, maar hij bleef staan. Hij grijnsde alleen zijn scheve grijns. Bob dook achter hem op om hem een glas mousserende wijn te geven, die hij opdronk alsof het water was voordat hij een tweede glas pakte. De mensen keken naar hem – een smoezelige vreemdeling met een kapotte broek. Edie had het gevoel alsof ze aan de grond genageld stond in het gouden licht van de vroege avond, op haar plaats gehouden door de starende blikken van Alex, Jude, Ricky – en nu Stella ook nog, die met open mond stond te kijken terwijl de herkenning langzaam van haar gezicht af te lezen was.

Toen bracht ze zichzelf in beweging. 'Ik zal... zal ik...?' zei ze, zo nonchalant mogelijk.

Ze trok haar hand los van Kit, maar hij pakte haar bij haar rok en liep met haar mee, struikelend over haar hakken. Ze kon zijn vingertjes losmaken en wegrennen, over het pad, het huis door, de weg op, haar auto in. En dan rijden, met het raampje open en de wind in haar haren. Het gaspedaal ingedrukt houden zonder zich druk te maken over haar bestemming – rijden, rijden, rijden, weg van die starende blikken. Of ze kon gaan gillen: op het tuinpad gaan zitten met haar hoofd in haar handen en krijsen tot ze er keelpijn van kreeg en iemand haar naar binnen bracht, naar een koele, rustige kamer, waar ze met een mondvol kalmeringspillen eindelijk opgenomen zou worden door het duister.

'Hallo, Ricky.' Nog steeds dat gestoorde lachje. 'Ik had jou hier beslist niet verwacht,' zei ze formeel, en ze stak haar hand uit. Hij pakte hem en hield hem even vast, zijn vingers in de hare gedrukt. De afgebeten nagels. 'Dit is mijn zoontje Kit,' zei ze. 'Mijn tweede kind.'

'Hallo,' zei Ricky.

Kit liet zijn hoofd zakken en kroop nog dichter tegen Edie aan, die een hand op zijn hoofd legde. Zijn haar was zacht en warm. Uit haar ooghoek zag ze mensen staan praten en glazen naar hun mond brengen. Ze gedroegen zich alsof er niets aan de hand was. Edie keek om en zag Jude en Alex, nog steeds achter in de tuin, naar haar staan kijken.

'Ik weet niet wat ik moet zeggen,' zei ze uiteindelijk.

'Geeft niks,' zei Ricky. 'Waarom moet je per se iets zeggen?'

'Maar...' Ze keek even naar Kit en zei toen zacht: 'Wat kom je hier doen?'

'Ik zou het niet kunnen zeggen. Ik ben in de lunchpauze weggegaan van mijn werk, heb wat gedronken en... Nou ja, het leek me toen wel een goed idee. Is er nog wijn?'

'Iedereen gaat zo'n beetje naar huis.'

'Dat geeft niet.'
O god, hij was echt dronken.
'Ik moet ze gedag zeggen.'
'Ga je gang.'
'Ricky, alsjeblieft.'
'Wat?'
'Je weet wel.'
'Edie, wij wilden eigenlijk...' Rose dook op naast Ricky, wiebelend op haar hoge hakken. Toen ze Ricky zag, viel haar mond open in een uitgelopen 'o'. 'Maar wat doe jij hier? Ik bedoel, ik wist niet dat jij en Edie elkaar nog...'
'Dat is ook niet zo,' zei Edie.
'Ik wilde haar moeder de laatste eer bewijzen,' zei Ricky.
'O,' zei Rose onzeker.
'Hallo, Ricky.'
Edie keek op. Jude stond op ongeveer een meter afstand.
'Hmm?' zei Ricky.
'Ken je me niet meer?'
'Ik kan niet zeggen dat ik... Wacht even, Edies kleine zusje. Jude Jennings. Jezus, wat ben jij veranderd. Wat is er met jou gebeurd?'
Jude snoof verachtelijk. 'Het leven, Ricky. Wat kom je hier doen?'
'Ach...' Hij keek vluchtig naar Edie, die haar huid voelde tintelen van angst. 'Wie zal het zeggen?' zei hij. 'De goede oude tijd. Is er nog wat te drinken?'
Edie keek de tuin in, die langzaam leeg begon te lopen. Alex stond nog alleen. Hij zag er groot, verhit en eenzaam uit. 'Ik laat jullie alleen,' zei ze, en ze liep naar hem toe, Kit nog steeds aan haar rok. Hier en daar bleef ze staan om afscheid te nemen, maar toen was ze eindelijk bij hem. Haar hart bonsde en ze had een droge mond. Ze probeerde naar hem te glimlachen.

'Hallo,' zei hij.

Ze stak een arm door de zijne, maar hij voelde log en zwaar. 'Hallo.'

Ze bleven een paar minuten zwijgend staan.

'Ik wil gewoon thuis zijn,' zei ze. Kit stond naast haar te wiebelen en te draaien. 'Jij en ik en de kinderen.'

Hij gaf geen antwoord. Hij staarde alleen maar de tuin in, die gestreept was met lange avondschaduwen. Ricky draaide een shagje. Jude, Stella en Bob stonden naast hem.

'Gewoon een schim uit het verleden.'

Toen draaide hij zich om en keek haar aan. 'Dus je hebt hem al twintig jaar niet gezien?'

'Tweeëntwintig,' verbeterde ze hem. Ze keek recht in zijn integere gezicht, zijn heldere ogen. 'Nee. Nee, natuurlijk niet.'

30

'Tot ziens.'

'Hou je taai.'

'We houden contact.'

'Gecondoleerd.'

'Als je ooit in de buurt bent...'

'Tot ziens,' zeiden Stella, Edie en Jude. 'Dank u wel. Dat zullen we zeker doen.' Ze stonden samen bij de deur. 'Rij voorzichtig,' zeiden ze tegen mensen die te veel gedronken hadden.

Er waren nu nog maar een paar gasten. Alex liep door de tuin met een vuilniszak om chipszakjes, sigarettenpeuken en half opgegeten plakken cake op te ruimen. Bob stond in de keuken glazen af te wassen, met één oog op de klok. Stella en hij zouden om acht uur vertrekken, waarna Jude en Edie de laatste rommel zouden opruimen en het huis zouden afsluiten. Gabriel zat in de logeerkamer over Edies laptop gebogen en Leah verstuurde sms'jes via haar mobiele telefoon. De andere kinderen, zelfs Kit, zaten in de slaapkamer van Louise naar hun tweede videofilm te kijken. Jess lag voor de tv te slapen, met haar duim in haar mond en haar vingers gespreid voor haar gezicht. Sam neuriede zachtjes voor zich uit.

In de tuin zat Ricky op de oude bank naast Ellen en Ken, hun oude buurman van twee deuren verder. Af en toe keek Edie naar hem in de hoop dat hij zou vertrekken, maar hij maakte geen aanstalten. Hij had geen scène gemaakt. De grond was niet opengespleten en de lucht was niet naar beneden gekomen.

'Wat doen we met hen?' vroeg Jude.

'Misschien kun jij Ellen terugbrengen naar het bejaardentehuis,' zei Edie.

'En Ricky?'

'Ik bel wel een taxi voor hem. Hij kan zo niet rijden.'

'Dat lijkt me een goed idee,' zei Jude kordaat. 'Ik bel het taxibedrijf wel even, dan kun jij zeggen dat hij moet gaan.'

'Jude...'

'We kunnen straks praten – als iedereen weg is. Hoe laat gaat Alex naar huis?'

'Om een uur of acht, net als Bob, als ze een hapje gegeten hebben. Hij moet Leah en Gabriel op tijd naar hun moeder terugbrengen. De kinderen kunnen allemaal in de auto slapen.'

'Juist. Kom op, dan.'

Jude nam Ellen mee. Haar roze blouse zat vol chocoladevlekken en op de een of andere manier was er een scheur in de mouw van het zwarte jasje gekomen.

'Waar ga ik naartoe?' vroeg ze toen ze om het huis heen naar de auto werd geleid. 'Ik wil niet weg.'

Ken stond op en keek om zich heen naar het lege gazon, alsof hij zich nu pas realiseerde dat alle andere gasten al vertrokken waren. 'Nou,' zei hij onbeholpen, 'dan ga ik ook maar. Het was echt een reisje terug in de tijd.'

'Leuk je weer eens gezien te hebben,' zei Edie beleefd. Ze wendde zich tot Ricky. 'Kom, het wordt tijd dat jij ook gaat.'

'Ja, dat zal wel,' zei Ricky. Hij ging wankelend staan en keek naar haar. 'Gek, hè?' zei hij.

'Ja. We hebben een taxi voor je gebeld. Je kunt je auto een andere keer ophalen.'

Ricky pakte haar hand en friemelde aan de gouden trouwring om haar vinger. Ze wist dat Alex stond te kijken, maar heel even liet ze hem haar hand vasthouden, met gebogen hoofd. Hij had roos en een kaal roze plekje op zijn kruin, zo groot als een muntstukje. Edie voelde een vlaag van tederheid en afkeer.

'Ik loop wel mee naar de straat,' zei ze. 'Kom.'

'Edie.'

'Kom nou.' Ze hoorde het dronken verlangen naar het verleden in zijn stem.

'Niets loopt zoals je denkt.' Er klonken voetstappen achter hen, en toen Edie opkeek, zag ze Alex vlak bij hen staan. Ricky staarde naar hem, nog steeds met Edies hand in de zijne. 'Ik zei net dat niets loopt zoals je denkt.'

'Dat is waar,' zei Alex.

'Ik heb Edie gekend toen ze nog heel jong was,' ging Ricky verder. 'Nog geen zeventien.'

'Dat weet ik.'

'Kom Ricky, we gaan daar je taxi opwachten.' Edie trok haar hand los.

'Jij boft maar,' zei Ricky tegen Alex. 'Ze is bij me weggegaan.'

'Ricky.'

'Toen haar vader zelfmoord had gepleegd. Gewoon weggegaan.'

'Ik weet het,' zei Alex.

'Het is lang geleden, maar zulke dingen vergeet je niet. Het lijkt wel of het nooit minder wordt. Soms komen ze zelfs dichterbij, alsof ze je achtervolgen. Je kunt er wel voor op de vlucht gaan, maar ze zitten je altijd op de hielen. Heb jij dat gevoel nooit gehad?'

'Ik weet het niet. Misschien wel.' Alex bukte, raapte een peuk op bij zijn voeten en gooide hem in de vuilniszak. 'Ik vertrek over een halfuur, Edie.'

'Ja.'

'Heb jij de kinderen gezien?'

'Nee. Ik ga zo wel even kijken.'

'Of ze worden in ieder geval duidelijker,' ging Ricky verder. 'Als je begrijpt wat ik bedoel. Ze krijgen een soort gloed. Het geheugen zit toch raar in elkaar, hè?'

'Ik ga de spullen inpakken,' zei Alex, maar hij verroerde zich niet.

'Sommige dingen vergeet ik gewoon. Hele stukken van mijn leven zijn een blinde vlek. Complete gedeeltes. Ik vraag me af wie ik toen was; het is net of ik mezelf uitgewist heb. Je zou zeggen dat het door de drugs komt die ik heb gebruikt toen ik jong was, of door de drank. Ik drink de laatste tijd heel veel. Maar nooit overdag. Of bijna nooit, behalve op dagen als vandaag. Als ik overdag zou drinken, zou het bergafwaarts gaan. Maar ik denk dat het niet alleen daardoor komt. Er zijn dingen die gewoon verloren gaan. Hele jaren. Mensen die ik heb gekend. Soms komt er op straat iemand naar me toe die zegt: "Jij bent toch Ricky Penrose?" Dan kijk ik hem aan en heb ik geen idee wie het is, of bij welk deel van mijn leven hij hoort. Soms maak ik me daar zorgen om – dat mensen mij nog kennen en ik hen niet. Dan vraag ik me af welke ik ze zich herinneren. Misschien weten ze wel dingen van me die ik zelf vergeten ben. Want dat denk ik ook vaak: je kunt nog zoveel mensen worden, in het begin. Als we jong zijn, bedoel ik – we kunnen zoveel verschillende richtingen in gaan, hè? Welke deur duw je open, welk meisje neuk je – of van welk meisje hou je? Van welk meisje hou jij en welk meisje houdt van jou?

Zoveel schaduwlevens. Al die dichte deuren. Ik heb allemaal verkeerde keuzes gemaakt, maar ik dacht altijd dat het niet veel uitmaakte. Ik had steeds het idee dat ik opnieuw kon beginnen en het over kon doen. Maar dat is niet zo, hè? Je kunt niet terug.' Hij keek Edie indringend aan en lachte ruw. 'Althans, niet echt. Het is eenrichtingverkeer. En als je echt terug wilt, is het te laat. Hier sta ik dan. Een mislukkeling.'

'Toe nou, Ricky,' zei Edie.

'Hmm. Waar was ik gebleven? O, ja. Dus er zijn dingen die ik vergeet, alsof er een gat in mijn hersenen zit waar ze doorheen vallen. Maar andere dingen herinner ik me als de dag van gisteren. Of liever gezegd...' Hij kreeg denkrimpels in zijn gezicht in een poging accuraat te zijn. 'Ik zie ze voor me als de foto's in de albums die jullie waarschijnlijk thuis hebben, die jullie als gezinnetje samen bekijken. Die hadden wij thuis niet. Maar goed, ieder detail is aanwezig. Elk blaadje aan de boom. Edie komt voor op heel veel van die foto's in mijn hoofd.' Hij kneep zijn ogen tot spleetjes. 'Ze droeg een bruine jurk.'

'Aha,' zei Alex. Hij staarde naar de vuilniszak in zijn hand.

'Toen ik haar leerde kennen, was ik ziek van verliefdheid. Weken en weken achter elkaar. Ik voelde me constant ziek, dat weet ik nog. Wat nou? Vind je het niet fijn dat ik dat tegen hem zeg, Edie? Ik had niet zoveel moeten drinken. Ik hoor mezelf dingen zeggen en ergens denk ik, o jee, dat zou ik niet moeten zeggen, maar van de andere kant... Ach, ik zeg het toch. Snap je wel? Het is allemaal heel raar. Ik ben productmanager bij een verwarmingsbedrijf.'

'Dat wist ik niet.'

'Nee, natuurlijk niet. Hoe zou je dat moeten weten?'

'Als jij nu eens gaat inpakken, Alex,' zei Edie. 'Ik kom er zo aan.'

'Ja,' zei Alex, maar hij verroerde zich nog steeds niet.

'Ik dacht dat ik filmregisseur zou worden, of schrijver, zoiets. Maar ik werk in het middenkader. En ik dacht dat ik zou gaan reizen, maar ik ben nog steeds hier. Nog geen tien kilometer van mijn geboorteplaats. Edie is verhuisd. Edie heeft datgene gedaan waarvan ze altijd zei dat ze het zou doen. Maar ja, dat is de middenklasse. Kinderen uit de middenklasse zeggen: Ik word dokter, advocaat, leraar, weet ik veel, en dan gebeurt het ook. Maar toen ik zei dat ik filmregisseur wilde worden, dat was stom van me, nietwaar? Er is een groot gat tussen verwarmingsketels en films.'

'Het wordt tijd dat je vertrekt,' zei Alex.

'Wat doe jij eigenlijk? Laat me raden. Docent op een universiteit? Nee? Iets bij de BBC? Of advocaat? Leraar, misschien? Aha, ja dus! Je bent leraar. Een dokter met een leraar, dat past goed bij elkaar. Dokter en productmanager bij een middelgroot verwarmingsbedrijf in de West-Midlands zou een stuk minder goed hebben geklonken, hè?'

'Ricky.'

'Twee prettige inkomens. Een kinderoppas en een werkster. Eens in de veertien dagen naar de schouwburg. Heb ik gelijk? Misschien etentjes. Rode wijn die je uit de kelder gaat halen om hem te laten... Hoe zeggen ze dat? Ademen. Ja, toch?'

Edie trok Ricky aan zijn arm. 'Het is al laat en je bent dronken. Je moet nu gaan. Sorry,' zei ze over haar schouder tegen Alex, terwijl ze Ricky naar de deur trok. 'Ik kom zo terug.'

Ze ging Ricky voor door het huis en passeerde Stella op de gang.

'Dag, Ricky,' zei Stella vriendelijk. Ze legde een hand op zijn arm. 'Pas goed op jezelf, hoor.'

Ricky kreeg tranen in zijn ogen. 'O, shit,' zei hij.

Ze stonden samen op de stoep.
'Sorry,' zei Ricky.
'Nee,' zei Edie mat. 'Het is mijn schuld.'
'Ik ben soms zo verdomd depressief. Dan zit ik in mijn keuken pure gin te drinken tot mijn tong helemaal verdoofd is. Zoals zeelieden vroeger deden. Het leven is verwoestend, hè?'
'Ik geloof dat je taxi er is.'
'Ik had plannen.'
'Het komt wel goed.'
'Nee.'
Edie zwaaide naar de taxi, die naast hen stopte. Ze maakte het portier open. 'Heb je genoeg geld bij je? Je moet je auto morgenvroeg ophalen, voordat je naar je werk gaat, oké?'
'Het komt helemaal niet goed.'
'Het spijt me,' zei ze hulpeloos.
'Ach, nou ja. Niets aan te doen.'
'Dag, Ricky.'
'Dus dit is het dan? "Dag, Ricky"?'
'Ja. Het spijt me echt. Alles. Alles wat ik heb aangericht.'
'Je hebt een grijze haar in je wenkbrauw,' zei hij, en hij kroop op de achterbank van de taxi. 'De tijd verstrijkt. Waar komt dat uit? Uit een liedje. Een kus is maar een kus. Dat is niet waar, hè? Het gold niet voor jou en mij.'
'Dag.'
'O, god, Edie, ik ben zo verdomd eenzaam. Ik ben altijd eenzaam geweest.' Hij kreeg weer dronkemanstranen in zijn ogen. Edie boog zich naar voren en legde haar hand op zijn achterhoofd. Ze kuste hem op zijn mond tot ze zag dat hij zijn ogen dichtdeed. Een kus is nooit zomaar een kus. Toen rechtte ze haar rug en deed het portier dicht. Hij hield zijn gezicht tegen het raam. Ze stak glimlachend haar hand op, maar hij zwaaide niet terug. Hij staarde alleen maar door het glas dat

hen scheidde. Zijn gezicht werd doorbroken door haar eigen spiegelbeeld, maar ze kon nog steeds de tranen zien.

Jude, die Ellen had weggebracht, zag Edie op de stoep staan. Ze staarde over de verlaten weg zonder verkeer. Ze zag er plotseling ouder uit, haar gezicht moe en vol rimpels. Jude stapte uit en liep naar haar toe.

'Hoe lang sta je hier al?'

'Wat? O, net pas.'

'Dus hij is weg?'

'Ja. Helemaal weg.'

31

KIT ZAT IN DE GANG BIJ DE DICHTE DEUR VAN LOUISES slaapkamer. Hij deed zijn ogen dicht en probeerde te horen wat ze binnen zeiden, maar hij kon de woorden moeilijk verstaan. Hij hoorde alleen hoe ze harder en dan weer zachter praatten, hij en zij. Zo te horen waren ze niet boos op elkaar, maar ze klonken ook niet vrolijk. Eigenlijk, dacht hij, klonken ze vooral moe.

Toen Edie de trap op was komen lopen, had hij geprobeerd haar tegen te houden, maar ze had over zijn hoofd geaaid en gezegd: 'Dadelijk.' Ze was naar binnen gegaan, naar Alex, en had de deur achter zich dichtgedaan. Ze zag er vreemd uit. Met rode vlekken op haar wangen, net zoals Jess had wanneer ze koorts had. Ze zag er ouder en tegelijkertijd jonger uit dan anders.

Hij had haar gezien. Hij had uit het badkamerraampje gekeken naar zijn moeder en die vreemde man die bij Ellen op het bankje had gezeten en in zijn glas had zitten mompelen. Hij mocht hem niet. Hij had waterige ogen en had de hand van zijn moeder vastgehouden, net als die bedelaar vlak bij hun huis een keer had gedaan. Die had Edies vingers vastgepakt toen ze langsliep en ze niet meer los willen laten. Dus had Kit de deur op slot gedaan en bij het raampje staan kijken hoe ze daar samen op de stoep stonden, en de man bleef maar naar zijn moeder staren, en zij keek naar hem zoals ze soms ook naar de kinderen keek als ze zich bezeerd hadden of zich iets op de hals hadden gehaald. Het was haar privégezicht.

Toen was de man in de auto gestapt en had Kit gezien hoe ze hem kuste. Ze pakte hem niet bij zijn schouders om hem op zijn wangen te kussen zoals ze bij andere vrienden en vriendinnen deed. Dit was anders. Ze hield zijn hoofd vast en kuste hem op zijn mond, en het was niet zomaar een snel kusje. Het duurde zo lang dat hij zich afvroeg hoe ze ademhaalden. Ademden ze door hun neus tijdens het zoenen, of hielden ze hun adem in tot het pijn ging doen, zoals hij wel eens deed als hij zichzelf op de proef stelde? Dan zei hij: Alles komt goed als ik het een minuut volhoud, of als ik mijn adem inhoud tot er een rode auto langskomt.

Natuurlijk had hij zijn ouders ook wel eens zien zoenen. Een keer op het strand, toen hij en Lewis aan het zwemmen waren en Jess op het kleed lag te slapen: hij had ze samen bij de rotsen zien zitten, hun gezichten helemaal tegen elkaar gedrukt en hun lippen als elastiek. Ze leken net vreemden, en hij had zijn blik afgewend en tot zestig geteld. Toen hij weer keek, waren ze opgehouden en zaten ze alleen nog hand in hand en had Edie haar hoofd op Alex' schouder gelegd. En soms als hij hun slaapkamer binnenkwam, lagen ze helemaal verstrengeld in het donker, maar dan gingen ze uit elkaar zodra ze hem zagen en dan klauterde hij tussen hen in.

Heel even dacht hij dat zijn moeder zou wegrijden met de man die ze kuste, maar toen ging ze rechtop staan, deed het portier dicht en zwaaide naar hem. Ze zwaaide nog steeds toen de auto al weg was, of ze hield in ieder geval haar hand omhoog. En zelfs toen ze die had laten zakken, bleef ze daar staan kijken naar de plek waar de auto verdwenen was.

Kit liep weg bij het raam en draaide de badkamerdeur van het slot. Alex kwam de overloop op met een strakke gezichtsuitdrukking, alsof hij iets zuurs had gegeten. Toen hij Kit zag, probeerde hij te glimlachen, maar Kit wist dat het geen echte lach was – hij trok eerder zijn mondhoeken op.

'Hallo, Kit.'

Kit deed zijn mond open en probeerde iets te zeggen, maar er kwamen geen woorden. Hij voelde zich raar, een beetje zoals in de dromen waarin hij heel hard door de ruimte viel, zijn hart in zijn keel.

'Kit?'

'Papa,' wist hij fluisterend uit te brengen.

Alex pakte zijn hand. 'Kom, dan gaan we kijken wat de anderen aan het doen zijn.'

Dus nu zat hij naar hen te luisteren, voor de slaapkamer van oma, waarvan de deur stevig dicht was. Alleen het gebrom van stemmen. En toen zei zijn moeder, duidelijk verstaanbaar: 'O, lieverd.' Hij sloeg zijn handen in elkaar en wachtte, maar het bleef stil.

Edie ging naast Alex op het bed zitten en maakte de knoopjes van zijn overhemd los. Hij keek toe zonder haar te helpen. Haar vingers trilden. Ze duwde hem achterover op het kussen en boog zich over hem heen.

'We praten morgen wel,' zei ze. 'Nu niet. Daar hebben we geen tijd voor.'

'We hoeven helemaal niet te praten,' zei hij. 'Ik werd gewoon ineens belachelijk jaloers. Maar ik vertrouw je.'

'O, Alex,' zei ze. 'O, lieverd.'

'Je hebt deze laatste doos vergeten, met de crème-brûlée-schaaltjes en zo erin.'

'Dank je. Ik zal hem achterin zetten. Dan zit ik vol. Sam rijdt met mij mee, dus de rest moet maar in Bobs auto. En jouw spullen – geef jij niks mee aan Alex?'

'Het meeste neem ik morgen wel mee. Het is niet zoveel.'

Iedereen was klaar om te vertrekken. Ze hadden boterhammen met spek gegeten, gemaakt met de restjes van het ontbijt dat Alex had klaargemaakt. De jongste kinderen waren in pyjama, de tanden gepoetst, zodat ze in de auto in slaap konden vallen en thuis alleen nog in hun bedjes gelegd hoefden te worden. Jess was mee naar binnen voor een laatste toiletbezoekje. Leah zat al voorin; ze had een koptelefoon op en wiebelde met één knie zachtjes mee op de maat van de muziek die verder niemand kon horen.

'Ik ben morgen op tijd terug om ze uit school te halen,' zei Edie tegen Alex.

Hij knikte.

Iedereen kuste alle anderen, omhelsde elkaar en herhaalde dingen die tijdens het eten al gezegd waren. Beloften om contact te houden en afspraken te maken, elkaar gauw weer te zien en goed op zichzelf en elkaar te passen.

Edie pakte Stella stevig vast. 'Laat me weten hoe het afloopt,' fluisterde ze.

'Doe ik.'

Toen wendde ze zich tot de kinderen. Ze kuste Leah en Gabriel, tilde Lewis op, drukte zijn magere lijfje tegen zich aan en knuffelde Jess, die plakkerig was van de warmte en wier ogen al dichtvielen. Ze legde een arm op Alex' schouder toen hij wilde instappen. 'Tot morgen,' zei ze.

'Nee,' zei Kit toen ze met gespreide armen naar hem toe liep. 'Nee.'

'Kit?'

'Nee,' herhaalde hij.

'Ik kom morgen naar huis. Ik heb al gezegd dat je niet naar school hoeft. Alex belt Kirsty om het te regelen.'

'Wát? Waarom hoeft hij niet naar school en ik wel?'

'Lewis...'

'Dat is niet eerlijk.'

'Luister...'

'Nee,' zei Kit nog een keer. 'Ik wil bij jou blijven.'

'Maar ik ga hier alleen...'

'Ik wil bij jou blijven. Als ik bij jou ben...' Hij zweeg.

'Wat?'

'Dan moet je wel terugkomen naar huis.'

'O, god!' Ze staarde hem geschokt aan. 'Natuurlijk kom ik naar huis. Ik wil niets liever.'

Kit staarde terug. 'Ik ga niet weg,' zei hij opstandig. 'Je kunt me niet dwingen.'

'Blijf dan maar hier,' zei Edie ineens. Ze had een besluit genomen. 'Blijf maar hier om me te helpen.' Ze bukte en tilde Kit op. Hij werd te groot voor haar; ze bezweek bijna onder zijn gewicht.

'Mám!'

'Lewis, help me nou alsjeblieft een beetje.'

'Het is niet eerlijk.'

'Jawel,' zei Alex, en hij draaide de contactsleutel om. 'Eerlijk is niet altijd dat je precies hetzelfde doet.'

Hij en Edie glimlachten naar elkaar.

'Rij voorzichtig,' zei ze.

'Natuurlijk.'

'Dank je wel.'

'Tot morgen.'

Edie lag met haar arm om Kit heen op bed, en zijn haar kriebelde in haar gezicht. Zijn huid rook naar zeep. Af en toe ging hij verliggen om dichter tegen haar aan te kruipen. Smoky lag aan zijn voeten. Buiten was het bijna donker en schenen de eerste sterren door het raam.

'Wat zou je ervan zeggen als we de poes mee naar huis namen?'

'Mag dat?'

'Ja, waarom niet? Dan kan hij Tangle gezelschap houden.'

'Leuk. Ik hou van poezen. Soms denk ik dat het fijn zou zijn om een kat te zijn; zoals ze liggen te slapen in de zon. Of een eend. Die zien er ook heel blij uit.'

'Goed, dat is dan afgesproken. Ga nu maar slapen,' zei ze. 'Schakel je hersenen uit.'

'Dat is moeilijk, hè?'

'Inderdaad, dat is moeilijk.'

'Mama?'

'Hmm?'

'Wat was opa voor iemand?'

'Opa? Eh...' Edie staarde naar het plafond. 'Hij was heel aardig. En stil – hij zei alleen iets als hij echt iets te zeggen had. Hij was eigenlijk erg verlegen. Verlegen en lief en een beetje onhandig. Hij liet altijd dingen vallen, viel van de ladder, knoeide soep op zijn stropdas of liep tegen een houten balk aan. Hij is een keer tegen de wagen van de melkboer gereden. Hij had net zulke ogen als jij, en zwart haar, net als Jude.' Ze zweeg en bleef stil liggen terwijl ze Vics gezicht voor zich zag, met die verslagen blik.

'Ga door.'

'Eh... Hij hield van vogels en bloemen en dieren, dat soort dingen. Hij zag dingen die niemand opvielen. En hij kende de namen van de sterren.'

'Was hij grappig, net als papa?'

'Nee, ik geloof niet dat hij grappig was. Grapjes snapte hij nooit. Dat maakte hem moeilijk om mee samen te leven, denk ik. Maar ik vond het wel een heel goede man.' Edie sprak nu min of meer tegen zichzelf. 'Hij deed geen vlieg kwaad. Dat kun je van weinig mensen zeggen.'

'Maar waarom heeft hij...?' Kit maakte zijn zin niet af.

'Zelfmoord gepleegd?'

'Ja. Waarom?'

'Het werd hem allemaal een beetje te veel, denk ik. Heb jij wel eens gehoord van de laatste druppel?'

'Nee.'

'Die de emmer doet overlopen? De laatste druppel doet de emmer overlopen.'

'O, ja.'

'Ik denk dat er een heleboel gebeurd was en dat het op een dag allemaal samenviel, en dat hij dacht: Ik kan het niet meer aan. Hij had moeten praten met mensen die van hem hielden. Dat zul jij toch altijd doen hè, Kit? Als je ergens mee zit, bedoel ik. Dan zul je er wel over praten, hè?'

'Dus er was verder niks, eh... mis met hem?'

'Hoe bedoel je?'

'Was hij niet ziek in zijn hoofd?'

'Wie heeft dat tegen je gezegd?'

'Gewoon, mensen.'

'Kit, wie zegt dat?'

'De jongens op school. Ze zeggen dat ik ziek in mijn hoofd ben, net als opa.'

'Hoe komen ze daarbij?'

'Misschien van Lewis,' zei hij met een klein stemmetje.

'Moet je eens goed luisteren. Hij was niet ziek en dat ben jij ook niet. Soms was hij verdrietig – echt verdrietig, geen zielenpiet zoals ze dat bij jou op school noemen. En sommige mensen worden verdrietiger dan andere.'

'Dus er is niks mis met mij?' vroeg hij.

'Er is niets mis met jou. Jij bent hartstikke in orde. Andere mensen zijn dom en gemeen. Meestal als ze met een groepje zijn.'

'Mama?'

'Hmm?'

'Was jij heel verdrietig toen opa doodging?'

'Ja, heel erg. Soms ben ik dat nog steeds. Onverwachts. Je kunt mensen heel lang missen. Soms gaat het nooit over.'

'Ik wil niet dat jij doodgaat.'

'Nou, ik ga nog lang niet dood.'

'Want waar ga je dan naartoe?'

Ze bleven even liggen zonder iets te zeggen, en toen vroeg hij: 'Die man, hè?'

'Ja.'

'Je hebt hem gekust.'

'Ik ken hem van vroeger, toen ik nog een meisje was. Meer niet. Ik nam afscheid van hem. Het was maar een kus.'

32

'ZO,' ZEI JUDE.

Ze zette met een klap twee whiskyglazen op tafel en gooide er ijsblokjes in. Ze draaide de dop van de whiskyfles en klokte in beide glazen een flinke laag amberkleurig vocht. Ze stak een sigaret in haar mond, gaf Edie er een en stak ze allebei aan met dezelfde lucifer. Ze namen een trekje en Jude hief haar glas en proostte met Edie.

Edie nam een branderige slok en zoog de rook haar longen in.

'Wat een week,' zei ze na een hele tijd.

'Je bent een stom rund.'

'Jude!'

'Niet dan?'

Edie legde een hand over haar zere ogen. 'Ja.'

'Je bent met hem naar bed geweest, hè?'

'Ja.'

'Jezus! Waarom?'

'Ik weet het niet.'

'Hoe bedoel je, "ik weet het niet"?'

'Ik weet het niet.' Ze haalde haar hand van haar ogen en

pakte haar glas. 'Ik kan het niet uitleggen.'

'God, Edie.' Jude zei het vol afkeer.

'Jij bent niet bepaald in de positie om de zedenmeesteres uit te hangen.'

'Dat doe ik verdomme helemaal niet! Ik vind je alleen ongelooflijk stom. Jij bent de enige die ik ken met een goed huwelijk, met een hartstikke leuke vent die jou geweldig vindt, en dan doe je zoiets, zomaar, alsof je alles wilt verpesten.'

'Ik weet het,' zei Edie. Ze drukte haar sigaret uit op het schoteltje en pakte een nieuwe.

'Misschien juist wel daarom,' ging Jude verder. 'Misschien komt het doordat het allemaal zo veilig is en jij altijd zo braaf en gehoorzaam bent geweest, doordat je altijd hebt gedaan wat anderen wilden, en verpest je het daarom nu. Net als toen je al die jaren geleden Ricky in de steek liet. Je liep weg voor het geluk.'

'Mag ik nog een beetje whisky?'

'Hier. Weet Alex het?'

'Ik weet het niet. Ik weet niet wat hij denkt. Hij vertrouwt me.'

'Je moet het hem niet vertellen.'

'Vind je?'

'Doe het niet, Edie.' Jude keek haar kwaad aan. 'O, verdomme, je gaat het hem vertellen, hè?'

'Ik probeer mijn mond te houden,' zei Edie.

'Je ziet hem toch niet meer, hè?'

'Nee! Nooit meer.'

'Vergeet het dan. Als je het Alex vertelt, zal het nooit meer worden zoals vroeger.'

'Als ik het hem niet vertel ook niet. Alleen weet hij het dan niet.'

'Precies.'

'Jij bent hier degene die vindt dat iedereen het recht heeft alles te weten.'

'Luister, maak er nou geen ophef over. Je hebt je idioot gedragen. Doe het gewoon niet nog een keer.'

'Hij denkt dat hij me kan vertrouwen.'

'Dus dan moet je niet...'

'En dat kan hij ook – althans, hij kan erop vertrouwen dat ik hem de waarheid vertel. Vandaag heb ik tegen hem gelogen en dat voelde vreselijk. Geheimen gaan aan je knagen. Kijk verdorie naar mama en papa. Snap je het dan niet, Jude? Het zal altijd tussen ons in staan als ik het niet vertel.'

'En ook als je het wel vertelt.'

'Dan ook, ja. Dat weet ik. Maar dat heb ik dus gedaan, hè? Ik heb ervoor gezorgd dat alles anders wordt.'

'Waarom heb je het dan verdomme gedaan?'

'Ik kan het niet uitleggen. Ik wil het ook niet goedpraten. Het was geen moment van blinde passie of zo. Ik dacht de hele tijd aan Alex – en aan de kinderen, wat ze zouden denken als ze me zouden zien. Het was... Nou ja, ik heb het gewoon gedaan, klaar.' Edie zweeg even en nam nog een grote slok whisky. 'Ik had medelijden met hem,' zei ze.

'O, jezus!'

'Ik weet het. Zo stom. Maar het medelijden was haast... Het was net zo sterk als een enorm verlangen. Nog sterker. Ik had het gevoel dat ik smolt.'

Jude snoof minachtend en stond op.

'Waar ga je naartoe?'

'Ik ga niet weg. Ik wilde iets te eten voor ons maken. Ik heb sinds gisteravond niet meer gegeten, op een hapje bloedworst van Alex na, en ik krijg een erg licht hoofd van die whisky. Bovendien heb ik nog een laatste maaltijd voor ons verstopt.' Ze haalde een zompige plastic zak uit de lege koelkast. 'St.-jakobsschelpen,' zei ze triomfantelijk. 'Met knoflook en witte wijn, had ik gedacht, en het laatste stuk van dat knapperige brood.' Ze haalde vier dikke st.-jakobsschelpen uit de zak en legde ze op de snijplank.

'Ik weet niet of ik wel iets door mijn keel krijg.'

'Het is maar een hapje.' Jude sneed met een scherp mes de randjes eraf. Ze rommelde in haar kartonnen doos met ingepakte keukenspullen en haalde er een knoflookpers uit.

Edie legde zuchtend haar hoofd in haar handen. 'Ik zou willen...' zei ze. 'Ik zou willen...'

'Wat?'

'Gewoon. Ik zou gewoon van alles willen. Ik voel me beroerd.'

'Dat kan ik me voorstellen,' zei Jude.

'Ik heb mezelf altijd gezien als iemand die dit niet zou doen. Hem bedriegen.'

'Je bent heus geen monster, hoor. Het is niet zo dat je nu de grens hebt overschreden en voortaan een slecht mens bent.'

'Dat gevoel heb ik wel. Dat is precies hoe ik het voel.' Ze tilde haar hoofd op en staarde naar Jude, die een teen knoflook uitkneep in de sissende boter. 'Nu weet ik hoe Louise zich gevoeld moet hebben.'

'Hmm.' Jude sneed de st.-jakobsschelpen doormidden en deed ze in de pan. 'Misschien heb je het daarom wel gedaan.'

'Misschien wel,' zei Edie somber. 'En daarmee zijn we aangekomen bij wat je vanmiddag in de tuin zei.'

'Wacht even.' Jude deed de afgesneden randjes bij de st.-jakobsschelpen in de pan en keerde ze behendig. Toen voegde ze een scheut witte wijn aan het sissende geheel toe. 'Geef me eens twee borden, en snij even wat brood. Hier, nu de wijn open is, kunnen we hem net zo goed opdrinken.'

'Ik heb al te veel gedronken,' zei Edie. Maar ze schonk toch wijn in en nam een slokje. 'Wat bedoelde je nou?'

'Nee, jij eerst. Hoe wist jij het, van Louise en Simon?'

'Ik heb het een paar dagen geleden pas ontdekt. Ik vond een brief toen ik die spullen van de zolder uitzocht. Je weet wel, Ricky's brieven en zo.'

'Hoezo? Een brief van die lul van een Simon Scott?'

'Hij was niet ondertekend of zo. Maar het was alsof er ineens een licht over het verleden scheen. Het was zo duidelijk.'

'En ik,' zei Jude, terwijl ze een st.-jakobsschelp aan haar vork prikte, 'ik heb ze gezien.'

'O, god. Bedoel je...'

'Ze lagen te neuken,' zei ze grof. 'Ik kwam wat vroeger uit school. Die Maisie, weet je nog? Dat was een van de meisjes die me altijd zo pestten. Ze had in mijn tas een gedicht gevonden dat ik had geschreven. Voor Ricky, natuurlijk. Ze liet het de hele klas rondgaan. Het was een heel slecht gedicht,' voegde ze er droog aan toe. 'Maar goed, iedereen lachte me uit en vroeg hoe een dikke pot als ik kon verwachten dat er ooit een jongen naar me zou kijken. En toen was ik het zat. Ik dacht: dit trek ik niet meer, ik ga niet dag in dag uit naar die rotopmerkingen zitten luisteren. Dus spijbelde ik die middag en liep ik naar huis. Ik had niet gedacht dat ma thuis zou zijn; ze zou tot laat in de winkel blijven, had ze gezegd. Ik wilde gewoon veilig op mijn kamertje zitten. Haar auto stond er, maar ik verwachtte niet... Het kwam niet bij me op... Dus liep ik de trap op en toen hoorde ik iets in haar kamer. Een soort jammerend geluid. Ik wist niet wat het kon zijn – god, ik was zo naïef. Ik dacht dat de kat met een muis aan het spelen was of zoiets; weet je nog dat hij altijd van die jankende geluidjes achter in zijn keel maakte? Dus gaf ik de deur een zetje en keek ik naar binnen, en ze waren bezig op bed, alle lakens en dekens teruggeslagen. Ik heb daar een paar seconden staan staren. Haar open mond en dat witte vlees. Zijn dunne kont met pukkels. Jakkes!' Ze trok een walgend gezicht. 'Seks kan er zo weerzinwekkend uitzien. Toen ben ik achteruit gewankeld en het huis uit gerend. Ik rende en rende en heb in een sloot staan overgeven.'

'Dus ze hebben je niet gezien?'

'Nee.'

'Mijn god,' zei Edie. Ze wilde het beeld dat Jude zojuist had beschreven niet in haar hoofd houden. 'Wat een schok voor je.'

'Ik wilde het je vertellen. Ik heb het een keer geprobeerd, maar... Nou ja, dat werd niks. Jij wilde net de deur uitgaan en je was helemaal gelukkig en ik... Ik kreeg het niet over mijn lippen. En ik wilde ma ermee confronteren. God, wat haatte ik haar. Ik wilde haar onder vier ogen spreken en haar onder de neus wrijven wat ze had aangericht.' Ze goot haar wijn naar binnen en schonk voor zichzelf nog een glas in. 'Maar ik kon het niet, en toen heb ik het aan Vic verteld. Vlak voordat hij zelfmoord pleegde.'

'O,' zei Edie zachtjes.

'Dus zo is het gekomen.'

'Maar Jude, hij wist het al.'

'Hoe bedoel je?'

'Hij wist het, daar ben ik van overtuigd.'

'Waarom zeg je dat?'

'Omdat... Gewoon, ik weet dat hij het wist. Achteraf, bedoel ik. Als ik op die tijd terugkijk, zie ik alleen maar voor me dat Vic het wist. Hij wist het en kon er niks tegen doen. Als ik aan die twee samen denk – mama en hij, bedoel ik – dan herinner ik me hoe mama giechelde en flirtte. Ze legde altijd haar hand op Simons arm of sloeg haar arm om zijn middel, of ze fluisterde in zijn oor en nam trekjes van zijn sigaret. En hoe Vic dan keek... Hij wist het.'

'Denk je dat echt?'

'Ik weet het zeker,' zei Edie. 'Anders klopt het niet. Wat zei hij toen je het hem vertelde?'

'Eigenlijk niets. Hij kwam op mijn kamer vragen of ik niet tegen mama tekeer wilde gaan. Hij zei zoiets als: "Je moeder heeft het op het moment heel moeilijk en wij moeten haar helpen." En ik werd zo woedend van zijn stomme, domme blindheid dat ik het eruit gooide. Hij stak alleen zijn handen omhoog, alsof ik hem bekogelde, en zei: "Nee, nee," of: "Niet doen," zoiets. Toen slofte hij de kamer uit.'

'Je had het me moeten vertellen. Je hebt er al die jaren mee rondgelopen. Had het maar verteld.'

'Dat heb ik nu gedaan.' Ze pakte een sigaret en gaf Edie het pakje. Ze bogen zich samen naar de kaars toe om ze op te steken. 'Maar ik voel me er niet beter door.'

'Nog niet,' zei Edie. 'Maar misschien komt daar in de loop van de tijd verandering in. Dan weet je dat we er allemaal anders tegenaan keken en allemaal onze eigen schuldbewuste versie hadden. Terwijl in werkelijkheid niemand en toch iedereen er schuld aan heeft.'

'Louise is de schuldige,' zei Jude grimmig.

'Je bekijkt haar nu zoals een rechter naar haar zou kijken. Ze is je moeder, en ze heeft een miskleun begaan. Net als ik nu. Of jij zelfs. Iedereen doet het een keer. Er gaat veel mis in het leven. Jij wijst haar alleen als schuldige aan omdat papa zelfmoord heeft gepleegd. Als dat niet was gebeurd, zouden we het nu als een pijnlijke, dwaze kwestie zien, maar niet als iets onvergeeflijks.'

'Ik heb er nooit met haar over gepraat,' zei Jude. 'En ze heeft er zelf nooit iets over gezegd. Ze zei alleen altijd dat pa depressief was. We hebben het verleden allemaal afgesloten en we dachten dat we het daarbij konden laten. En moet je ons nu zien.'

'Het is nooit te laat,' zei Edie nietszeggend. Ze schonk het laatste beetje wijn in haar glas. 'Mijn hoofd tolt.'

'Dus morgen ga je naar huis en dan vertel je het aan Alex?'

'Ja.' Haar hart kromp ineen bij de gedachte. 'Ik weet niet of het verstandig is, maar ik moet wel. En hoe langer ik wacht, hoe moeilijker het zal zijn. Denk maar aan me. Wat doe jij morgen?'

'Ik probeer mijn oude leven weer op te pakken. Lessen voorbereiden en misschien vast informeren bij bejaardentehuizen.'

'Dus je doet het echt?'

'Dat heb ik toch gezegd?'

'Hoe is het met je minnaar?'

'Hoe bedoel je?'

'Ga je met hem verder?'

'De vraag is of hij met mij verdergaat.'

'En eh... hou je van hem?'

'Of ik van hem hou? Nee, lieve Edie, voor "houden van" is hij niet beschikbaar.'

'O.'

'Maak je over mij maar geen zorgen.'

Ze bleven zwijgend zitten. Edie doopte het witte brood in de saus en kauwde er in stilte op.

'Ik zal je missen,' zei ze.

'Jij bent altijd al sentimenteel geweest.'

'Nee echt, ik zal je missen.' Edie hoorde dat ze een beetje met dubbele tong sprak. Ze wilde iets zinvols zeggen, iets over eenzaamheid, over vroeger of de toekomst – als het maar uitdrukking gaf aan de pijn en het verlangen dat ze voelde. 'Je bent zo mooi,' hoorde ze zichzelf zeggen.

'O lieverd, het wordt tijd dat je naar bed gaat.'

'Ik heb het gevoel dat ik nu van iedereen hou, dat is het probleem.'

'Naar bed.'

'Nee, laten we eerst naar buiten gaan. Het is zo'n mooie avond.'

En zo stonden ze arm in arm in de tuin naar de heldere maan en de groepjes sterren te kijken.

'Ik kan ze geen van alle thuisbrengen,' zei Edie. 'Niet zoals papa.'

'Dat is de Grote Beer. En daar is de Poolster. Dat zijn de enige die ik ken.'

'Ik heb ooit ergens gelezen dat er elf dimensies zijn. Hoe is dat toch mogelijk?'

'Ik geloof dat we geen van beiden in de juiste gemoedstoestand zijn om dat nu te kunnen bevatten.'

'En dat ons universum niet meer is dan een luchtbelletje in een zee van universums, dus wat we nu zien, die uitgestrektheid die je het gevoel geeft dat je een korreltje zand bent, stelt niks voor.'

'Dat vind ik juist een geruststellende gedachte.'

'Echt? Waarom? Ik vind het zo'n angstaanjagend idee dat ik er beroerd van word.'

'Het idee dat het er allemaal niet toe doet, niets van dit alles.'

'Dat vind ik juist zo eng.'

'Dat weet ik.'

'Mama.'

Ze draaiden zich om. Kit stond bij de keukendeur.

'Ben je wakker geworden van onze stemmen?'

'Ik weet het niet. Ik droomde...'

Edie tilde hem op. 'Heb je akelig gedroomd?'

'Ik weet het niet. Ik kan het me niet meer herinneren.'

'Het is al goed, het is voorbij. Ik ga mee naar boven en dan kun je lekker tegen me aan kruipen, goed? Kom.' Ze draaide zich om naar Jude. 'Welterusten.'

'Trusten.'

'Slaap lekker.'

'Dank je.' Jude aarzelde even. 'Trouwens, ik zal jou ook missen.'

Edie lag naast Kit in bed. Hij sliep weer, opgekruld als een boontje, met opgetrokken knieën en zijn hoofd naast het hare. Zijn adem was warm op haar wang. Af en toe ging hij verliggen en mompelde hij iets, een nauwelijks hoorbaar geluidje. Ze had een droge mond; ze zou nu moeten opstaan om een aantal glazen water te drinken, om te voorkomen dat ze morgen hoofdpijn kreeg. Maar ze bleef stil liggen. Ze luisterde naar hun ademhaling. Ze luisterde naar het lichte zuchten van de wind buiten. Er sloeg een deur dicht, een auto reed weg, een kat jankte één keer en er krijste iets daar buiten in de nacht. Het is nooit helemaal stil en het is nooit helemaal donker. Er staan altijd sterren en er zijn altijd andere mensen die wakker liggen, die net als jij in bed liggen wachten tot het licht wordt.

33

'Alex?'

'Ja, lieverd.'

'Ik wil iets zeggen.'

'Ik luister. Wil je thee? Ik heb water opgezet.'

'Goed. Maar ik moet je vertellen...' Edie slikte iets weg. Ze keek naar de andere kant van de keuken, waar Alex zorgvuldig de borden in de vaatwasser zette. Hij droeg de ochtendjas die ze hem voor zijn laatste verjaardag had gegeven, en de stokoude, versleten slippers die hij weigerde weg te gooien. Zijn haar zat in de war en hij had vouwen in zijn gezicht en kraaienpootjes. Alles aan hem was vertrouwd en geliefd.

'Ik luister,' zei hij, en hij deed de vaatwasser dicht en zette hem aan. Toen hij opstond, glimlachte hij naar haar.

'Eh...' zei Edie. Ieder woord voelde scherp en gevaarlijk aan. Dolken en messen en vuurstenen... 'Toen ik weg was...' Maar haar lichaam was water; alles in haar viel uiteen.

'Toe maar, gooi het er maar uit.' Zijn gezichtsuitdrukking veranderde. 'Is het ernstig?'

'Ja.' Ze haalde diep adem en keek hem recht aan. 'Ik ben met Ricky naar bed geweest.'

‘Edie…’

‘Twee keer.’

Hoe lang bleef het stil? Misschien een seconde, misschien een minuut. Lang genoeg om het licht in zijn gezicht te zien doven. Om te zien hoe zijn hand, die op de rugleuning van de stoel lag, eerst verkrampte tot de knokkels wit werden en toen weer verslapte. Hoe de waterkoker wolkjes stoom de keuken in joeg en het dekseltje klapperde. Hoe hij zijn wenkbrauwen licht fronste, alsof hij met een irritant wiskundig probleem zat waar hij niet uitkwam.

‘Aha,’ zei hij toen eindelijk, heel zacht.

‘Alex…’

Hij liet zich in een stoel zakken. Zijn ochtendjas viel een stukje open en hij trok de ceintuur strakker. Toen lachte hij even en wreef met twee handen over zijn gezicht. ‘Waarom?’

‘Ik weet het niet.’

Hij maakte een geluidje alsof ze hem in zijn maag had gestompt.

‘Ik weet alleen…’ Ze zweeg wanhopig.

‘De waterkoker staat droog te koken.’

Ze pakte de kan van de voet van het apparaat en draaide zich weer naar hem om. ‘Ik kan niets zeggen om het goed te praten. Maar ik hou heel, heel veel van je.’

‘O,’ zei hij mat.

‘Eerst wilde ik het je niet vertellen. Ik dacht, misschien kan ik het afdoen als een dwaze daad, alsof ík het niet echt was. Maar ik kon het niet voor je verzwijgen.’

‘Ik dacht dat we zo gelukkig waren,’ zei hij.

‘Dat waren we ook. Dat zijn we. O, jezus, het spijt me zo. Alex, het spijt me zo.’ Ze stak haar hand naar hem uit, maar hij deinsde achteruit.

‘Niet doen.’

‘Nee. Sorry.’

'Ben je...?' Hij aarzelde even en zei toen: 'Ben je verliefd op hem?'

'Nee! Absoluut niet! Alleen op jou, mijn lieve, lieve Alex. Dat was het niet. Het was alsof ik met een enorme klap terugkeerde in het verleden. O, maar dat soort dingen wil ik helemaal niet zeggen, dan is het net alsof ik het goed wil praten. Het was alsof ik het allerergste deed wat ik mezelf kon aandoen, wat ik ons allemaal kon aandoen, en dat besefte ik al die tijd.'

'Twee keer,' zei hij.

'Ja.'

'Terwijl ik hier voor de kinderen zorgde, me zorgen om je maakte en je miste.'

'Ja.'

'Jezus.'

'Wat doen we nu?'

'Doen?'

'Ja.'

'Ik weet het niet. Ik kan nu niet nadenken.' Hij stond op en verschoof luidruchtig zijn stoel. 'Ik zal maar thee zetten, goed?'

'Alex, ik...'

'Ik wil er niet over praten. Later, Edie, nu niet.'

Ze lagen naast elkaar in hun grote bed, ieder twee kussens, de wekker aan zijn kant, de doos tissues en de telefoon naast haar. Ze raakten elkaar niet aan, hielden hun benen recht en hun armen om hun eigen lichaam geslagen. Ze luisterden hoe de ander niet sliep en zeiden geen woord.

Edie ging de scholen in de buurt bekijken. Twee ervan hadden plaats in het vierde jaar. Ze koos voor de kleinste school, met een hoofd in wie ze meteen vertrouwen had, een vrouw van in de vijftig met warrig grijs haar, een dikke bril en een lach als een machinegeweer. Het was nog maar een paar weken tot de zomervakantie, maar ze besloot dat Kit niet meer terug hoefde naar zijn oude school. Hij bleef een week thuis, waar hij met Kirsty als oppas het grootste gedeelte van de tijd in de tuin doorbracht, boeken las met de poezen aan zijn voeten, met zijn visnet langs de vijver dribbelde of ingewikkelde Legoconstructies maakte. Hij leek wel een zieke die moest aansterken – en in zekere zin was hij dat ook, dacht Edie. Ze bracht zoveel mogelijk tijd met hem door. Ze bakten cakes en hij schilderde. Ze leerde hem schaken. Zijn gezicht raakte de gekwelde, bezorgde blik kwijt die er daarvoor altijd was geweest.

De eerste dag dat hij naar zijn nieuwe school moest, was hij al om zes uur uit bed en moest hij drie keer overgeven. Hij had rode ogen. Maar hij liep hand in hand met Edie naar school en zei niet één keer dat hij zich te ziek voelde om te gaan. Het schoolhoofd ving Kit op bij de poort. Hij kneep hard in Edies hand, liet die toen los en stapte het schoolplein op, de krioelende massa in.

Ze belde Jude en Stella bijna iedere dag. Ze regelden een verhuiswagen om de meubels naar een opslagruimte te brengen. Ze bespraken het bod dat op het huis van Louise was uitgebracht. Jude had een bejaardentehuis gevonden dat haar wel aanstond, en Ellen zou er over een maand naartoe gaan. Ze moesten alledrie papieren ondertekenen en de financiën bespreken. En ze besloten de as van Louise te verstrooien op de rivier. Over drie weken zouden ze elkaar treffen om dat samen te doen.

Stella vertelde dat Bob en zij in relatietherapie gingen; ze klonk opgewekter dan ze in tijden had geklonken. 'Ik besefte ineens,' zei ze tegen Edie, 'dat ik zo niet hoef te leven.' Jude zei niets over haar verhouding, dus Edie nam aan dat het nog aan was. Voorlopig.

Ze zette de trouwfoto van Vic en Louise naast een nogal wazige foto waarop Alex en zij op hun trouwdag voor het gemeentehuis stonden. Alex in een licht pak en zij in een lange rode jurk. Louise en Vic zagen er zo jong uit. Hun foto ademde de sfeer van lang geleden, en zij straalden het gevoel van vervlogen tijden uit.

Zo nu en dan pakte ze hem op en staarde ze ernaar, alsof ze op een dag misschien iets zou zien wat haar ontgaan was. Ze wist niet waar ze naar zocht. Ze ging iedere dag zwemmen. Soms 's morgens heel vroeg, met andere werkende mensen; na afloop in de kleedkamer keek ze toe hoe de vrouwen hun nette kleren aantrokken en zich voor de spiegel efficiënt opmaakten. Soms ging ze tussen de middag, en dan waren de andere zwemmers meestal ouder en trager. Of zelfs aan het eind van de middag. Ze zwom altijd vijfentwintig baantjes borstcrawl, waarbij ze om de vier slagen haar hoofd opzij tilde om diep in te ademen, met witte luchtbellen die opstegen naast haar ritmische armen. Daarna vijftien baantjes schoolslag, in- en uitademend, haar hoofd omhoog en weer onder water, haar armen als pijlen naar voren en dan weer terug, met pijn in haar benen. Heen en weer tussen de drukte van de andere zwemmers. In het turkooizen water dacht ze niet na. Ze voelde zelfs niets. Ze zwom alleen maar.

Een tijdlang gingen Edie en Alex heel voorzichtig met elkaar om. Ze deden beleefd tegen de ander, snauwden nooit en respecteerden elkaars privacy. Elke avond voor het eten zaten ze met een glas wijn in de huiskamer en vertelden elkaar hoe hun dag was geweest, en ze luisterden aandachtig, knikten en zeiden af en toe iets om hun belangstelling te tonen. Hij masseerde nog altijd haar rug en zij streek nog steeds zijn overhemden en knipte verdwaalde nekharen. Soms liepen ze hand in hand. Ze kusten elkaar niet, alleen een kusje op de wang als de kinderen erbij waren, om hallo of dag te zeggen. Ze bedreven de liefde niet. In bed droegen ze voor het eerst sinds ze getrouwd waren nachtkleding, verlegen met hun lichaam. Soms zag Edie hoe Alex zichzelf aandachtig bekeek in de staande spiegel in hun slaapkamer, hoe hij zijn buik inhield en zijn hoofd draaide om zichzelf van de zijkant te zien, en dan sloeg haar hart over van medelijden.

Beetje bij beetje, als de kurk die behoedzaam uit een fles waarmee is geschud wordt getrokken, praatten ze. Wanneer ze samen in de auto zaten of de tafel afruimden. In de supermarkt, als ze eten in hun kar laadden terwijl de kinderen de gangpaden afstruinden op zoek naar lekkere dingen. Soms 's morgens vroeg, als de wekker net was gegaan, voordat ze de kinderen wakker maakten. Een keer door de telefoon, hij in zijn geparkeerde auto voor school, zij in haar spreekkamer. Pijnlijke details, een voor een.

Op een dag namen ze allebei vrij, brachten de kinderen naar school en gingen samen wandelen. Door het park en langs de spoorlijn naar Alex' nieuwe moestuintje. Ze stonden bij de pas omgespitte aarde, met de rijen jonge erwtenplantjes, courgette en piepkleine kropjes sla die half opgegeten waren door de slakken. Ze spraken over vergiffenis, wat dat inhield. Als je iemand iets vergaf, was dat dan een soort katholieke daad waarbij de zondaar wordt gezuiverd van zijn zonden en helemaal opnieuw kan beginnen? Of ligt het kwaad dat is geschied altijd op de loer in de struiken van het leven, klaar om tevoorschijn te springen? Met andere woorden, zei Alex, zou hij het onthouden of vergeten, haar vertrouwen of op zijn hoede zijn, het tegen haar gebruiken of naast zich neerleggen?

'Ik weet het niet,' zei Edie. 'Je kunt het toch niet vergeten?'

'Je kunt jezelf wel dwingen je te gedragen alsof je het vergeten bent,' zei Alex. 'Het is pas echt onverdraaglijk als ik datgene wat er is gebeurd inzet als wapen dat ik altijd tegen je kan gebruiken. Telkens als we ruzie hebben, kan ik het gebruiken als troefkaart, of steeds als ik jou ergens mee kwets, kan ik toch de moraalridder uithangen. "Ha! Maar jij bent me ontrouw geweest!" Zo kun je niet leven.'

'Misschien moet jij ook een keer vreemdgaan,' zei Edie met een wrang lachje. 'Dan staan we weer quitte.'

'Daar heb ik wel over nagedacht.'

'Echt?'

'Nou nee, niet echt. Ik zou het niet willen.'

'Heb je overwogen om bij me weg te gaan?'

'Ik heb me voorgesteld hoe dat zou zijn.'

'En?'

'Onvoorstelbaar.'

'Alex?'

'Ja.'

'Het komt toch wel goed tussen ons?'

'Ik hoop het.'

Ze pakte zijn warme, ruwe hand en bracht hem naar haar lippen. Toen ze opkeek, zag ze dat er tranen over zijn gezicht liepen. 'Laten we naar huis gaan,' zei ze, en ze nam hem mee door het park dat in bloei stond, terug naar hun gewone, rommelige huis, de trap op naar hun slaapkamer, waar ze de gordijnen dichtdeed tegen de middagzon.

'We hebben veertig minuten voordat de kinderen thuiskomen,' zei ze, en ze nam zijn vermoeide gezicht in haar handen en kuste hem. Ze probeerde zijn overhemd over zijn hoofd uit te trekken, maar de knoopjes moesten eerst los. Zijn schoenveters waren dubbel gestrikt en zijn sokken bleven aan zijn hielen haken, zodat ze er hard aan moest trekken. Ze friemelde aan zijn broekriem. 'Wat ben ik onhandig,' zei ze. 'Zeker van de zenuwen.'

'Dat hoeft niet.'

'Alex, echt, ik...'

'Ssst.'

Ze trok haar eigen kleren een voor een uit en hij keek toe. Ze werd er verlegen van en kreeg kippenvel, ondanks de warme dag.

Ze gleden onder het dekbed en hielden elkaar vast. Ze keken naar elkaars gezicht in de halfdonkere tent van beddengoed. Toen hij haar kuste, deed ze haar ogen niet dicht. Ze wilde geen ander gezicht dan dat van hem zien. Toen hij klaarkwam, wiegde ze hem in haar armen en zei ze zijn naam.

De drie zussen troffen elkaar op een drukkend warme dinsdagochtend in juli. Ze parkeerden allemaal hun auto bij de rivier, waar Edie haar auto had geparkeerd op de dag dat ze op de brug was geklommen. Stella had de as bij zich in een plastic doos; hij rammelde toen ze naar hen toe liep. Edie zag meteen dat ze lichte lokken in haar haar had laten aanbrengen en dat ze afgevallen was. Ze droeg de oranje blouse die Louise lang geleden had gedragen en een ketting waarvan Edie zich herinnerde hoe haar moeder hem vroeger had omgedaan als ze 's avonds uitging – naar de spiegel gebogen, met getuite lippen, geconcentreerd op het slotje in haar nek.

'Je ziet er schitterend uit,' zei ze warm, en Stella bloosde van blijdschap.

'Dank je. Ik heb mezelf eens goed onder handen genomen.'

'En jij ook, Jude. Ik had me wel wat mooier mogen aankleden.'

Jude droeg een wijde lavendelkleurige broek met een zijden blouse tot op de knie. Haar haar zat stijlvol wild, haar oorbellen rinkelden en ze had vuurrode lippen.

'We krijgen regen,' zei Stella.

'Dat is maar goed ook, dan zijn er geen andere mensen bij als we dit doen.'

'Zullen we dan maar?'

Ze liepen samen naar de oever van de rivier. Het gras en de struiken waren verbleekt. Het pad bestond uit gebarsten opgedroogde modder.

'Misschien is dit wel precies de verkeerde plek,' zei Stella nerveus.

'Misschien wel,' zei Jude. Ze schreed voor hen uit, haar kleding wapperend achter haar aan.

Toen ze bij de brug kwamen, keken ze allemaal naar boven.

'Ik vergeet steeds hoe hoog hij is,' zei Stella.

'Moet je je voorstellen hoe...'

'Nee, niet doen. Kom.'

Ze liepen eronderdoor en kwamen bij een plek waar de oever schuin naar het water liep.

'Wat doen we nu? Gewoon erin kieperen?'

'Of we kunnen ieder een handvol gooien.'

'Ik dacht het niet.'

'Het voelt niet erg poëtisch. Vooral niet met dat stomme Tupperware-bakje.'

'We hadden het vanaf een boot moeten doen.'

'Als we hem nu eens samen vasthouden, het deksel eraf halen en de as gewoon in het water gooien?'

'Stel dat hij in onze gezichten waait. Dat heb ik wel eens gehoord.'

'Er staat geen zuchtje wind.'

'Moeten we niet iets zeggen?'

'Over Louise, bedoel je?'

'Ja.'

'Wat dan?'

'Ik weet niet. Iets van vaarwel of zo.'

Jude lachte uitgelaten. 'Vaarwel,' zei ze.

'Toe nou!'

'We moeten wel serieus blijven.'

'Ja.'

'We zijn nu nog maar met z'n drieën.'

'Ellen is er ook bij.'

'Dat is toch anders.'

'Ja, dat is waar. Oké, wij drieën. O, shit, ik wil niet gaan huilen.'

'Haal het deksel er maar van af.'

'Nu?'

'Ja.'

'Het ziet er anders uit dan ik had gedacht.'

'Dat is alles wat er van haar over is.'

'Nee, helemaal niet. Wij zijn er nog. Wij drieën.'

'We moeten haar verstrooien.'

'Het is opeens niet grappig meer.'

'Daar. Op het water.'

'Zo, ja.'

'Ze is weg.'

'Weg.'

De as bleef een paar seconden op het water liggen en verdween toen. De troebele golven kabbelden aan hun voeten. Er dreef een tak voorbij, draaiend in de stroming. De drie zussen stonden arm in arm naar het water te kijken. Toen draaiden ze zich eenstemmig om en liepen zwijgend langs de oever, onder de hoge brug door, op weg naar huis.

Van tijd tot tijd werd Edie nog midden in de nacht wakker, alsof ze ergens van geschrokken was, en dan lag ze in bed met dat raadselachtige verwachtingsvolle gevoel waarmee haar doorwaakte nachten altijd gepaard gingen. Dan luisterde ze naar de geheime geluiden van de nacht: het suizen van de leidingen, het gefluister van de wind, de langzame, regelmatige ademhaling van Alex naast haar en soms, aan haar voeten, de zachte keelklanken van spinnende katten. En ze wachtte tot de angst afnam, tot het morgen werd, tot de schaduwen zich verplaatsten. Als jong meisje was ze een tijdje bang geweest om te slapen, omdat het te veel op de dood had geleken. Nu was ze bang om wakker te liggen, als een eenzame zwemster op het water, terwijl iedereen was ondergedompeld in dromen en slaap.

Midden in zo'n nacht dacht ze dat ze hem haar naam hoorde roepen. 'Edie,' zei hij. 'Edie.' Een langgerekte, galmende kreet, alsof hij van grote hoogte naar beneden viel en haar tegelijkertijd riep. Zijn stem weerklonk in haar hoofd als een begroeting of afscheid, alsof hij om hulp vroeg of gewoonweg schreeuwde, schreeuwde dat ze naar hem toe moest komen. Ze had het al zo lang niet meer gehoord. Alleen in haar dromen. Ze wist natuurlijk dat hij het niet was – hoe zou hij het kunnen zijn? – en toch was het gevoel dat hij dichtbij was zo sterk dat ze uit bed stapte en bij het raam ging staan luisteren. Binnen sliep het hele huis, iedereen omhuld door zijn eigen warmte. Buiten was de duisternis helder en stil. Er stonden wit fonkelende sterren aan de hemel en de laagstaande maan scheen door een wirwar van takken. Ze drukte haar voorhoofd tegen het glas en wachtte, maar de stem kwam niet terug. Hij zou nooit meer terugkomen.

Vic parkeerde de auto en legde de sleutels achter het klepje van de spiegel. Hij stapte uit, deed zijn colbert dicht en begon aan zijn langzame wandeling naar de brug. Hij was moe, en iedere stap kostte hem moeite. De lucht leek op zijn schouders te drukken, koud en grijs. Donkere wolken in zijn hoofd. Af en toe tintelden er regendruppels op zijn wangen. Er waren geen auto's op de weg, en onder hem stond het bruine water van de rivier hoog door de regen van die nacht. Hij herinnerde zich, alsof het om het leven van iemand anders ging, hoe hij met Louise over deze brug had gelopen. Ze hadden hand in hand gelopen, in de maat. Of met Edie, toen ze nog heel klein was en dansende staartjes in haar bruine haar had gehad, en een smeltend ijsje in haar hand. Ze had haar kin op de reling gelegd en hij had haar met een ruk teruggetrokken, veilig het asfalt op, en haar stevig tegen zich aan gedrukt. Maar dat was een ander land.

Nu was hij bijna bij het hoge midden van de brug. Hij staarde naar het water; de kolkende dwarsstroom. Toen klom hij over de reling. Dat was niet moeilijk, alleen was hij zo moe en leek zijn hele lijf zwaar als modder. Hij wilde alleen nog maar ophouden met nadenken, voelen, zijn, pijn lijden, liefhebben, hopen, verliezen. Ophouden.

Hij hield zich nu vast met één hand, die koud werd van het roestige metaal. Hij hoefde alleen maar los te laten en zich te laten vallen. Hij hapte naar lucht en hield zijn adem in. Toen blies hij uit. Hij keek even omhoog en de lucht vulde zijn ogen. Daarin zag hij plotseling een vlucht vogels in wisselende formatie, klapwiekend, hun lichamen als gevorkte pijlen. De zwaluwen vlogen weg, naar de zon, maar vertrokken ze of gingen ze naar huis? Hij deed zijn ogen dicht. Hij vouwde zijn vingers open en voelde zijn lichaam naar voren kantelen. Toen stapte hij de kolkende lucht en het helende water in.

Oliver Kuhn — Alles wat een man moet weten
Judith Lennox — Moederziel
Judith Lennox — Voor mijn zussen
Jennifer L. Leo — Zand in mijn beha
John Lescroart — Het motief
Roy Martina — Wie ben je echt?
Anna Maxted — Hollen en stilstaan
Anna Maxted — Rennen en vliegen
Anna Maxted — Zus enzo
Paul McKenna & Hugh Willbourn — Hoe lijm ik mijn gebroken hart?
Cynthia Mc Leod — Hoe duur was de suiker?
Cynthia Mc Leod — De vrije negerin Elisabeth
Marsha Mehran — Café Babylon
Ariane Meijer — Koud-Zuid
Ariane Meijer — Het mannen ABC
Talane Miedaner — Coach jezelf naar succes
Fred Miller — Yoga voor alledaagse klachten
Deborah Moggach — Tulpenkoorts
Bea Mol — Tussen hoofddoek en naaldhak
Jorge Molist — De ring
Zana Muhsen & Andrew Cofts — Nog eenmaal mijn moeder zien
Zana Muhsen & Andrew Cofts — Vechten voor Nadia
Julia Navarro — Het Sindone Complot
Julia Navarro — De verborgen kleitabletten
Asra Q. Nomani — Eenzaam in Mekka
Brett Paesel — Mama's, Martini's en Manolo's
Terri Persons — Blinde vlek
Doris Pilkington — Rabbit-proof Fence
Ouarda Saillo — Dochter van Agadir
Irene Smit — Lipstick & luiers
Roff Smith — Koud bier en krokodillen
Agapi Stassinopoulos — Liefdesgodinnen
Alec Le Sueur — Een hotel op het dak van de wereld
David F. Vennells — Reiki voor beginners
Pam van Vliet — Ik sla je er wel doorheen!
Richard Webster — Aura's lezen voor beginners
Paul Wilson — De pocket van de onthaasting
Kimberly Witherspoon — Uitgekookt!
Cecily von Ziegesar — Schaamteloos